おれの眼を撃った男は死んだ

シャ・ベンツ

分を救ってくれた兄に付き従ううち、いつしか銀行強盗に加担することになった西部の少女。ろくでなしの父親を探すため、拳銃を隠し持ってヒッチハイクをくり返す女性。ぶかぶかの袖口で鼻血をぬぐい、裸足で列車を待つ少年。根拠薄弱な治療の果てに母親が病死し、医者に苛烈な復讐心を抱くようになった双子の妹――。時を選ばず、突如として眼前に現れる犯罪と暴力。その無秩序に翻弄され、血まみれになりながらも生きてゆく人々の息遣いが、気高く、美しく描き出される。O・ヘンリー賞受賞作を含む10編収録、凄絶な迫力を放つ傑作短編集！

おれの眼を撃った男は死んだ

シャネル・ベンツ
高山真由美訳

創元推理文庫

THE MAN WHO SHOT OUT MY EYE IS DEAD

by

Chanelle Benz

This edition is published by TOKYO SOGENSHA Co., Ltd.
Japanese translation published by arrangement with
Chanelle Benz c/o Denise Shannon Literary Agency, Inc.
through The English Agency (Japan) Ltd.

目次

おれの眼を撃った男は死んだ

アッシュウェル家のクリスティン、ホノーラ、ヴァイオレットに捧ぐ

よくある西部の物語

West of the Known

兄はあたしを迎えにきた最初の男だった。酒をしこたま飲んで、ニューメキシコの売春宿の外で、素っ裸の姿をあたしの目のまえにさらした最初の男でもあった。約束をしたら、それを守るだろうとあてにできる最初の男でもあった。許すべきことなど何もない。暴力的な歓喜のなかで、改めて献身を誓おうなどとは望まないだろう。しかし、それがどうしたというのだ？　誓いが文字どおり果たされることなどあるのか？　やつらが殺しにきたって、あたしたちは終わらない。この世を超越した熱狂のなかで生きつづける。

ここまでおまえを迎えにきた、と兄がポーチからいった。もっと何かいったかもしれないが、ビルおじさんとジョシーおばさんが出ていってドアをしめたので、聞こえなかった。あたしはキッチンでトマトを缶に詰めていた。広口瓶《ひろくちびん》の並ぶまえに立って、両手から赤い汁をぽたぽた垂らしていると、バックスキンのロングコートを着た男が入ってきた。

おれはおまえの兄、ジャクソンだ、といって男は微笑《ほほえ》み、手を差しだした。

男のことは知らなかった。とくに顔が似ているわけでもなかった。

あたしはラヴィーニア、といって、手を拭《ふ》けるエプロンを大慌てで探した。

知ってる、と男はいった。

あたしはあきらめて両手を挙げた。

かまわないさ、家族なんだから、と男はいい、自分も手首から赤い汁を滴《したた》らせた。

男は太陽を背にして、影のなかに立った。その姿は地上を支配するためにやってきた黙示録の四騎士のひとり、白い馬の騎士のようで、あたしはそのときに自分の心臓をえぐりだし、差しだしたのかもしれなかった。

ジャクソンはコンロのほうへ歩き、フックからエプロンをおろしてこちらへ渡しながら、おれたちは目の色がおなじだな、だがおまえの体型は母親似だ、といった。

行かない、なんてことはできなかった。ビルおじさんとジョシーおばさんは食べるものの面倒は見てくれたけど、決して大事にしてくれたわけじゃなかった。ふたりのことは怖くなかったが、息子のサイは怖かった。

暗くなるとやってくるものは？

星。

ひんやりした空気。

犬の遠吠え。

サイ。

ドアのまえにサイの足音が聞こえるといつも、通り過ぎるだけじゃないときは区別がついた。いとこが入ってきた瞬間から出ていく瞬間まで、サイに寝間着をおろされてから、われに返って首もとのクリーム色の蝶結《ちょうむす》びがどんなに下手くそか気づくまで、あたしはいつも動こうとしなかった。

朝になって、サイが馬で町へ向かおうとし、あたしが鶏たちに餌《えさ》をやっているようなときには、あたしたちは冗談をいったりおしゃべりをしたりした。すくなくともそういう努力をした。あたしは物心ついてからずっとサイを知っていた。あたしたちのあいだには、一緒に使える、家族という名のタペストリーがあった。

ジャクソンがあたしを迎えにきた夜、サイの足音が聞こえた。まだ荷物を詰め終えていないカーペットバッグが手から落ちた。あたりの空気がシッといった、まるで暗がりから伸びてきて口をふさぐ手のように。サイは寝室に入ってきて窓辺に向かい、両の拳をポケットに入れたまま、ベルをつけた雄牛が牧草地をぶらつくのを見た。酔っていた。どうやって酔ったのかはわからなかった。夕食の席で酒を飲んだのはジャクソンだけだったから。ジャクソンはボトルを持参し、これが人生最後の食事といわんばかりにがつがつ食べた。あいつと行くつもりなのか、ええ？　サイは歯の隙間からしゃべった。昔、炭鉱夫に顎を折られたことがあった。

あの人は兄さんだから、とあたしはいった。

血のつながりは半分だけだろ、とサイはいい、あたしのほうを向いた。

年上だから、いうこと聞いたほうがいいと思って、とあたしはいった。一家がどうにかしてあたしを行かせないつもりじゃないかと、突然ひどく怖くなった。

ジャクソンとおれは同い年だ。どっちも五〇年生まれ。あいつがここに住んでいたときのことを覚えてるか？　おまえと、ジャクソンと、おまえの母親がいた。

母さんのこともジャクソンのことも覚えてない、とあたしはいった。

ほんとに大騒ぎだった——おまえの父親が南軍で戦うってんで、おれたちのところに子供とインディアン女を置いてった。だが、あいつは問題なかった、あのインディアン女は。で、あいつら、南軍は負けた。サイはあたしの手首をつかんでベッドに座らせた。それから両手であたしの肩を締めつけ、うしろへ押し倒した。ジャクソンがどういう男か知ってるか？

サイがそう尋ねるのが聞こえた。最低の馬泥棒だった。ジョン・コクランのじいさんがやつを見逃したのは、おれの親父のおかげだよ。

準備は済んだか？　ジャクソンが、木の棒をナイフで削りながらドア口にもたれていた。

あたしは弾かれたように立ちあがった。ごめん、まだはじめたばっかり、といって、カーペットバッグを拾おうと膝《ひざ》をついた。

急げよ、とジャクソンはいい、部屋に入ってきた。

サイはすれちがいざまにジャクソンに肩をぶつけて出ていった。

ジャクソンは笑みを浮かべた。あのな、水を差すつもりはないんだが、それを全部一頭の馬に積めると思うか？

ごめん。多すぎる？　あたしは囁《ささや》くようにいい、手を止めた。

なぜそんなに小さな声で話す？　ジャクソンは尋ねた。

あたしたちがここで何か悪いことしてるって、あの人たちに思ってほしくないから、とあたしはいい、ベッドの下のトランクを持ちあげてひらいた。

いいか、おまえはおれと、おれの親友、コルト・ウォレスと一緒にニューメキシコで暮らすことになるんだ。それからサル・アダムスもだ、もしやつが見つかればな。だから荷物はできるだけすくなくしてくれ。

ジャクソンはベッドに腰かけるようなそぶりを見せたが、そうはせずにキルトの上の腰当《バッスル》てを拾いあげた。こういうものを女たちがどうやって身につけるのかぜんぜんわからん、とジャクソンはいった。

それは持っていかなくてもいい、とあたしはいった。

いいか、ラヴィーニア、何も怖がらなくていい。おれがここにいたとき、おまえはほんのちっちゃな子供だった。ジャクソンはバッスルをくるくる回しながら投げあげ、受けとめた。

思いだせない、とあたしはいった。

ジャクソンはナイフの先を自分の下唇に当てながらこちらを見て、また木を削りはじめた。おれと一緒にいれば、誰にも手出しはさせないよ。わかるだろ？　ジャクソンはキッチンへ向かいながら、ふり返っていった。

ジャクソンはあたしを馬上へ放りあげながら、こういった。おれが戻るまでここにいろ。何があっても馬を降りるな。約束してくれ。

イエッサー、約束する。首もとの蚊《か》を払いながら、あたしはいった。母さんの墓にかけて誓う。

それはなしだ、とジャクソンはいった。

なんで？　あたしは尋ねた。

おふくろはクリスチャンじゃなかったから。

待って。

なんだ？

なんでもない。

テキサスの平原の闇は実体があるかのように固く、青黒い塵《ちり》みたいにあたしの顔のまわりに集まってきた。平原とあたしが長引く静寂のなかで待っていると、最初の銃声、そう、銃声が聞こえ、次いでいびつな叫びが家の裏からこぼれ落ちた。鶏がちりぢりに逃げた。すべてを圧するわめき声が引きずるようなすすり泣きへと崩れ、犬の遠吠えや星やひんやりした空気に染みこんでいった。

ジャクソンがドアをあけると、あたしの下で馬が身じろぎをした。

教えて、何をしたの？　あたしは尋ねた。

ジャクソンは、木を削ってつくった、血のついた杭《くい》を茂みへ放り、拳銃をホルスターにしまった。あの臆病な腰抜けを殺してやった、とジャクソンはいい、あたしの馬を自分の馬と並ぶようにぐいと引いた。

それで、ほかの人たちは？　あたしは尋ねた。

あいつらが知っていたってのはおまえにもわかってる、だろう？　ジョシーおばさんとビルおじさんのことだ。ジャクソンはあたしの馬を放し、すこし先へ出て止まった。あいつらはサイがやってることを知っていた。これでもうわかっただろう、とジャクソンはいった。

闇のなかを、あたしはジャクソンについていった。

━━:━━

何回か朝を迎えたあと、雑貨屋と、酒場が二軒と、貸し馬車屋くらいしかない町に乗りいれた。一方の酒場の裏にまわって、馬をつないだ。ジャクソンが樽《たる》の下から鍵を取りだし、あたしたちは脇のドアから入った。ジャクソンは空っぽのカウンターの向こうへ行き、傷のついたグラスをふたつ置いた。

もっと元気がよかったはずだろう、とジャクソンはいった。心を痛めることなどない。目には目を、と聖書にも書いてある。

聖書に書いてあることはいっぱいある。汝殺《なんじ》すなかれっていうのもそのひとつ、とあたしはいい、スツールに腰をおろした。

ああ、聖書ってのは複雑な代物だな、とジャクソンは笑みを浮かべていった。で、おまえとおれは旧約聖書の時代を生きている。ジャクソンはあたしのためにライウイスキーをダブルで注いだ。おれは侵入者にやさしい言葉で警告したりできない。あいつが二度と向かってこられないようにああしなきゃならなかったが、おまえはお行儀ばっかり気にしてそれを心から喜べない。ノー、マーム、おれは自分が害されたら復讐しなきゃならないんです。しかしこうはいえる、おれは気まぐれに人を殺したりはしない。

で、あたしはお酒を飲まない。そういって、夜から濡れたままになっているカウンターの上でグラスを押しやった。

ほんとのところ、おまえを置いていくべきじゃなかった。ジャクソンはそういってグラスをカチリと合わせた。おれが逃げだしたときの話だが。おまえは女の子だったし、ひどくちっちゃくて、赤ん坊みたいなもんだったから、ビルとジョシーは自分たちの子供みたいにおまえに夢中になると思ったんだよ、とくにおまえの母親とおれたちの父親が出ていったり死んだりしたあとには。だが、あいつらは正しいことをしなかった。まったく正しいことをしなかった。その点についちゃ、おれたちは同意見だ、そうじゃないか？

そういえるかどうかはよくわからない、とあたしはいった。鼠《ねずみ》が足の下を駆け抜けた。

あいつらは、おれが戻るとは思ってなかった。しかしおれがそばにいるからには誰もおまえを傷つけたりしない——それは約束する。

あたしはグラスを手に取った。ここに来る途中で食べ物が足りなくなって、きのうの朝テントをたたんでいるときに、ジャクソンは朝食代わりに煙草を巻いてくれた。

だけど、兄さんがどうするつもりだったのか、あたしは知らなかった。そういって、灰の味がする口のなかで舌を走らせた。

ほんとか？　ちょっと聖書を探してみるよ、おまえが手を置いて誓えるように。

そもそも、兄さんは字が読めるの？

不自由しない程度には。つづりは苦手だがね。ジャクソンはまたあたしのグラスに酒を注いだ。なあ、この世界が女のためにできてないのは、何もおまえのせいじゃない。

でもあたしたち女もそのなかにいる、とあたしはいった。

もう一杯飲め、とジャクソンはいった。くよくよ考えるな。

腕をむきだしにした女が姿を見せた。リボンのついたシフトドレスを着て、雌鶏みたいに胸を張っている。女はジャクソンのほうへ行き、スペイン語で何かいった。ジャクソンは笑みを浮かべ、女をぎゅっと抱きしめた。さあ、行くんだ、とジャクソンはあたしにいった。ローザと一緒に行け、この女が面倒を見てくれる。おれはひげ剃《そ》りと散髪をしてもらいにいく。口ひげにワックスをつけて、くるんと巻くべきかな？

あたしは思わず笑った。娼婦が手を差しだした。ついておいで、ラビーニャ。

階上《うえ》で、女は洗面台に水を注いだ。水はいくらか脇からこぼれ落ち、床に散った。女は微笑み、あたしがひどい染みのついた服を脱ぐのを手伝った。女の鼻は折れたことがあるようだったし、上の歯が二本欠けていた。女が赤ん坊にするみたいにあたしの体を洗っているあいだ、あたしはそこに立っていた。男たちにこういうことをするのかな、とあたしは思った。葉っぱを取り去った場所にずっと手を置いて。お金のために。

服を脱がされたままベッドに横たわると、自分の身に次に何が起こるかなんてどうでもよくなった。シーツがなくて、あるのはブランケットだけだった。チクチクするそれを頭までかぶって泣いた。あたしが泣いたのは、サイがいなくなってまちがいなくうれしかったからだし、ジャクソンに最初に手を取られたとき、兄はいい人間じゃない、悪い人間だとわかったからだし、自分はそれまでいい人間だったけど、目をとじたとたんにこれから悪い人間になることがわかったからだった。

娼婦はまだ部屋にいた。けれどもあたしが静かになると、ドアがしまる音がした。足音は聞こえなかった、その娼婦は靴を履いていなかったから。

まだ子供と大人のあいだだったので、兄はあたしに男の子の格好をさせた。バンダナさえあればよかった。あたしは年齢にしては背が高くてひょろりとしていたから、喉ぼとけが出ていないのを隠せばいいだけだった。もし兄と働くつもりなら。もし売春宿で働かないつもりなら。あたしはそこそこきれいだったけど、兄はそれを喜ばなかった、母親に似すぎているからだ（と兄はいった、あたしは母さんの顔を覚えていなかった）。

酒場の裏でジャクソンが結んでくれたバンダナは、うなじの髪を巻きこんでいた。おやおや、ここ何カ月かで三センチくらい背が伸びたな、とジャクソンはいって、あたしの顎を自分のほうへ向けた。どうしてそんなふうに顔をしかめているんだ？

だって髪が引きつれてるから、とあたしはホルスターをいじりながらいった。ジャクソンが装備一式をそろえてくれた。六連発の拳銃に、ベルトに、カートリッジも。

ああ、なぜそういわなかった？　もっと短くしなきゃな。兄はシュッとバンダナをほどいていった。なあ、ローザ、もう一度ハサミを取ってくれ。やめて、お願い《ノ・ポル・ファボール》とはどういうこった？　ふん、きれいな髪なのにもったいないとさ、ラヴィーニア。ローザ、ちょっとは役に立ってくれ。ホテルでコーヒーを買って——アーバックル・コーヒーだ、あればな——帰り際にあのバーテンダーからもう一杯ウイスキーをもらってきてくれ。ラヴィーニア、もしおまえがよければ、髪を全部切っちまおうと思うんだが。

どうでもいいというように肩をすくめたところで、コルト・ウォレスがサル・アダムスと一緒に酒場に入ってきた。コルトはホワイトブロンドの髪をしていて、オランダ語が話せて、フィドルが弾ける。サルはいつも大きな黒い帽子をかぶっていて、賭けトランプのスリーカード・モンテを教えてくれたとき、おれの父親には肺がひとつしかなくて、食べるものといったら蕪《かぶ》だけだったといっていた。

よう、おまえら、あしたのブタ狩りの準備はいいか？　ハニー、おまえはここに座るんだ。ほらな、ローザ、ラヴィーニアは気にしないってさ！　ジャクソンは、化粧をして安物の宝石を身につけた娼婦が夜気のなかへと出ていって通りを渡ろうとするところへ、大声で呼びかけた。

ジャクソン、とコルトがいい、賭けゲームから離れてあたしたちのテーブルに椅子を引きずってきた。美しきラヴィーニア・ベルをどうしようってんだ？

春をひさぐ生活から遠ざけようとしてるのさ、もっと利益を生む生活をはじめられるように、とジャクソンはいい、黒い髪があたしのまわりに落ちた。サル、こいつの帽子を取ってくれ。ラヴィーニア、立て。そうだ。そこに。まえよりよっぽど男の子らしく見えるだろう？

サルは笑みを浮かべていった。女の心を持った少年ってわけか。

コルトは古いスタイルのコマンチ族の雄叫びをあげ、それからこういった。もちろん男の子みたいに見えるさ、それだけアイロン台みたいに平らな――

ジャクソンは両手でコルトの喉を絞めた。テーブルが傾き、サルがふたりのあいだに割って入ってテーブルを支えた。さがれ、ジャクソン、とサルはいった。ちょっとした失言だよ、そうだろう？　コルト、そういう言葉が人の気分を害するのはわかってるだろうに。

息を詰まらせながら、コルトはうなずこうとした。

お願い、やめて、ジャクソン！　あたしはなんとも思ってないから、ほんとに。胸なんかほしいとも思ってないし。

なんでだ？　ジャクソンはふり向いてあたしを見た。

よくわかんないけど——銃を撃つとき邪魔になりそうだから?

ジャクソンは声をたてて笑い、コルトを放した。

もちろんんだ、サル、とコルトは咳きこみながらいった。とくに意味はなかったんだよ、ジャクソン。みんな目を覗きこまないかぎりラヴィーニアを男の子だと思うだろうっていおうとしただけだ。

で、それはいったいどういう意味だ? ジャクソンはコルトに向きなおって尋ねた。ラヴィーニアは長い睫毛《まつげ》をしてるってことだろ。サルは娼婦たちのひとりから飲み物を受けとりながらいった。

なんだよ、ジャクソン、おれたちは友達じゃないのかよ? ほら、といってコルトが乾杯の声をかけた。いいウイスキーと、悪い女たちに!

馬で一日の移動だった。サルは広場に残って、銃を持った自警団が来ないか見張り、コルトとあたしはジャクソンと一緒に銀行に入った。不安がおなかにずっしりこたえた。店内の客はひとりだけ、眼鏡をかけた丸っこい男がいただけで、コルトはこの男に突進していき、手をあげろ、といってどっと笑いだした。そのあいだにジャクソンとあたしはカウンターを乗り越え、六連発の拳銃を出して、出納係ふたりに向かって、ひざまずけ、と叫んだ。

その金庫をあけろ、とジャクソンがいった。

それはできません、サー、と年上の出納係がいった。鍵を持っているのは支店長だけです。きょうはここにいません。

さっさと金を取ってこい。あんたが鍵を持ってることは、この町の誰もが知っている。

サー、できることならそうしますが——

こんなことをしている時間があると思うか？　ジャクソンは年上の出納係の顔を拳銃でたたきのめし、出納係は両手で鼻を押さえてのたうちまわった。出納係が床に横たわると、ジャクソンは上にまたがり、さあ、いますぐその金庫をあけろ、といった。

年上の出納係は血に濡れた両手の下からジャクソンを見あげていった。いやです。断固として……

ジャクソンは右手に持った拳銃の銃床で年上の出納係の頭を強打し、出納係の頭からは脳みそが漏れだした。出納係がカーペットに染みを広げていくさまを見ていると、鼻の奥がツンと痛くなった。そのときまで、血が絵本の赤とおなじだなんて知らなかった。ジャクソンは年下の出納係のほうを向き、年下の出納係は必死になってあたしを見た。

おまえ、死にたくないだろ？　ジャクソンは尋ねた。

あたしはなんとかして出納係をうなずかせた。

ジャクソンはあたしに身振りで合図しながらいった。この坊やに、債権も紙幣も硬貨も全部袋に詰めさせろ。

おい、急げ！　客を無理やり膝立ちにさせ、正面ドアの外を覗きながら、コルトが大声でわめいた。なんかあったみたいだ！　サルが馬を引いてる！

あたしと年下の出納係は、ジャクソンが撃鉄を起こして出納係に狙いを定めたまま窓口をうしろ向きに乗りこえるあいだも、黄麻布《おうまふ》の大袋をいっぱいにしていた。もう充分だ、今度は膝立ちになれ、とジャクソンがいった。

ひとつめの袋をジャクソンに向かって放っていると、年下の出納係が立ちあがってうしろからあたしを捕まえ、銃を引ったくって、その銃をあたしたちに向けて振りたてながら叫んだ。卑劣な盗人め、丸腰の人間を襲いやがって！　このポン引き野郎——こいつは女だ！　ジャクソンは窓口から身を乗りだして年下の出納係の胸を撃ち、あたしの銃を取り戻すと、その銃をあたしのおなかにたたきつけるようにしていった。こいつを撃て。

誰を？　やだ。あたしは銃を押しやった。

おい！　コルトが怒鳴った。何やってんだ？　銃声を聞かれてるだろうが！

血だまりのなかで後ずさりする年下の出納係に目を向け、あたしはいった。お願い、ジャクソン、こんなことさせないで。

惨《みじ》めな状態を終わらせてやるんだ。こいつはどのみち死ぬ。

あたしは銃を持ちあげ、すぐにおろした。できない、とあたしはいった。

おまえはおれたちの仲間だろ？　ジャクソンはあたしの背後に立っていた。ジャクソンの手の温かみが背中の肉に伝わってきた。いずれにせよ、ラヴィーニア、おまえはこいつにおれの名前をしゃべっちまった。

コルトが銃を二発撃ったのが、入口のほうから聞こえてきた。

それで、あたしは年下の出納係の目を撃ちぬいて死なせ、それを最後に銀行から明るい外へ出て、馬に乗った。


部屋で娼婦とふたりきりになると——それらしいしるしは何もなかったけれど、そのときにはもうここが彼女の部屋だと見当がついていた——娼婦はあたしの指のあいだにウイスキーを押しこんだ。

あの人はあんなことをするべきじゃなかった《エル・ノ・デベリア・アベール・エチョ・エスト》、といいながら、娼婦はドアに鍵をかけ、あたしのバンダナをゆるめた。

されるがままになりながら鏡を覗きこんだ。酔わせて、とあたしはいった。酒の苦みがほしいの。

飲みなよ。娼婦はグラスをあたしの唇に当て、それから引っこめて、またいっぱいに酒を注ぎながら尋ねた。あんた、いくつ？

十五。六月には十六になる、とあたしはいった。ウイスキーは線を引くようにして腹部をくだり、温かさが染みわたった。ちょっと待って。英語がしゃべれるなら、どうしてしゃべらないの？

娼婦は肩をすくめ、いっぱいになったグラスをまたくれた。男にはしゃべれないと思わせといたほうが楽。

で、あたしは男じゃないからいいってわけ。

娼婦はうなずいた。兄さんはなぜ、あんたに男みたいな格好をさせる？

馬で出かけるとき、男がちょっかいを出してこないように。それと、あたしが面倒に巻きこまれないように。ねえ、娼……籠《かご》の鳥になるのってたいへん？　あたしは一口酒を飲んだ。ガンマンになるのはえらくたいへんだよ。

娼婦がにっこりすると、歯が何本か欠けているのが見えた。女はあたしの上着とシャツを脱がせ、ひだ飾りのあるふくらんだスカートを広げて座った。あたしはあんたの年で夫を亡くした、と娼婦はいった。ここでけっこうなお金を稼いでる。

お金……あたしはそうくり返し、女の机からウイスキーを取った。ウイスキーの横にはナイフと、七面鳥印のアヘンチンキが置いてあった。あたしもいまいくらか持ってる、といって、何ドルか置いた。これもらってもいい？　とあたしはいい、アヘンチンキを自分のウイスキーに垂らした。これで麻痺《まひ》したみたいになれればいいんだけど。あたしはそれを飲んで、またベッドに倒れこんだ。

あんたの母さんはどこ？

死んだ。あたしが三つのとき。父さんの妹が面倒を見てくれた。ジョシーおばさん。

父さんは？

あたしは首を横に振っていった。戦争で死んだ。

身内はジャクソンだけなのね、と娼婦はいった。

ねえ、ローザ、あたしのせいで何か悪いことが起きたらどうしたらいい？

ドアハンドルがまわり、次いでノックの音がして、兄の声が聞こえてきた——おい、ローザ、入れてくれ。そいつに話があるんだ。ラヴィーニア？

あたしは慌てて起きあがった。

ローザは人差し指を唇に当てていった。ラヴィーニアはここにいない。

いるはずだ——おい、ラヴィーニア、ラヴィーニア！　頼むよ。出てきてくれ、ちょっと話をさせてくれ。

あたしはアヘンチンキ・ウイスキーをもう一口飲んだ。それから空いてるほうの手を差しだして小声でいった。お願い、ローザ。

ジャクソン、いまは駄目、とローザがあたしの気持ちを汲《く》んでいった。

そんなつもりはなかったのに、悪いことをしちゃったら？　だってどっちみちあの人は死にそうだった。あたしはローザの頭が自分の顎の下に来るまで引っぱってつづけた。だけどあの人は生きていて、次の瞬間には死んだ。それをあたしがやったの。あたしがやった。

ジャクソンが悪いね。

うん、悪い、とあたしはいった。

お金あるんでしょ？　それを持って逃げな。遠くへ。

だけどあたしも悪いんだ。

くそ、ドアをあけるんだ！　ジャクソンがドンドンとドアをたたいた。いいか、ローザ、おまえの体にはそこまで価値があるわけじゃない、おれがおまえを殴らないと思ったら大まちがいだぞ。

静かにして！　とあたしは怒鳴った。黙ってよ！　ドアの揺れがやんだ。兄さんの顔なんか見たくない、とあたしはいった。

ラヴィーニア。ジャクソンがドアにもたれてすべり落ちる音がした。なあ、そんなこというなよ。

あたしは前腕と頭をドアにもたせかけた。なんで？　とあたしは尋ねた。

かわいい妹、怒らないでくれ、とジャクソンはいった。おれに腹を立てないでくれ。耐えられない。

だったらなんであんなことさせたの？　あたしは尋ねた。

あいつらはおれたちの顔を見た。おれたちがやったのは、身を守るためにしなきゃならないことだった。正当防衛だ。確かに、きつい教訓ではあった、それを偽るつもりはないよ。

だけどあたしも悪者になっちゃった。体が温かい波に呑みこまれたみたいになり、ドアをすべり落ちた。

ジャクソンが立ちあがるのが聞こえた。なあ、そっちへ入れてくれ。

鍵に置いたあたしの手に、ローザが手を重ねた。ローザの目がいわんとしていることが、あたしにはわかった。ドアをあけるとすぐにジャクソンが倒れこんできて、ローザを追いまわした。

ジャクソン、やめて。兄がローザの首をつかむと、あたしは兄の肘《ひじ》をぐいと引いた。ねえ――ローザはあたしが頼んだことをしただけだから！

ジャクソンはあたしを振り払ったけれど、ローザのことも放した。行けよ、出てけ、とジャクソンはいって乱暴にドアをしめ、それからあたしをベッドに運ぶと、うしろから組みついてきて、涙が出るほど締めつけた。あたしは起きあがって逃れようとはせず、そのままでいた。広い広い世界のなかで、ここだけが自分の居場所のような気がしたから。ジャクソンはあたしの髪のなかに言葉を吹きこんだ。おれたちは仲間だ。

ジャクソン、痛い、とあたしは鼻をすすりながらいって、踵《かかと》のうしろで兄のすねを蹴った。

ジャクソンは息を吐いて力をゆるめた。階下《した》で連中が寂しがってるぞ。

そんなことないでしょ。

ベル家の美人《ベル》がいなけりゃ祝いができない、といっている。

あたしはごろりと寝返りを打ってジャクソンと向きあい、無精ひげの生えた顎を額《ひたい》で押した。どうしてあたしを兄さんみたいにさせたいの？

罪の落とし子でいるほうがいいのか？

もうとっくにそうなってる。

いってる意味はわかるだろう。つまり……ジャクソンは頭のなかで言葉を探ってからつづけた。ひよわな妹ってことだ。

あたしは思わず声をたてて笑った。ジャクソンはあたしのパンチをひょいひょいとかわしながら雄叫びをあげ、あたしをベッドから突き落とした。鼻血が出た。痛むか？　ジャクソンはベッドの縁《ふち》から身を乗りだして尋ねた。

うーん、わかんない、とあたしはいって、どさりと落ちた床の上で肩をすくめた。心地よい眠けはあったけれど、目は覚めていた。なんにも感じない、体のなかが昼さがりみたい、とあたしはいった。

ジャクソンはアヘンチンキの壜《びん》をちらりと見やり、冷ややかに、痛烈にあたしを手の甲で殴った。二度とそんな真似はするな、わかったか？

鼻血は倍になったけど、あたしはジャクソンの両手を顔からはがそうとしながらいった。ぜんぜん痛くない。ねえ、ほんとに、ほんとに痛くない！

あたしは笑い、ジャクソンも笑い、ふたりで階下《した》の酒場に降りて吐くまで酒を飲んだ。吐いて胃も頭も空っぽになるまで。


次の夜、保安官助手がふたり酒場に入ってきて明かりを撃ちぬいた。暗がりにときおり光がちらつくなか、一組の手に押さえつけられた。ジャクソンが階上《うえ》でローザと一緒にいるあいだ、あたしは酒を飲んでいた。六連発の拳銃を取りだしたが、影の位置を見て狙いをつけるやり方を知らなかった。頭のそばで誰かがシーッというのが聞こえ、あたしはその男と一緒に裏口へ這っていった。

酒場の混乱から抜けだすと、コルトは立ち、ひと息ついていった。ジャクソンとサルにしてやれることは何もない。もし刑務所に連れていかれたら、脱獄させる。さあ、行こう。

駄目、とあたしはいって、立ちあがった。

酒場をぽかんと眺めていた見物人たちが、いまはあたしたちに目を向けていた。

ラヴィーニア、といってコルトはあたしの肩をきつくつかみ、酔っぱらいみたいによろよろしながらふたりで店と反対のほうへ向かった。ロウソクのともった家のそばを通りすぎると、ガラスで切ったコルトの手からあたしの腕に血が流れ落ちるのが見えた。

路地の端まで行くと、コルトは三頭の馬がつないである横木のところへ向かった。ふたりそれぞれに身を屈《かが》めて馬の手綱を解いた。あたしが乗ろうとした馬はフンと鼻を鳴らしたけれど、盗まれることをいやがりはしなかった。けれども邪魔されずに町を出ていくことはできなかった。保安官とその助手が待ちうけていて、あたしたちを撃ってきた。大粒の散弾があたしの肩に当たった。コルトにも当たった。コルトは唾が流れるみたいにずるずると馬から落ち、仰向けに倒れて死んだ。

なあ、そこの保安官助手、とジャクソンが格子の隙間からいった。そのペンとまっさらな紙はいくらだ？

留置場の外にいる男たちの怒声が大きくなりはじめた。白髪頭の保安官は机に向かって座り、あたしたち全員を無視したまま、報告書を書いていた。

これか？　助手が足を止めた。

二十ドルまるごと払うよ、とジャクソンはいった。裁判まで生きていられたら驚きだからな、おれの最後の頼みくらい聞いてくれたっていいだろう。

ときどき、ドアをドン、ドンと打つ音が聞こえた。

あたしたち、裁判まで生きてられないの？　とあたしは尋ねた。

そうだな、外にいる暴徒は、おれが銀行の出納係と警官と賭けトランプのディーラーとあの男——誰だっけ？——を撃ったせいで激怒しているからな。ああ、あの男は神秘学者だった。

あたしは声をたてて笑った。男たちがドアを蹴った。保安官はウィンチェスターライフルを確認した。

ジャクソンは含み笑いをしていった。これを書くのは時間との闘いだな。鳥の群れが飛びこんできたかのように窓が砕けた。ジャクソンは書き物から顔をあげなかった。

保安官、おれのちっちゃな妹を守ってくれるだろ？　最後の審判の日に立ちあうかのように、連中を説き伏せてくれないと。ここにいるこの少女は兄貴のうしろにくっついていただけだ、強力な家族の支配下にあったんだといってくれ。助手さんよ、これを妹に渡してもらえないか。

保安官助手はその手紙を受けとった。

保安官はいった。外には、おまえさんたちにひどく腹を立てている男が四十人くらいいる。法律によれば、おれたちふたりはおまえさんとその子を守らなきゃならない。おれたちもせいぜい死なないようにしないとな。

おまえの夢――

ラヴィーニア、おまえと一緒にいる夢を見た、
いとしいおまえの息がかかるほどそばにいた。
おまえは誰ともちがっていた
おまえがそばにいればいいのに。
地上の天使も天上の天使も、
おまえの心にはかなわない、
死も距離もおれたちを引き裂くことはない。

もし誰かがやってきて
おまえを永遠に愛すといったとしても、
おまえはやつらにいってやれ
おれほどおまえを愛すやつはいないと。

さらばだ！　妹にして友、
そしてベル家の美人《ベル》
心をこめて
ジャクソン・ベル

四十人が通りからあたしたちの監房に入ってきた。

男たちはジャクソンとあたしを、犬の遠吠えと星とひんやりした空気と暗がりのほうへ引きずった。たくさんの手が髪をつかんできた。藪《やぶ》でこすれた両手を、梱包用のワイヤーでひとまとめに縛られた。

留置場の裏のどこかにあった、使われていない馬小屋のなかで、男たちはジャクソンを木箱の上に立たせ、垂木から吊った縄をジャクソンの首にかけた。男たちは保安官と助手を押さえつけていた。ふたりは頭を殴られて血を流していたので、目がないみたいに見えた。ジャクソンのほうへ引きたてられていくと、兄の首にかけられた縄が新品でさえないのが目についた。

やあ、と兄はいった。最後の望みでおまえを連れてきてもらったんだ。さて、どう思う？おれは約束を守ったと思わないか？　おまえは大丈夫だ。サルが見つからなけりゃ、ローザが面倒を見てくれる。

あたしはうなずき、兄から引き離された。

なあ、泣いてないよな？　ジャクソンが、苦しそうに唾を呑みこみながら呼びかけてきた。さあ、早く――最後におれにいうことはないのか？

男たちはあたしを木箱のほうへ連れていき、首のまわりに縄を結んだ。

おい、何をやってるんだ？　ジャクソンがいった。

公正な裁判もせずに女を殺すなんていけない、と保安官がいいだした。

おい、あんたたち、話がちがうだろう。ここにいる保安官のいうことを聞け――ジャクソンがそういうと、男たちはジャクソンの腹を殴った。

ラヴィーニア・ベル、おまえの最後の望みはなんだ？　男たちはあたしのまわりに群がって尋ねた。

ときどき、自分がふつうの女の子だったらよかったのにと思う。娼婦でもなく、お尋ね者でもなく、男のふりをするのでもなく。父親は二年、母親は三年いたけれど、それがどんなふうだったかは思いだせない。よく面倒を見てくれたのか。怪我をしないように気遣ってくれたのか。どんな犠牲を払ってでも子供を手もとに置こうとしたのか。

女が先だ、と男たちはいった。

ぜんぜん怖くない、とあたしはいった。兄さんはちゃんと約束を守った。どうもありがとう。

あんたたちにも妻が、姉妹が、娘がいるんだろう？　保安官が叫んだ。

厚ぼったい手で胴体を持ちあげられた。

待て！　わからないのか？　おれがいなけりゃそいつはなんにもしなかった、おれがいなければ――

縄が締まった。

保安官は大声でわめきながら、立ちあがろうともがいていた。この罪は魂に重くのしかかるぞ！

おい、頼むから聞いてくれ――出納係を殺したのはそいつじゃない、おれだ――おれひとりでやったんだ！

あたしは木箱の上にいて、日の出の直前の時間だったけど、新しい朝を迎えられそうなきざしはまったくなかった。あたしは夜が終わるのを待った。目のまえの平原の闇があたしを塵に返すのを待った。

アデラ[1)]

最初は“黒い航海”として知られ、
後に“心臓という赤い小箱”として
再版された物語　一八二九年、作者不詳

Adela,[1] Primarily Known as The Black Voyage,
Later Reprinted as Red Casket of the Heart
by Anon.
1829

どうしてアデラが独りでいるのか、わからなかった。わたしたちは詳しく知りたい、アデラにしか話せないことをもっと知りたいと願っていた。アデラが美人なのは村でもよく知られていた。まあ、盛りを過ぎた美人ではあったけれど。だけどわたしたちにとってそれはたいしたことじゃなかった、ちがう？[2]

アデラがほんとうに〝色褪《いろあ》せた花〟なのかどうかを探るためにみんなで通ったわけじゃなかった。わたしたちがアデラのところへたびたび行ったのは、道で会ったとき——日も出ていないのに日傘をさしたアデラが通りすぎるのはとても珍しいことだった——母さんが会釈しなかったからだった。それからときどき、真夜中をとっくに過ぎた時間に中庭に降り立つ変わった性格の客人をアデラが迎えるからだった。それから夕食のとき、わたしたちがちっ

原注1　フランス語版のタイトルは「アレラ」となっている。

原注2　最初期の版を見ると、これよりはるかに肯定的な姿勢で書かれていたことがわかる。グラスに半分の水を、まだ半分もあると述べるがごとく、「ちがう（ノー）？」の代わりに「そうでしょ（イエス）？」が用いられることにより肯定的な姿勢が強調されている。

ぽけなナプキンの布のなかへ吹きこむようにして音節を区切りながら「ご近所のアデラさん」の名前をあえて口にすると、父さんがついうっかり興味を示すからでもあった。それに結局のところ、わたしたちを歓迎してくれるのはアデラだけだったのだ——取るに足りない存在であり、招かれざる客であり、身長百五十センチに満たない子供だったわたしたちを。

その年の午後は何度も、たいてい薄いお粥《かゆ》を食らったあと[3]——わたしたちのうち何人かは女の家庭教師によって、あるいは男の個人教授によって、自由を奪われていた——そろって村はずれまで駆けていき、蔦《つた》に覆われ崩れかけたアデラの家の薄暗い玄関ホールに入ったものだった。独り者のアデラは望んでそうなったはずはなく、しかしそれはアデラだけが決められることだったわけで、わたしたちはみんなその理由を知りたかった。子供らしく、やわらかい、未熟な指をすべりこませてアデラの内面をこじあけようとした。たぶん、アデラはこれを残酷な無邪気さだと感じていたにちがいない。わたしたちのことを、無自覚に集団の力を行使するエデンの園の住人のように思っていたにちがいない。

どうして、若いときずっと独りでいたの？　末っ子が思いきって尋ねた。修道院に入りたかったのに、入れなかったの？

アデラが窓のない廊下を行ったりきたりするところを思い描くのは——石にスカートを引きずりながら歩くような、修道女の習慣を嘲《あざけ》りをこめて想像するのは——容易だった。

靴下に包まれた爪先をもじもじとソファの隅っこに引きあげながら、アデラは固いクリノリンのなかで身を震わせた。そして手の甲を赤くなった頬に当て、声をたてて笑いながらいった。ああ、みんなったら、いやね、顔が赤くなるなんて何年ぶりかしら！　白状すると、あなたたちのお望みどおり、とても悲しい話なの……

海賊が出てくる話？　とわたしたちは尋ねた。失われた愛と打ち砕かれた希望の話？　そういったあと、いっせいに口をつぐんだ。アデラがひどく暗い目をしたからだった。まるでどこか忌まわしい場所、地獄のような場所にさまよいこんでしまったみたいに。

海賊？　アデラ？　海賊の話？

いいえ。アデラはふっと顔をあげて悲鳴のような声でいった。ランプの明かりが薄暗くなり、雨が突然激しく吹きつけたせいで窓がガタガタ鳴った。

アデラ。わたしたちは口々にいった。アデラ？

アデラの影がまっすぐになった。みんな？　ランプの明かりがもとに戻り、ほの暗いなかにアデラの姿がまた浮かびあがった。知りたがりの智天使《ケルビム》ね、もう。ロマンティックな悲しみに満ちた陳腐な話よ。わたしはある人を愛していたんだけど、その人はひどくおかしくなってしまって、あとはみんなも知ってのとおり、ロウソクの火なんかじゃ本物の炎とは比べるべくもないというわけ。だから独りでいることを選んだの。その恋人の名前は？　あたしたちけれどもわたしたちにとって謎は深まるばかりだった。

原注3　〝薄いお粥を食らう〟は〝罰を受ける〟の意。おそらく世紀の変わりめに書かれたとおぼしいまたべつの版があるのだが、アデラが子供たちに会って湿布を貼ってやる様子が書かれており、その神秘的な治療によってアデラの親切に独特の色づけがなされている。

も知ってる人？　べつの人と結婚しちゃったの？　その恋人の亡骸《なきがら》は村の墓地に埋められてるの？　その恋人は施設にとじこめられて、血の染みのついたクラバットのひだに吹きこむように「アデラ」ってつぶやきながら部屋のなかを歩きまわってるの？　わたしたちは知りたくてたまらず、アデラに話してくれるようせがんだ。

あら、ちゃんと生きてるったら。アデラは物憂《ものう》げに小声でいうと、中甘口《メイオ・ドセ》のマデイラワインをグラスになみなみと注ぎ、小指でかき混ぜてすこしこぼした。ちょっとちょうだい、とわたしたちがねだると、アデラはグラスをまわした。

その人、結婚してるの？　唇をワインでべたべたにしながら、わたしたちは尋ねた。

していない。でも婚約してるという噂は聞いたことがある……ノースカロライナにある、小さいけれど由緒正しい地所の愛らしい女性相続人と婚約したって。

わたしたちはみんなでちびちび飲んでいたワインにむせながらいった。ほんとうに愛しているなら、止めないの？　その人を止めるんでしょう？　止めるっていって、アデラ、いってよ！

いいえ、それはない。ふたりの幸せを願ってる、とアデラは深い紫色に染まった舌でいった。

本気でいっているはずがないと思い、わたしたちはアデラのグラスにワインを注《つ》ぎたしながらいい募った。その人のこと、まだ愛してるの？　ずっとつづく愛情じゃないの？

あら、もちろん。彼のことはずっと愛してる。だけど、だからなんだっていうの？　とアデラはいった。

愛がなんの助けにもならないなんて、そんなことがあるものかな、とわたしたちは声に出して検討した。だって、この部屋じゅうにある本からアデラが読んで聞かせてくれたじゃない？　アン・ラドクリフの『ユードルフォの謎』はどうだっけ？　バイロン卿の『ベッポ』は？

アデラはとりあえずうなずきはしたものの、すばやく警告を発した。キャロライン・ラムの『グレナヴォン』[4]を忘れないで！

だけど、愛と真実はほかのあらゆることに勝るべきで、だから放浪の身になって独りで死ぬよりずっといいんじゃないの？　アデラ、きっと誤解されているんだよ、とわたしたちは請けあい、長子が宝石の指輪をいくつもはめたアデラの手をぽんぽんとたたいた。アデラがずっと愛してるとその恋人が知っていたら、その人はきっと戻ってくるよ、いますぐにも！

それはずいぶん浅はかな見方だし、わたしにはそんなことを許すつもりもない。アデラはぴしりとそういい返した。さっきもいったとおり、あの人はひどく頭がおかしくなってしまって、約束を守ることができないの。お願いだから、この話はもうやめましょう。全部、も

原注4　バイロン卿に捨てられた愛人、レイディ・キャロライン・ラムによるゴシック小説で、バイロン自身は「とんだ暴露本だ」と非難した。くだんの小説のなかでは、無垢なキャランサ（キャロラインの化身）が、邪悪なアンチヒーロー、グレナヴォン（ごく薄いベールをかけられたバイロンの肖像）に誘惑される。キャランサもキャロラインもともに、その後破滅する。

のすごく昔のことなのよ。

わたしたちはうまくいいくるめようとした。アデラ、せめてその失われた恋人の名前を教えてくれない？　あたしたちを信用してないの？　あたしたちのことでアデラが知らないことなんて何ひとつないのに！　何もかも全部、ひざまずいて告白したのに！　あたしたちが父さんの銃を持ちだして撃ったことは知ってるでしょ。母さんの花瓶を割って庭に埋めたことも。家庭教師と個人教授が丈《たけ》の高い草のなかで変なうめき声を出していたとき、水鳥がそれを真似するみたいな鳴き声をあげたせいで二人が声を止めるまで、じっと見てたことも。

もう、やめて！　その話はしちゃ駄目っていったでしょう？　いいわ、教えてあげる。その人の名前はパーシヴァル・ラザフォード。アデラはあくびをしながらそういうと、ブラインドをおろしてちょうだいとわたしたちに頼んだ。


よくない計画だった。邪悪な計画だった。自分たちから出たものか、悪魔から出たものかわからないくらい虚偽に満ちた計画だった。家で、あるいは図書館のなかをうろつきながら、わたしたちは作戦を吟味《ぎんみ》するためにシェイクスピアの喜劇を選んだ。どれも結婚で終わるし、わたしたちが最終的に目指していたのも結婚だったからだ。かの詩人《ザ・バード》は、この問題についてたくさんの戦略を持っているように見受けられた。

鵞《が》ペンとインクを用意して、ペンを紙の上に置いた。長子が机に腰かけて脚を組み、わたしたちはその高座の下で身を寄せあった。長子が熱弁を振るおうと手をたたいて注意を喚起し、わたしたちはペンを構えた。

・あたしたちは男の子の格好をして、男の子たちは女の子の格好をすること！

それがなんの役に立つかよくわからなかったので、わたしたちは聞き流した。

・アデラを変装させ、パーシヴァルのところへ行けるようにして、妊娠させること！

アデラが妊娠できる年齢を過ぎていないかどうかも、やはりよくわからなかった。

・アデラが恋人を雌ライオンから助けるように仕向け、恋人が一生恩に着るようにすること！

アデラなら、もし試されるようなことがあれば、ライオンに勝つこともできるというのがわたしたちの共通の見解で、そこに疑問の余地はなかった――アデラの家の壁には、ずっと昔に亡くなった父親の所有物だった強力な剣がかかっていたのではなかったか？――けれど、国内のこの地域でわたしたちが雌ライオンを調達できるかどうかはおおいに疑問だった。次子が肘《ひじ》でわたしたちをかきわけながら机へと向かい、こんなにお粗末で無謀な作戦をわざわざ書かせるなんて、と長子に文句をいった。長子は冷笑を返し、あんたはバイロン的な理想のことなんてなんにもわかってない、といった。これに対して次子は嘲りをこめて、妄想狂！ といったが、長子はただ鼻であしらい、次のような結論を述べた。

・アデラが死んだことにして、パーシヴァルにそう伝える？ あるいは！ ふたりのそれぞれに、愛を誓った偽の手紙を送りつける！

もうたくさん、と次子は大声でいい、この悩みを解決する方法は喜劇のなかには見つからない、と不機嫌そうに主張した。そこでわたしたちはみんなで正典のべつの場所を探し、すぐに全員のお気に入りだった『オセロー』[5]に行きついた。わたしたちは協議し、挙手によって決定を下した――アデラを誰か洒落《しゃれ》者に引きあわせ、元恋人の嫉妬心をかきたてること。そうなればパーシヴァルのほうは傷ついた心のなかでおのれの傲慢《ごうまん》さと闘い、やがて熱烈に愛情を示さずにはいられなくなり、そのおかげでおかしくなった頭ももとに戻って、ふたりはすぐにも結婚するだろう。そしてわたしたちで披露宴をするのだ。

わたしたち全員が共有する動機は次のようなものだった――いつか、ときがくれば、わたしたちは一人、また一人とこの村を離れるだろう。そうなれば、黄ばんだ肌をした、伴侶のいないのけ者であるアデラが残される。そう考えると耐えられなかったのだ。

新しくやってきた建築家で、薬局の上階に下宿しているミスター・クィルビーに、村の淑女たちがだんだんと好意を寄せるようになっていることをわたしたちは知っていた。うちのおばたちも、彼の念入りに結ばれたネクタイやすらりとした脚を、ひれ伏さんばかりに称賛していた。伊達男《だておとこ》ブランメルってわけでもあるまいし、[6]と次子は皮肉っぽくいった。クィルビーが当て馬にふさわしいか否かはいうまでもなく、わたしたちの目的にかなう人物であるかどうかという点で、完全には納得していなかったのだ。けれども長子が即座に反論し、説いて聞かせた。たいていの人の計算ではアデラはオールドミスで――あんなに見た目のいい、雌羊の皮をかぶった子羊みたいな人はほかにいないにしても――ほとんどの独身の紳士はア

原注5　マムニーの発言を参照。「シェイクスピアの『オセロー』のような作品においては、女性のキャラクターは、男性のキャラクターが去勢への恐怖と支配への欲望をぶちまけるためのキャンバスである」

原注6　伊達男ブランメル（ジョージ・ブライアン・ブランメル、一七七八―一八四〇）は、現代的な男性向けスーツを発明し、ダンディ・ムーブメントを引き起こした人物であると多くの学者が信ずる人物だが、このように言及することによって、クィルビーがブランメルのような放蕩者になることはない、頭がおかしくなって貧困のうちに死ぬようなことはない、と暗示している。

デラを老嬢のように思っているはずだ。しかしながら、ミスター・クィルビーはもみあげにはっきり見える銀の筋がある、そういう年齢ならアデラがハイミス《ソーンバック》[7]であることをそんなに気にしないだろう。

次の日の午後、わたしたちは足音も高く野原を抜けて、村の広場でミスター・クィルビーを見つけた。ミスター・クィルビーは製図台のまえにいた。袖が上までまくってあった。わたしたちは焼き立てのパンとジャムの入ったバスケットを小脇に抱えていた。舌足らずに話したり、笑顔を振りまいたりといった、愛嬌のある子供としてふるまう方法だってちゃんと心得ていたので、必要に応じてそうした姿を見せることもできた。

ミスター・クィルビーは、誰もが追いかけながら一人として捕まえることのできなかった世捨て人を誘いだす、というわたしたちの説明に興味を引かれたようだった。なぜそんなに獲得しがたい賞品をぼくが勝ち取れると思うんだい、とクィルビーは尋ねた。新参の独身男であってみれば、世話焼きおばさんたちがこぞって女性を紹介してくるだろうと予想はしていたが、まさかその企てのために子供たちを差し向けてくるとは思ってもみなかったよ、とクィルビーは認めた。

アデラはとっても寂しいと思うの、それでたぶん、年も近くて信用できる立派なお友達ができたら元気が出るんじゃないかな、とわたしたちは一息にいった。クィルビーはパンの固まりをちぎり、それを口に運ぶあいまに、その人と会うのはかまわないよ、といった。この人はパンくずを大量にこぼしすぎる、と次子は文句をいい、恋のライバルどころか、代役の代役も務まらないんじゃないの、と小声でいった。けれどもクィルビーはこの悪口には気づかずに、どうやったらそんなに頑固な隠遁者を誘いだせると思う？　と尋ねた。

わたしたちはクィルビーよりずっと先を行っていた。翌日の夕方に、末っ子が礼拝堂で合唱隊に参加して歌うことになっており、アデラがこの発表会を見にくるのはまえまえからの約束だった。こうしてクィルビーはまんまと乗せられ、わたしたちの忌むべきはかりごとの第一幕が完了した。

問題の日、わたしたちがブーツや室内履きの足をおちつきなく揺らし、コルセットのなかや野球帽の下で小さく身じろぎしていると、やっとのことでアデラが教会にすべりこんできて後方の席についた。アデラはすこしばかりやつれていたが、星が目に見えてかすんでいた

原注7　十九世紀の読者は、アデラが梅毒を患っていると見なした。この病気にかかると体幹の皮膚が硬化すると思われていたので、サメのような体幹を持つ〝サカタザメ〟の意味もある thornback の語が、二重の意味を持って響く。

ほうがクィルビーも臆《おく》せず近づけるだろう、とわたしたちは考えた。最後の拍手のさいちゅうに、アデラに近づいて知り合いになって、と長子が身振りでクィルビーに伝え、クィルビーはそれを上品にやってのけた。お辞儀をし、このうえなく優雅にアデラの手の甲に軽くキスをしたのだ。これには次子も満足してうなずくしかなかった。つい先日この目で見守ったのとおなじようにまたもやアデラは赤くなり、その赤みが喉へ、胸もとへと広がるのをわたしたちは目で追った。アデラはさっと膝《ひざ》を曲げてお辞儀をし、そわそわと自分の乗り物を探して向きを変えたが、そこでクィルビーがすばやく尋ねた。マーム、あのネルソン家の古い地所に住んでいるのはあなたですか？

ええ、そうです、サー、わたしもネルソン一族の人間ですから。父が亡くなったときに受け継ぎました。

ぼくは建築家なのですが、あれは地元の建築の貴重な一例だと思います。

きっとそうなのでしょうね、サー、とアデラはつぶやくようにいった。

マーム、たいへん立ち入ったお願いかもしれませんが、お邪魔してなかを見せていただけませんか？

村じゅうの人の視線が重くのしかかるのを感じたアデラは放りだすように承諾の返事をし、逃げだした。

母さんがそばにやってきた。アデラと話しているところを村の人々に見られたことで怒っているようだったが、ミスター・クィルビーのまえで不快感をあらわにしたりはしなかった。

クィルビーに対しては、自分が女であることをすこしばかり意識しているようだった。[8]
しかしわたしたちはパーシヴァル・ラザフォードの住所も最近手に入れており、来《きた》るべき――架空の――アデラとクィルビーの結婚式への招待状をわれらがヒーローに送った。こうして悲惨な第二幕への舞台が整った。

彼はわたしたちの期待とはちがった。いや、事前の連絡もなく、歯切れの悪い言い訳をしながらアデラの応接間に突然入りこんできた、すこしばかり流行遅れの服装をしたあの人のことだ。みんなで大いに失望したことに、白くてフリルのついた詩人のシャツを身につけてさえいなかった。初めてじっくり見たところ、顎はだぶつき、おなかは太鼓腹、額《ひたい》はアコーディオンの蛇腹みたいだった。歩き方も妙で、[9]ピアノのそばへと急ぐあいだも足を引きずってぶざまに進んだ。ついさっきまで、そこでみんなで歌っていたのだ。ソプラノからファルセットまで、男の子たちもへまをしたり途中でやめたりしなかった。アデラがピアノを弾き、クィルビーが楽しそうに楽譜のページをめくっていた。

原注8　このように母親のセクシュアリティを否定したがる見方は、男性による規制の一例であり、女性の潜在的な破壊力の緩衝材である子供たちに植えつけられる。
原注9　パーシヴァルが自堕落なアルコール依存症者であったことの婉曲表現。

アデラは立ちあがり、驚いて大声をあげた。パーシー？　しかし、これもわたしたちの失望の種だった——平凡すぎるニックネーム。彼がオーランドーとかフェルディナンドとかレットとかいう名前だったらすこしはましだったのに。あるいは、ラザフォードと姓で呼んでくれるだけでも充分だったのに。

知らせのカードを送りもせずに突然訪ねてきて悪かった、だがどうしてもきみと話をしなければならないと思ってね。身のこなしが優雅さに欠けているとはいえ、割れた声は魅力的だった。

アデラの顔が赤くなったので、わたしたちはまちがっていなかったのだとわかった。どうかパーシー、こんなことは——突然やってくるなんて。お客さまがいるのに。

アデラがお客さまといっているのはわたしたちのことではなかった。この気まずい沈黙のあいだに、わたしたちはアデラに恋人を取り戻す計画を再検討した。じつのところパーシーは、次子が大喜びしそうな細くて黒い口ひげをたくわえており、乱れた黒髪は波打っていた——カールペーパーを使って巻いたんじゃないかしら、と長子は思った——が、わたしたちはこのときはそれを看過した。パーシーが髪をかきむしっていたからだ。肌は憔悴《しょうすい》した人間らしく蒼白で、つややかな玉虫色に近かったので、目の下のだぶついた隈《くま》については大目に見ることができた。唇はルビー色、顎は割れており、目は残念ながら青ではなく茶色だったが、鼻は『アントニーとクレオパトラ』[10]のアントニーもかくやというほどのすばらしい鷲鼻《わしばな》だった。パーシーの朽《く》ち果てた青春を再現するためにわたしたちはありったけの想像力をかき集め、自分たちを励ましつづけるはずだった――もしもパーシーが唐突に卒倒したりしなければ。次いでアデラから、気つけ薬を持ってきて！　と命じられたりしなければ。

こんにちにいたるまで、パーシーといえばソファで手足をぶざまに広げて横たわった姿、気つけ薬を嗅がせて意識を取り戻そうとするアデラの膝に黒い巻き毛がばらばらとかかっていた様子が、わたしたちの記憶に強烈に残っている。ミスター・クィルビーは不機嫌そうにそのそばをうろつき、パーシーの頭がアデラの下半身にひどく近い場所に置かれているのは不適切だといいたくてたまらない様子だった。しかしクィルビーは口を慎み、好機をうかがいながら自分の役割を果たしてこう尋ねた。医師を連れてきましょうか？

アデラがパーシーの髪をうしろに撫《な》でつけていると、パーシーは目を覚ましてぱちぱちと瞬《まばた》きをし、身を起こそうともがいた。ほんとうにすまない、とパーシーは青ざめた顔でいった。あまり具合がよくないんだ。

アシュリー・クィルビーです、と名乗りながらクィルビーは握手をしようとまえへ出た。初めまして。

こちらはパーシー・ラザフォード、とアデラが紹介し、意味ありげに視線を落として言葉をつづけた。パーシー、あなたはまちがいなく疲れてる。そんなに気分がすぐれないなら、来客用の寝室で休んだらいかが？

原注10　ここでもまた、アデラの不品行がオブラートに包んで揶揄されている。ローマ皇帝アウグストゥスのプロパガンダが成功して以来、長きにわたりクレオパトラは淫乱な女として描かれてきたのだから。

パーシーはよろよろと起きあがり、ぼんやりした様子でうなずいた。厚手のロングコートが絨毯《じゅうたん》に落ちた。パーシーの目は一点を見つめていたが、何も見えていないようだった。不安定な内面を映したおちつきのない目のなかに、激しくうねる感情が垣間見えた。

パーシーが寝室へ引きとると、クィルビーはわたしたちに合図を寄こした。わたしたちはアデラの応接間の木製パネルに目を向け、感心して眺めているふりをした。クィルビーはアデラに向かって極力丁寧に尋ねた。あの紳士はあなたのお知り合いのようにお見受けしますが、事前に連絡もせず訪ねてくることがよくあるのでしょうか？

パーシーは――子供のころからの友人なんです、とアデラは震える声でいった。

友人、とクィルビーはくり返した。

まあ、はっきり申しあげれば、とても若くてとても愚《おろ》かだったころ、わたしたちはもうすこしで駆け落ちするところでした。

これは驚いた、とクィルビーは大きな声でいい、笑いだした。

アデラは笑みを浮かべたが、目は笑っていなかった。ええ、でもご心配には及びません、結局パーシーの母親に見つかって、わたしたちはそういう……悪ふざけはもう卒業しましたから。

クィルビーは、散歩をしましょう、といってアデラを庭へ誘いだした。アデラは手を差しだし、喜んでご一緒します、といった。わたしの天使たち、ちょっと失礼してもいいかしら？

もちろん、とわたしたちは答え、膝を曲げてお辞儀をした。けれどもアデラの幸せの後見人として、当然のことながらあとをつけていった。幼い四肢を茂みに隠しながら。

ひとたび庭に出ると、ミスター・クィルビーはアデラの手を揉《も》むようにして握りながらいった。アデラ、愛しい人——本気でいっているのです——もういわずにはいられません、初めて知りあったときから、あなたのお姿を見て陶然としてしまいました。三十年近くまえにヴァージニアで淡い初恋をして以来なかったことですし、こんなことがいまさら自分の身に起ころうとは想像もしていませんでした！

アデラはつらそうな、それでいて面白がっているようにも見える顔でとりすましていった。ありがとうございます。わたしたちの年齢では望外のお言葉です。

あまりにも性急にすぎるかもしれませんが、このほうがいい——ミスター・クィルビーはそういって一方の膝をついたが、その膝で庭用の履物に包まれたアデラの爪先を押しつぶしてしまい、アデラは悲鳴をあげた。ああ、申しわけない！ アデラ、愛しい人、ぼくが愛の告白をして、ひどく緊張しているのです。エヘン、と咳ばらいをしてからクィルビーはつづけた。アデラ、愛しい人、ぼくが愛の告白をしても許してもらえるでしょうか。

わたしたちは茂みのなかで身を震わせた。自分たちの空想がこんなに早く実現するとは思ってもみなかった。アデラは平然とした表情のままだった。まるで、クィルビーは天気を尋ねただけ、とでもいわんばかりに。やがてアデラは身動きをした。顎をあげ、天を仰ぐかのような動きをしたのだが、わたしたちが身を寄せあって見たところ、その視線の先にあったのは来客用寝室の窓だった。目にかすかな光をたたえ、アデラはいった。ええ、かまいませんわ。

ミスター・クィルビーが帰ったあと、わたしたちは庭のほうへ張りだした応接間の窓の下に集まり、アデラが本を読むのを、いや、本を読もうと不毛な努力をするのを――次から次へと小説を投げだすのを――窓の外から見守った。階段から重い足音が聞こえてくると、アデラは手を止めた。わたしたちは身を縮めながら張出しへ寄り、窓を三センチあけた。パーシーは大股で応接間のドアから入ってくると、すぐにアデラに近づいて声をかけた。あれが、きみが結婚しようとしている男なんだな？　長椅子の上で身を丸めて横になっていたアデラに体を押しつけながら、パーシーはアデラのスカートを持ちあげ、例の個人教授がしていたような愛撫をしようとしたが、アデラは女家庭教師とはちがい、身を引いた。

そういうのはうんざり、といってアデラはパーシーに平手打ちをした。

つい自分を抑えられなかったんだ、とパーシーはいい返した。

偽善者ね、とアデラはいった。こんな下品なところを見たら、あなたの婚約者はなんていうと思う？

パーシーは応接間のなかを荒々しく行ったり来たりしはじめた。どうだっていい！　きみが招待状を送ってきたんだろう!

アデラは重たげなまぶたの下からパーシーを見ていった。招待状ってなんのこと? あなた、ちっとも変わってない。こんなに経ったあとでも、わたしには幸せになる権利がないの? もう初恋に夢中だった少女のころとはちがうのに。

だけど相手はおれのはずだ。パーシーは泣きながらそういい、ワインの栓を引き抜こうとした。

わたしたちは——アデラも含め——一様におちつきを失った。わたしたちの主演男優が泣きじゃくるなど、想定した範囲を超えていた。

お願い、パーシー、そんなに悲しまないで。ところで、ここへはどうやって来たの? アデラはそう尋ねながら、悲しみにふける駄々っ子《ランプ》[11]を長椅子へと連れ戻した。

パーシーは頭をアデラの肩にもたせかけ、崩れ落ちそうになりながらアデラの服の袖で鼻を拭《ふ》いた。きみは軽率だって思うかもしれないけど、母親の馬車を借りてきた、とパーシーはいった。

またお金のことでけんかになっているの[12]? とアデラは尋ねた。

パーシーは肩をすくめ、アデラの室内着の広くあいた胸もとを指でたどった。おれは母親

原注11　このrompという語はたいてい「手に負えない子供」を表すのに使われるが、本文のバイロン的文脈で子供たちがいおうとしているのは、性的な放埒さに伴う慢性のひどい憂鬱症を患ったパーシーのことである。

の小銭を取っておくのは下手なんだ。アデラはパーシーの指の動きを見つめながら、気怠《けだる》そうに長椅子にもたれた。パーシーは手を衣服と体のあいだにすべりこませ、まさぐったりつまんだりしながらいった。そこなのか、アデラ。金のためにあの男と結婚するのか？　アデラは浮かぬ顔をしながらも、投げやりな雰囲気を漂《ただよ》わせていた。わたしたちが見たことのないアデラだった。もう、あなたのいうことをいちいち訂正する気になれない。だけどクィルビーは親切で、とっても思いやりのある人よ。夫として、これ以上は望めないくらい。パーシーはアデラの首筋をキスで下へたどった。おれにはクィルビーの財産はないかもしれないが、アデラ、きみはこれからもずっとおれの〝彼女〟で、おれはきみの〝彼〟だ。アデラは気を引き締めたかのようにパーシーを突き放した。さあ、飲み物を持ってきて。パーシーはマデイラワインをちらりと見やった。きみの父親のブランドか？　きみはおれを馬鹿にしているんだろうが、すんなり逃げられるとは思うなよ。パーシーは唸《うな》るようにそういいながら、ワインを注いだ。

窓の外で、わたしたちは涎《よだれ》を垂らしそうになった。

いったいなんのこと？　アデラが立ちあがり、わたしたちは首を引っこめた。

逃がさない、とパーシーはいい、マデイラワインをすばやく飲みほして、空いたグラスを突きだした。大事なクィルビーがきみの正体を知ったら、それでも結婚に同意すると思うのか？

結婚？　やめて。いうつもりなんてないんでしょう。アデラはパーシーのグラスを満たし、手渡したが、渡すまえに小指をグラスのワインに浸した。

いや、いうさ、ことと次第によってはね、と反論しながら、パーシーはその小指を口に含み、吸った。アデラは手を引っこめようとした。

それからアデラは顔をしかめていった。あなたのお母さんは、いまもわたしたちが一緒にいることを許さないんでしょう。昔とおなじように。

パーシーはアデラの手を放りだした。秘密をばらしてやる！　そういいながら、グラスを火のなかに投げこんだ。わたしたちはもうすこしで拍手しそうになった。あいつにきみは渡さない！　わたしたちが呼びだした伊達男は吠えるようにそういうと、階段を駆けあがっていった。無数のガラスのかけらを拾い集めるという骨の折れる仕事を残して、アデラを置き去りにした。

これもまた、不測の事態だった。アデラに秘密があったとは。その秘密が筋書きを台無しにしつつあった。わたしたちは大理石の智天使の下に集まって、乗りかかった船を見捨てることを考えた。けれども次子が天使像の膝に飛び乗り、一方の手を大理石の首に巻きつけて、小型ナイフを高々と掲げ、信念を捨てる気かと厳しく糾弾した。次子は耳障りな声でいいたてた。われわれは再結集する必要がある！　どんなに事態がこじれてもアデラを助けるために、全員で血の誓いをするのだ！

原注12　アデラは、母親との不仲というパーシーの問題を持ちだし、パーシーが起こす経済的な問題によって、彼が母親の信用を損ないつつあることを明らかにしている。

わたしたちは手を取りあって厳粛《げんしゅく》に立ちあがり、小型ナイフに指を突かれて、さっきのパーシーみたいに強く小指を吸った。それから列を崩さぬまま室内へと行進し、まだ破片のなかでひざまずいているアデラを取り囲んだ。

もう泣かないで、あたしたちが来たんだから！　だけど、しなきゃよかったと思う悪いことについてあたしたちが話すまえに、アデラ、あなたの秘密って何？　正体って？

アデラは震える指でくしゃくしゃになったドレスを払った。ああ、なんてこと。ああ、かわいい子供たち……あのね、わたしの父親は紳士じゃなくて海賊だったの、それでパーシーの父親の命を助けたの。代わりにたったひとつ頼んだのは、パーシーの父親がわたしの――不遇な生まれの、母親のいない娘の――面倒を見てくれることだった。そう、そんな愉快な素性[13]なの、わたしは。

私生児に会ったのはこれが初めてだった[14]！　わたしたちはアデラにその兆候がないか改めて見なおした。あなたのお父さんはどうしてお母さんを捨てたの？　祭壇のまえで捨てたの？　その光景を思い浮かべながら、わたしたちは尋ねた。

アデラは顔をそむけて火を見つめ、ぼそぼそと小声でいった。いまこんなことになるなんて、うんざり。もう安全だと思っていたのに！　ああ、だけどどうして逃れられるなんて思ったのだろう？

アデラ、クィルビーを振るの？　わたしたちは手をこすりあわせながら尋ねた。振らなきゃ駄目！　と次子が断言した。卑《いや》しい生まれだってわかったら、クィルビーはきっとあなたを捨てようとするから。

でも、ミスター・クィルビーはあんなにやさしいのよ。かわいい子供たち、お願いだからつらくあたらないで、せめて理解する努力くらいしてちょうだい……

わたしたちはみんなでアデラのスカートを引っぱろうとしたが、作戦を変えて、アデラを乱暴に揺することにした。パーシーはその秘密を知っていて、それでもあなたを愛しているんでしょう、アデラ！　あたしたちが行って連れてきたら、パーシーはきっとあなたをさらっていく！

駄目、とアデラは大声でいった。やめて！　いやよ！

まだ何か、あたしたちに話していないことがあるの？　とわたしたちは尋ねた。

いいえ、子供たち、馬鹿なこといわないで、とアデラはいった。

全部打ち明けてよ、ね？　まだ秘密があるなんて、そんなふうにあたしたちを傷つけないで。母さんが、あんたたち一日じゅう何をしてたの、どうしてそんなに浮かない顔をしてるのって訊いてくるかもしれない。思うほど信頼されてないなんて、すごく悲しいよ。ほんとうに、病気になりそうなほどだよ！　引きつけを起こしそう！　とわたしたちは喉を詰まらせていった。合図をすると、末っ子が泣きだした。ああ、どうしてみんなこんなに赤い目を

原注13　ここであえて〝愉快な〟と書くような独特の言葉の選択は、〝愉快な〟性的不品行がアデラの誕生のときからつきまとっていたことを示唆している。

原注14　アデラが非嫡出子であることに対する子供たちの考え方が歪であることに留意されたし。

してるんだろう、どうしてこんなに顔色がわるいんだろうって母さんに思われちゃう。あたしたちが母さんに全部話してもいいの、ねえ、アデラ?

アデラは知らない相手を見るような目でわたしたちを凝視《ぎょうし》した。そして彼女らしくもない、押し殺した声でいった。すごく疲れたわ。駄目。お願いだからやめて。話すから。全部話すから。

わたしたちはうつぶせになり、顎を拳に乗せて待ちかまえた!

わたしの父親は西インド諸島出身で、褐色の肌をしたムーア人[15]だった。そのせいでパーシーの母親が結婚を許さないの。パーシーはひどい麻薬依存症で、そのうえ完全に母親の財布に頼って生活してる。

ここで打ち明けておくと、わたしたちは全員あっけにとられた。ムーア人の娘を見るのは初めてだったし、ましてやその娘の書斎にいるなんて思ってもみなかった。アデラをこれまでとちがうように思いたくはなかったけれど、わたしたちのなかでアデラがまったくの別人になってしまったことは否定できなかった。

あたしたちを騙《だま》してたのね、アデラ。わたしたちはそういって身を震わせ、卑しい生まれの黒人の髪に触ってみてもいいかと尋ねた。

アデラは頭を低くしながらいった。だけど、あなたたちの信頼を裏切るつもりはなかった。それは信じてくれないと。

長子がアデラの頬を指でたどった。まるで、すこしでも色をこすり出そうとするかのように。[16] わたしたちが指でアデラをいじりまわすなか、次子が考えを口にした。アデラのムーア人らしさは、性格のなかだけにあるんだよ――秘密にしたのはただ判断を誤っただけ。ぜんぜん黄色くないし、と長子が賛成していった。うん、ほんとうにそう、真っ白だよ、と次子がたたみかけるように結論した。だけど、なんで幕がおりないうちに、まったくちがう話になっちゃったの！

そのあいだじゅうずっと、アデラは立ったまま動かず、遠くにいるかのような目つきでわたしたちを眺めていた。

でもみんな、アデラは変容したんだから、そのせいで苦しまなきゃならないと思うでしょ、[17]

原注15　「アデラ」は『嵐が丘』への道を切りひらいた作品で、シャーロット・ブロンテにひらめきを与えた一編として知られており（訳注　『嵐が丘』の著者はエミリー・ブロンテ。著者がつくりものの原注であることを強調するためにわざと書いたものか）、ブロンテはこれに敬意を表して〝荒野（ムーア）〟を擬人化したヒースクリフというキャラクターを創りだし、暴力の要素を持った、従属的な階級の人物として配置した。

原注16　子供たちのこの不安定な人種意識は、十九世紀以前には典型的であり、十八世紀には最も一般的だった。当時は、肌の色はアイデンティティの指標としては二次的なものだった。この問題に関する面白い――ところどころ辛辣な見解の見られる――研究としては、ロクサン・ウィーラーの *The Complexion of Race: Categories of Difference in Eighteenth-Century British Culture* を参照。

原注17　西インド諸島出身の非白人の女性は――ここではアデラが自分のアイデンティティをそう主張しているわけだが――白人の植民地支配により形成される文脈では、好色で精神不安定な人物として描写されることが多く、これは西インド諸島の暑さの影響であるとされるのが一般的だった。

と長子はいい、パーシーみたいなやり方で、アデラの手に熱っぽくキスをした。アデラは顔を赤くして硬い動きで手を引っこめた。よくもまあそんなことを！　触らないで！　まだほんの子供のくせに！　長子がアデラの机にのぼり、注目を求めて手をたたき、鵞ペンを振りまわしながら演説口調でいった。

・毒を飲んで自殺するか、ナイフで自殺するか！

それによって何が達成できるかは非常に心もとなかったので、わたしたちはこれを却下した。

・アデラの子供たちをパイにして焼き、そのご馳走を食べる席にアデラを招く！

アデラには子供がいなかったし、自分たちがこれを復讐悲劇にしたいかどうかはよくわからなかった。

・絞め殺されるか、溺死させられるか、目玉をえぐりだされるか？

アデラなら、もし試されるようなことがあれば、むごたらしい最期だって堂々と受けいれるだろうというのがわたしたちの共通の見解で、そこに疑問の余地はなかったけれど、わたしたちのほうはそういう話にどう取り組んだらいいかわからなかった。

末っ子がつまずいて転び、『トロイラスとクレシダ』をひらいた。それだ！　と長子が大声をあげた。アデラなら美しい戦争捕虜になれる。アデラを売れば、あたしたちが最初に思いついた牧歌的な愛を手に入れるような話は、永遠に下書きのままになる。クレシドとおなじく不実ってわけか、と次子が同意していった。

ちょうどそのとき、わたしたち自身が調達したパーシーが、得意のお話《ホビーホース》[18]のヒーローとして選んだパーシーが、撃鉄を起こしたピストルを手にして戸口に現れ、ドアにもたれた。いやらしい子供たちめ、とパーシーは笑みを浮かべながらもとげとげしくいった。そんなにアデラと運命をともにしたいなら、おれの愛しい恋人をカーテンの紐で縛ってくれないか。

そんなことするもんか、とわたしたちは唾を飛ばしながら即答した。まだ売ったわけじゃないんだから、この黒んぼ女はあんたのものじゃない！

ああ、そうだろうとも！　パーシーは金切り声でいい、ピストルを持ちあげた。

パーシー、馬鹿ね、相手はほんの子供じゃないの！　アデラが叫んだ。

原注18　hobbyhorse には木馬の意味もあり、ここではアデラの高潔な野蛮性にまたがるパーシーの獣的な男性性を暗示している。ダウドの著書 *Barbarous Beasts, White Toys, and Hybrid Paternities: Considerations on Race and Sexuality in the Caribbean* がこうした緊張関係を分析しているので参照のこと。

パーシーは拳銃をわたしたちに向けた。きみを罠にはめたのはこのガキどもだと思うよ、アデラ。おれだったらあんな軟弱な男をきみにあてがったりしない。おお、わが愛しの殉教者よ、とパーシーはかん高い声でいった。チビの悪魔ども、漆黒《しっこく》の女を十字架にかける手伝いをさせてやる。

そんなことはしたくなかったけれど、結局みんなでするはめになった。全員でこの悪役を手伝ってしまった。アデラはまったく暴れなかった。わたしたちのうちの何人かが、アデラの哀れっぽいうめき声に魅了されて紐をきつく胸に食いこませたときでさえ。

手下どもよ、このお話をどうやって終わらせるつもりだ？ 愛か、死か？ パーシーは銃身を長子に向けていった——おまえが選べ。

長子はこちらを見たが、わたしたちは首を横に振った。全員一致の答えなどなかった。討議する時間がなかったのだから。

さあ、そこの子供、アデラがどれだけ上手におまえたちに魔法をかけたか、とくと見せてもらおうか、とパーシーはいった。

あ、あ、愛？ と長子はつっかえながらいい、わたしたちも完全に一致団結して戦うことが必要だと、絶対に必要だとわかっていたので、あとにつづいた——愛！ 愛！ 愛！

パーシーは満足そうにいった。そうだな、愛はすべてに勝つとおれも信じているよ。それから皮肉たっぷりにアデラにお祝いをいった。アデラ、おれの恋人よ、うまいこと教えこんだものだな。

わたしじゃない、とアデラは答えた。わたしなら死を選んだわ。

愚かなことをいうな。パーシーは動揺して強い口調でいった。

愚かなんかじゃない、とアデラは正した。わたしのことをそんな臆病者だなんて思わないで。こんなに長いあいだあなたなしでやってきたのに、いまになってあなたの気まぐれな独裁を欲するだなんて、どうしてそんなふうに思えるの？

しばらく誰も口をきかなかった。それからパーシーが間延びした口調でいった——アデラに猿轡《さるぐつわ》を嚙ませたほうがいいな。おれの筋書きを台無しにしようとしてる。わたしたちはカーテンの紐をもぎ取り、アデラの湿った口のなかへ押しこんだ。

しかしここで、予告もなしに、思いがけず、わたしたちの不意を突いて、クィルビーが応接間に駆けこんで来ると、ゾッとしたように大声をあげた。アデラ、かわいそうに！　畜生、この悪党は何をした？

アデラは黒人で卑しい生まれなんだよ、それで死にたいんだって！　とわたしたちは口々に叫んだ。

クィルビーは目玉が飛びだしそうな顔をした。アデラは神の被造物だ、とクィルビーはいい、さっと上着を脱いでクラバットをゆるめた。アデラを傷つけることは許さない。

原注19　こうした非難は、凝り固まった女性嫌悪（ミソジニー）の一種——西インド諸島の女性と黒魔術の関連づけ——に基づくものである。これは「アデラ」が執筆された当時においてはありふれた考え方だった。

二人の男はたちまち拳を使ったけんかになだれこみ、取っ組みあい、拳銃を奪いあった。アデラは必死で手首の縛《いまし》めを解き、手が自由になると、猿轡を引きおろして叫んだ。駄目、やめて！　そしてパーシーに突進した。わたしたちもいっせいに——ちっちゃな体をアデラにくっつけて——死へ向かって駆けつけた。やがてアデラの指と、わたしたちの指と、男二人の指が拳銃を包みこんだ。

おお、アデラ、いまになればわたしたちにもなぜそうなったかはわかるけれど、いかにして、そうなったかを知っているのは一つの引き金を引いたわたしたち全員の指だけ。そして、いまになってようやく、いいえ、ほんとうはあのときもわかっていたのは、彼[20]が生きていたときよりも——あるいは、わたしたちが巻きこもうと企んだ最初のときよりも——死してより優雅に見えたこと。

わたしたちは、もうかつてのような子供ではないけれど、肌の色がどうあれ血はみな赤いということは忘れていない。そしてこの結末については、アデラ、どうかわたしたちを許して。

完

原注20　ドイツ語の初版では、〝彼〟ではなく〝彼女〟が死ぬことになっていて興味深い。

思いがけない出来事

Accidental

ブラック・クリークでは水は紅茶の色で、蚊《か》がさんざん刺してくるし、砂がモーテルのタオルの隙間から入りこむ。あたしは蛇を探す――ヌママムシを。ピカユーンのモーテル〈スーパー8〉で会った男は、蛇が近づいてくるとにおいでわかるという。あたしには、母さんからもらって顔に塗ったオーレイの化粧品のにおいしか感じられない。水中では、母さんがつけているときとおなじように、アーモンドみたいな甘い香りがする。脚にはすでにいくつも虫刺されの跡があるけれど、あたしは一番深い場所、折れた小枝が旋回している場所へと泳ぐ。こんな午後には、いまがマーク・トウェインの時代だったらよかったのにと思う。筏《いかだ》で川を下り、昆虫や爬虫類《はちゅうるい》のことなど気にも留めず、ショットガンで武装するのだ。どのみち平均寿命も短いことだし。

ふたりで泳いだあと、男はフリーマーケットまで車に乗せてくれる。あたしたちと、マーケットを仕切っている二人のガミガミばあさんのほかには誰もいない。あの二人より自分のほうがましだなんていうつもりはないけれど、とりあえずあたしには自前の歯がそろってる。見捨てられた衣類――縮んだり、染みがあったり、毛玉ができたりしたもの――の並ぶラックのあいだに身をすべらせ、奥にかかった歪《ゆが》んだ鏡を見ながら曲がった櫛《くし》で濡れた髪を梳《と》かす。

外に出ると、次はどこへ行きたい、と男が訊いてくる。男は輝きを失った、茶色くなりかけた歯をしている。ルックスは悪くないし、ランチをおごってくれるというのだが、ハティーズバーグにいるあいだどこに泊まるつもりかは教えないほうがいいような気がするので、そこのモーテルのことはいわずに、墓地まで乗せてと頼む。

男はあたしを横目で見る。一九二六年以降、新たにそこに埋葬された者はいないからだ。だけどずっとまえに死んだ人たちにだって墓参りをしてくれる人間は必要だし、十九世紀の死者を悼《いた》むことにはどこか特別なところがある——奇妙な墓碑銘がたくさんあるのだ。睡眠中に死すとか、つららにより死亡とか、華々しくも非常に危険なブランコからの落下により死亡とか。墓地へ向かう車内で、男がひどく大きな音でラジオをかけるので、それがしゃべらない口実になってうれしい。父さんを見つけるためにミシシッピまでやってきたのは一種の賭けだが、あたしは運に頼ったりはしない。

男が墓地に車を寄せるとすぐに、バッグを背負って飛び降りる。

「なあ、できれば——」男は助手席側の窓からひょいと頭を出す。口の端に煙草をくわえ、染みの散った手をギアにもたせかけて。

けれどもあたしはすでに縁石《えんせき》から何歩か離れた場所に、墓地の草いきれのなかに立っている。「ありがと」そういって会釈をし、歩き去る。あたしの去り際には芸術的なスタイルがあると母さんからはいわれるけれど、自分ではその才能を失いつつあるように思う。

墓地は丘になっていて、ところどころに南部連合国旗がはためいている。墓石の五つに一つくらいはフリーメイソンのロゴが刻まれている。あたしはエスターとかいう人が書いた本を手にして座り、下着が乾くのを待つ。

二百年まえだったら、もし家族の誰かが死んだら、自分で遺体を整えなければならなかった。遺体が文字どおり自分の手に委《ゆだ》ねられ、五感のすべてで家族の死を経験することになったはずだ。遺体を洗って服を着せ、開口部に詰め物をして、口をとじ、頬に紅を差し、ベッドに横たえなければならなかっただろう。ただ眠っているだけであるかのように——数時間もすれば起きだして、何か質問をしてくるか、あるいは座ってコーヒーを飲んでいるあたしを無視するつもりでもあるかのように。しかし実際に数時間経てば遺体のまぶたは硬直し、顔には死者特有の硬質な印象が表れ、そうなるともう家族の死が避けて通れないものとなって、深い悲しみで胸がいっぱいになるのだ。

あたしが実際に見たことのある死体は一つだけだった。同年代の女で、あたしたちは身長も体格も似ていた。二人とも髪は茶色で、二人とも不動産関係の仕事を短期間したことがあり、二人ともコミュニティ・カレッジを中退していた。彼女は一年を終えてからやめ、あたしは年度の途中でやめたのだけど。あたしはひとりっ子で、彼女は長子だったが最初の九年はひとりっ子だった。二人とも泳ぐことが大好きで、どちらも一度は水辺に住んだことがあった。彼女はニュージャージー州のケープ・メイに。あたしはフロリダ州のペンサコラに。どちらも子供のころは、ふたりとも地域のレクリエーションセンターの水泳教室に通っていた。どちらの母親にも個人的に習い事をさせる余裕などなかったからだ。死の前年、彼女はコスタリカでサーフィンのレッスンを受けていた。あたしのほうは十年まえに、義兄弟のハンクと一緒にテキサス州ガルヴェストンでサーフィンを習った。危険運転致死罪に問われた法廷で、彼女の妹が家族の記念のウェブページのことを話していたけど、あたしは見なかった。刑務所を出たあとにそのページを見たときには、これは絶対あたしが持っているのとおなじジャケットだ、と思える格好をした彼女の写真が一枚あった。

ちがう点もあった。彼女は離婚したばかりで子供はいなかった。一方、あたしは十五で子供を産み、一度も結婚しなかった。けれども、まだ息のあった彼女の体のそばに立ち、救急車が来るのを待っていたとき、あたしたちは置き換え可能なんじゃないかと思った。あたしのほうが彼女の死角にいたとしてもおかしくなかった。

夕方近くになり、ハイウェイ沿いのモーテルまでヒッチハイクをする。しかしすべての人が手に染みのあるあの男とおなじくらいまともとは限らない。こっちの体型を見て大きな態度を取る人もいる。あたしは小柄で、三十七になろうというのに、遠くにいると子供のように見えるからだ。だから、左手でバッグのなかをかきまわしてティッシュを探すふりをしながら、右手に小さな拳銃が心地よく収まっているところを見せなきゃならないこともある。横柄な野球帽野郎たちは――この銃をくれたときに母さんがいっていたとおり――あたしがこの銃を使いたがっていることを、口をきく価値もない低能なくそったれに対してはいつでもこれを使う準備ができていることを、感じとる必要がある。そういうやつらは、銃口を向けられて初めて人間らしくなる。車を降りてハイウェイを歩きはじめると、運転手が窓から顔を出してあたしをブスのビッチと呼び、ただで済むと思うなよ、という。しかしこっちにだって怖れや、希望や、夢があることが、この男にももうわかっているはずだとあたしは思う。

家族の友人に会いにいく。いや、もっと正確にいえばロニーは父さんの友人だが、そのロニーが新しい妻を迎えたのがわかってうれしい。ハティーズバーグの外れの家で、地面とおなじ高さのポーチに二人で座り、虫が入らないようにコーヒーカップを手で覆う。外気とコーヒーを比べてどちらがより熱いのか、よくわからない。

ロニーの新妻のカーリーは、ハイライトの入ったブロンドの髪と、パールピンクの爪をした女だ。あたしたちのすねをじりじりと焼く日射しのなかで、爪がライラック色にきらきら光っている。ロニーはあたしやカーリーの父親でもおかしくない年だけど、カーリーが疑いの目を向けてくるので、あたしはロニーを狙う気なんかさらさらないと請けあいたくなる。なにせロニーは、もう六十七だというのに町なかの古い列車車庫に行って大道芸人みたいにジョニー・キャッシュやロレッタ・リンやウディ・ガスリーの歌を歌うのが好きなのだ。それに、てっぺんは禿《は》げているのに頭の下半分の髪を長く伸ばしているので、邪《よこしま》な修道士のように見える。不細工で、だからいつもレイバンのサングラスをかけている。これをかけていると、不細工でも逞《たくま》しく見えるからといって。

ロニーには、どうしてあたしがここにいるのかわからない。「おまえさんはもう、南部に住んでるわけじゃないんだろう」

「そうだね。だけどまた家を借りにきたんだ。ヴァージニアの母さんのところに住んでいるのは、母さんが病気のあいだだけだから。母さんがよくなったら、あたしがどこに住もうと自由でしょ？」

「息子はどうしてる？　リーヴァイは元気なのか？　一緒に病人の面倒を見てくれてるのかね？」

コーヒーを一口飲むあいだ、あたしは息子のことを考える。「あの子はつらい思いをしてる。だから助けになってるとはいえないかも。病院が好きじゃないし」

「いまいくつだ？」

「十月には二十二になる」

ロニーは低くうなるようにいう。「だから父親代わりの人間が必要だっていってるのに」

あたしはロニーの目を見ていう。「それってハンクのこと？」

「誰だっていい」

「まあ、あたしはべつに病院が嫌いってわけじゃないから。またすぐに戻るよ。父さんを見つけたら」

「父親を探しにハティーズバーグまで来たのか？」

「父さんと、あとはショッピングモールのない土地を探しに」

子供のころは、毎年夏になると父さんと暮らした。思いだすのは、黒焦げのホットドッグと、おとなしくしないなら脚を折ってやると子供を脅《おど》す母親たちと、プラスチックのがらくたまみれの裏庭にあったそぼ濡れたビーンバッグと、傾いた棚に置かれたユニコーンとエルヴィス・プレスリーのフィギュアと、錆《さ》びついた回転遊具に座って聞いた怪談と、ババと呼ばれていた種馬みたいな男がポテトサラダをかきこんでいた姿と、こけた頰をしてトラック運転手の帽子をかぶった老人にこっぴどく叱られたあとにロッジの地下室でおしっこを漏らしたことだ。地獄みたいな天国だった。あたしは着たいものを着て（ホットピンクの服とか、白い綿のTシャツとか、ビキニとか）、食べたいものを食べ（シリアル、ペパロニのピザ、チョコレートミルクシェーク、チキンの細切りフライ、ケチャップサンドイッチ）、一日じゅう遊んで過ごし（スパイごっこ、キックボール、鬼ごっこ）、徹夜で本を読んだ（『アンの青春』、『ジャイアント・ピーチ』、『青いイルカの島』）。

ロニーと父さんはロッジで一緒に野球をした。そういう週末には、父さんと、誰であれそのときつきあっていた女に連れられて――ピックアップトラックの荷台に、ビールや安物のボックスワインの入った保冷箱ふたつと一緒に積みこまれて――野球の試合を見にいった。勝っても負けても駐車場で夜を過ごした。あたしはトラックの荷台に寝そべってソーダをすすったりキャンディを食べたりしながら、酔っぱらった大人たちがお互いに相手をからかうのを眺めているうちに、星空の下で糖分に溺《おぼ》れたまま寝に落ちたものだった。

父さんは押しの強い男だったが、暴力を振るうというよりは、相手を支配しようとするほうだった。あたしたちはたいていうまくやっていた、あたしが小賢しい口をきかないかぎり。おしゃべりは母さんのためにとっておいた。ときどき、午前中にハンモックで横になり、汚れた片足を外に投げだしてハンモックを揺らしながら本を読んでいたときなんかに、父さんがあたしを見ているのに気づくことがあった。そういうときの父さんは、こいつはほんとうは誰の子供なんだ、といわんばかりに首を横に振った。だけどあたしは父さんとおなじ茶色の髪と、茶色の目と、日光が当たると金色に輝いて見えるシチリア人の肌をしていた。

「父さんがどこにいるか知ってる?」あたしはロニーに尋ねる。「電話がつながらなくて」

「まあ、死んじゃいないだろうさ……」ロニーは間を置いてからつづける。「しかし死んだようなもんかもな。もうずっと、連絡がつきづらいんだよ。結婚式にも来なかった、入院してたとかいってな。もちろん酒のせいだ。どういう段階を踏むかは、おまえさんも知ってるだろう。何カ月かまえにゴルフ場で見かけたよ。旧道四十九号の外れにまだ住んでいるんじゃないか、あの女と一緒に」――ロニーは妻のほうを向いていう――「なんて名前だっけ?

キャスリーン？　ダーリーン？」

「キム」カーリーは脚を組みかえながらいう。

「ああ、それだ」

父さんは三回結婚した。まず母さんと。次にハンクの母親と。それからまた母さんと。問題は、父さんと母さんがまだ結婚していることだ。あたしはロニーに説明する。母さんは、父さんがサインすると約束したのをあてにして何回も離婚届を送っているんだけど、父さんはなぜか絶対に送り返してこない。母さんは病気になるまえに令状送達人を雇ったこともあったけれどそれもうまくいかず、通告を新聞に発表するための裁判所命令を取りつけようとしたのだが、見つけようとする努力が足りないといって判事に却下された。

「それで今度はおまえさんを送りこんだのか」

「ほかの誰よりも見込みがありそうだからね」そういいながら、コーヒーからブヨをつまみだす。

「しかし、なんだってまたいまになって？」ロニーは尋ねる。

「病気になってから、母さんにとってはそれがずっと気がかりで、夜眠れないこともあるの。たぶん、父さんとの仲をきっちり終わらせたいんだと思う。そうなれば、きっとすごくほっとするだろうっていってる」

「気持ちはよくわかる」カーリーがうなずく。

ロニーは肩をすくめる。「まあ、やつのほうも代わりにあのキムと結婚したいかもしれんしな」
キムは髪の白くなった、六十歳くらいの病的な女だ。キムと父さんはどの町でも最後のカジノに蹴りだされるまで粘ってからキャンピングカーに荷物を詰めこみ、次の町へ向かう。十一年間この有害な女とずるずるつきあってきたせいですべての人間関係を壊され、父さんのもとに残っているのは飼い犬二匹だけだ。

あたしも最初はキムと友達になろうとした。誕生日にキムがシルバーのブレスレットを送ってくれたとき、お礼をいおうと電話をかけると、父さんがまた飲みはじめたと聞かされた。あたしはため息をついてこういった。「あの親父、殺してやる」電話を切ったあと、キムはわめきはじめ、死ねばいいのに、とあたしがいったと父さんに伝えた。十分後、父さんが電話をかけてきて怒鳴り散らした。キムのいうことをここまで簡単に信じるとは。

ロニーの家のポーチから色ガラスの奏でる音が漂《ただよ》ってきて、あたしたちは風鈴のほうを向く。

「カーリーは子供たちに会いにメンフィスに行くんだが、おれが車で送っていくあいだ、おまえさんはここにいてもいいんだぞ?」

「ううん、大丈夫」あたしは空《から》になったカップを下に置く。「ハンクの家の近くに泊まるかも」

「あの坊主に近づく必要はまったくないだろうに」

「その〝坊主〟もいまじゃ四十だよ。それに父さんは……もう七十になる。顔を合わせるのもこれが最後かもしれない」

「もしかしたらな」ロニーの目が、まだあたしが知らないことを教えようとしている。

しかしロニーが心配する必要などない。あたしは父さんを探しにいくときに、〝父親〟が見つかることなど期待していない。あたしたちはもうなんの関係もないのだ、過去の一点においてつながりがあったといえるだけで。


あたしたちはコカインで遊ぶ子供みたいなものだ。もう子供と呼べる年ではないうえに、子供よりも分別がないような気もするけれど。モーテルの部屋からハンクのトラックへ向かって歩いていくと、ハンクは目を輝かせる——かなりの見ものを目にしているかのように。まるであたしが、しかるべき場所にしかるべきものの詰まっていない、十五歳の娘に戻ったかのように。

ハンクは鎮痛剤と新しい抗不安薬を大量に使っている。肩の調子が悪くてね、と文句をいい、片手で運転する。風が吹いて、ハンクのなけなしの鳶色《とびいろ》の髪がまばらになる。ハンクにはあたしをどこに置いておくべきかわからない。自分はまた恋人と暮らしているからだ。それで、スライデルにある自分の家のそばのモーテルまで車で向かう。

ぼくは太ったけど、それでいいと思ってる、とハンクはいう。太っていると食べ物がよりおいしく感じるという。いまも恋人に隠れて浮気してるというハンクの説明に、あたしは耳を傾ける。まあ、相手と協力して、やめようと努力してはいるんだけどね。もちろん、ハンクは浮気という言葉は絶対に使わない。

「彼女を恋人と呼んだことは一度もない」モーテルの外に停めたトラックのなかでハンクはそういう。モーテルの壊れた看板には、〝一泊二十九ドル九十九セント〟と書かれたノートの切れ端が留めてある。

「じゃあ、彼女も自分が恋人扱いされてないとわかってるんだね」あたしはいう。

「ぼくの問題についてはいろいろと話をしたよ。べつに秘密にしてるわけじゃないから」

あたしは髪をうしろで結ぶ。「それはよかった。ねえ、あたしはもう行くけど、そのまえに鎮痛剤をすこしこっちにちょうだい」

「なんで？　嘘みたいに聞こえるだろうけど、ぼくは昔ほど濫用《らんよう》していないよ」

あたしは肩をすくめる。「脇の下が痛いの。もしかしたら、関節炎か乳がんかも」

「なあ、それは不安神経症だよ。べつの薬をあげよう」ハンクはそういって、ふたりのあいだにある色褪《いろあ》せたジムバッグをひらく。

もらった薬を水なしで一錠飲み、あたしは助手席側のドアをあける。「もし状況がちがったら、あたしたちふたりで幸せになれたと思う？」

ハンクは下を見て、サンドイッチ用のビニール袋から薬を三錠振りだす。「まあ悪くはなかったかもな。あしたはどうする？」

「ロニーが教えてくれたゴーティエのトレーラーパークに行って、父さんがいるかどうか確認する」

「どうして空港で車を借りなかった？　金に困ってるのか？」

「だったら、貸してくれるとでも？」あたしはトラックを降りる。

ふり返ると、ハンクがこちらを見つめている。「まさかヒッチハイクしてきたなんていわないよな。ヴァージニアから。ルシンダ、それはまずいよ」

自分の名前を耳にして、思わず微笑《ほほえ》む。あたしをルーシーと呼ばないのはハンクだけだ。

「ニューオーリンズまで飛行機で来て、そこからちょっとヒッチハイクしただけ」車のドアをしめ、モーテルのコンクリートの階段を昇る。けれどもポーチで足を止め、身を乗りだす。

「ねえ」

ハンクは車の窓をあける。夢見るような緑の目をしている。「なに」

ハンクの顔に、見知った表情が浮かぶ。「こっちまであがってきて」

「あまりいい考えとは思えないな」

「そんなことないって」あたしはいう。


朝。モーテルは不穏だ。脳は警戒態勢、体は疲労困憊《こんぱい》。列車とともに目覚めたところで、なんの助けにもならない。午前四時から五時のあいだに列車がたてる轟音《ごうおん》のせいで、来《きた》るべき一日のために備えておいたはずの楽観的な気分に、暗い影が落ちる。まだ明けきらない朝方の暗がりのなかでハンクの隣に横たわっていると、自分の人生にありえたほかのさまざまな可能性が次から次へと浮かび、やがてそれが脳みそを停止させる最良の方法は何かという考えに変わる。しかし、息子がいるのにそんな真似をするつもりはない。

身を起こし、財布のなかの写真を見る。一枚めはリーヴァイの写真。これは小さいころのものだ。たぶん、六歳か七歳。写真には白い縁《ふち》があり、日にあたって色褪せている。リーヴァイは赤いライフジャケットを着ており、息子のうしろでは湖が金色の輝きを放っている。七百三十日ほど枕の下にあったせいで、写真の四隅は丸まり、角がひとつ折れ曲がっている。

リーヴァイの目は確かにハンクと似たグリーンかもしれないが、顔立ちは独特だ。もうすぐ二十二になろうという長身瘦軀の若者で、いつもフードをかぶってはいるけれど、八歳のころみたいな、後悔のこもったやわらかい目つきをする。八歳のときには、大人がみんな寝るまで眠れないような少年で、月が怖いからといってずっと起きていようとした。

親密な母子ではない。この時間帯なら、それを認められる。あたしはほとんど名前だけの母親だ。リーヴァイがいい子なのはわかっている。たとえレゲエを聴いてハイになったり、政府の陰謀を信じていたり、海兵隊に入ることを考えたりしているとしても。自分が思いやりの気持ちをあまり持ちあわせていないことに自分で傷つくような年齢だとしても。

ハンクはいまも成長期のティーンエイジャーのように眠る。六時ごろ、ハンクを起こす。

恋人が仕事に出かけるまえに家に帰れるように。ハンクはバスルームに駆けこみ、洗面台で水を流す。乱暴に水を散らす音が聞こえてくる。

　昨夜の薬のおかげで、血色がよくなり、頭皮がピンと張ったような気がする。口のなかにはいやな味がしている。冷たいシャワーを浴びて、下着を替え、客室清掃係にドアをノックされるまえに荷づくりを済ませてゴーティエに向かいたいと思う。

　うちのコーヒーが切れそうだからどこかで買って帰りたい、といいながらハンクがバスルームから出てくる。モーテルの明かりはハンクの髪にやさしくない。あたしはこういうときのルールを覚えているので、あまり口をきかない。ハンクは座ったまま忙《せわ》しなくジムバッグに荷物を詰め、それが済むと立ちあがってハグをする。抱きしめられるとハンクのにおいがする。ハンクはいつだってデオドラント剤を使いすぎるのだ。

　蛍光灯のついたバスルームに入ると、ハンクがドア口までやってくるが、あたしからはハンクが見えない。「帰るんじゃないの?」グレイのフィルムのかかった鏡に映る自分の顔に向かって、あたしは尋ねる。

「動揺してる?」

「どうして?」きょうの顔は老けて見える。

「きみの望むものを与えることができたのかどうか、よくわからないんだ」ハンクはドアフレームに向かっていう。

　あたしはシャワーを浴びるために髪を高い位置で結び、頭上の換気扇のスイッチを入れる。

「金が要る？」ハンクは尋ねる。「ヒッチハイクをしてほしくないんだよ。レンタカーのための金くらいあげられる。三百ドルでどう？」

あたしは笑いだしそうになる。「心配しないで」固くて塩素くさいタオルをラックから引っぱりだし、それを便器のふたの上に広げる。

「リーヴァイにいくらか送るべきかな？」いまはそこそこ稼ぎがあるから」

「急がないと、彼女が仕事に遅れちゃうよ」

シャワーと換気扇の音がしていてもなお、ドアがばたんとしまる音が聞こえてくる。

あたしが十四のときに父さんがハンクの母親と結婚して、父さんは二人と一緒に暮らしはじめた。

六月に、あたしは父さんを訪ねてそこへ行った。ハンクはハイスクールのフットボールチームのランニングバックで、スター選手だった。ドア口を通り抜けるのもたいへんなほどの体型だったけれど、人あたりはやわらかだった。それに楽しかった。あたしのことを考えずにいられないなんていってくれたのはハンクだけだった。

七月に、ハンクの母さんの車を盗んで駆け落ちした。ハンクはほんの数日のことと考えていたらしい。あたしは戻らないつもりだった。フロリダでお金がなくなるまで、一カ月もった。最後の週はデスティンで車を停めて車内で眠り、ビーチで暮らした。ハンクは水着に嫌気がさし、あたしは水に嫌気がさした。母さんのところへ送り返されたとき、あたしは妊娠していて、母さんは激怒した。結局、その後数週間でハンクは義理の兄じゃなくなった。

フリーマーケットで盗ってきた靴下をはき、ハイウェイに向かって歩きはじめる。お金のことはちょっと心配だ。お金は外にいるときしか使っていない。ここでの用事が済んだらすぐにヴァージニアの母さんの家へ戻り、仕事を見つけるべきなのはわかっている。けれども刑務所に入って以来、やらなきゃならないことをなんとかやろうとする努力はいつだって無駄に終わる。当然、いろいろな仕事をしてきた――コンビニ店員、ウェイトレス、オーガニック農園の手伝い（これはメキシコにいたほんの短いあいだのことで、そこでは給料の代わりに食事と家をあてがわれた）。しかし自分の恥をみんなに知られている場所で暮らすのはひどくむずかしい。

もうすぐ国道五十九号というところで、ハンクのトラックが近づいてきて道路脇に停まり、眼鏡をかけたハンクが身を乗りだす。「乗れよ。ゴーティエまで乗せていく」

「恋人に捨てられるよ」

ハンクは濡れて額《ひたい》に貼りついた髪を払いのける。「ヒッチハイクをしてほしくないんだよ――六〇年代じゃないんだから」

「ハイになってるの？」あたしはバッグを動かす。肩にひもが食いこみはじめていたのだ。

「いつもこんなもんだ」

数年おきに、ハンクか、あるいはあたしのほうから、よりを戻そうと持ちかけてきた。せいぜい一週間くらい憑かれたように電話でしゃべったり、熱にうかされたように高すぎるモーテルで逢引きしたくらいで終わった。ハンクみたいにあたしを知ってる人間はほかにはひとりもいないけど、ふたりで一緒にいると何もかもが悪いかたちでエスカレートする。

トラックに乗ってハンクのほうを見ると、レンズの向こうの目はどんよりしている。「運転なんてできないでしょ。これ以上ないってほど酔ってるじゃない」

ハンクは手を振ってはねつける。「大丈夫だよ。ちょっとバーボンを飲んだだけだ。一番上の棚にあったやつ。彼女に飲まれるまえに、ぼくが飲まなきゃならなかった」

「朝の九時半だよ」

「忙しい朝だったんだ」ハンクはそういってエンジンをかけようとする。

あたしは手をキーの上に置く。「そんな状態で運転する車に乗る気にはなれない」

「なんだよ、ルシンダ、うるさいこというなよ。ゴーティエに行きたいんだろ。そうじゃないのか?」ハンクは両手を放りあげる。「だったら自分で運転しろよ」

あたしは車の床に置いた荷物をつかむ。「自分でなんとかするから。一緒に来てくれなくていい」

ハンクはシートのなかで体の向きを変える。「もう免許証は取り戻したんだろう」

あたしは首を横に振る。「ううん」そしてためらってからつづける。「あの事故以来、運転してない」

ハンクはあたしをまじまじと見つめる。「だってもう十五年以上になるはず……去年、アラバマで会ったときはどうしたんだ?」

あたしはブーツの爪先の土埃を見ながらいう。「バスに乗って、それからタクシーに乗った」

ハンクは眼鏡の下の目をマッサージする。「なあ、きっと大丈夫だよ、ルシンダ。けっこう覚えているもんさ。すぐに勘を取り戻せる」

あたしが轢《ひ》いた女が死んだ夜は曇りで、雨は降っておらず、頭上の空は神秘的だった。九月で、あたしは自分の若さを実感したかったし、死が秘めた純粋さに触れたかった。母さんの土地を歩き、二杯めのビールをこぼしながら木々と心を交わした。車を出したのは、朝方の二時だった。あの女はそれとまったくおなじ時間にバーを出ていた。運転していると、目のまえで夜気が押し寄せたり引いたりした。あたしはスピードを出しすぎた。速く走らなきゃならないような気がしたから。そしてあの女の胸部を砕いた。彼女が見えていなかったから。

「ルシンダ？」

あたしはバッグを抱きしめて目をとじる。

「ねえ、ぼくはここにいるよ、もし忘れてるならいうけど」

ハンクがトラックを降りてまわりこみ、助手席側のドアをあけるのが聞こえる。「詰めて」ハンクはいう。あたしは動かない。ハンクは温かい手をあたしの顔の横に当て、耳に向かって囁《ささや》きかける。「きみの母さんのためにやるんだ」

あたしは息を深く吸いこんで、バッグを放し、横へずれる。ハンドルに近づくように、座席を調節する。キーを強くまわしすぎてしまい、エンジンが怒ったような音をたてる。それから足をブレーキに乗せ、右手でギアをパーキングから動かす。次はアクセルだ。もし体がいうことを聞けば、車はバックするはずだ。

父さんはトレーラーパークにいない。だが、近隣の人たちが父さんを覚えている。どうやらアラバマ州モビールに移ったらしい。キムも一緒で、鳥籠《とりかご》とプラスチックのフラミンゴ二羽を残していったそうだが、ハンクもあたしもそれを引き取るのは拒否する。モビールは木もろくに生えていないような、日光ですべてがしおれ、荒れ果てた土地で、そこのトレーラーパークに着くともう午後も遅い時間になっている。ハンクの恋人は何度も電話をかけてきたが、ハンクは一度も出ていない。ただ見おろして、携帯電話が震えるのを眺めるだけ。あとどれくらいそのまま持ちこたえるだろう。

車を停めると、たわんだポーチの階段に父さんが腰かけている。胸に引きつけるようにして膝《ひざ》を抱え、まるで泳ぎ疲れた少年みたいだ。切りっぱなしのジーンズを穿《は》き、脚の長いワイングラスを手に持っていて、トラックのなかにいるのが誰か見えると、あたしたちを迎えにポーチを離れ、よろめきながら足早に砂利敷きの私道を歩いてくる。充血した目で顔をしかめる様子から、父さんがまた酒を飲んでいることがわかる。キムはキッチンの窓辺でフライドチキンをつくっていて、父さんもあたしたちに家へ入れとはいわない。

「やあ」父さんはあたしの背中を撫《な》で、ハンクと握手をする。「おまえたちがふたりで会いにくるなんて思ってもみなかった。鏡の国の兄弟みたいだな、トゥイードルディーと」——父さんはあたしの頭をぽんぽんと軽くたたき、次いでハンクを見やってつづける——「間抜けなトゥイードルダムだ」

ハンクはプラスチックの椅子を三つ、泥だらけの雑草の上を引きずってくる。

「おまえたちふたりとも、モビールに泊まっているのか？」父さんが座ると、アニメのタトゥーがおなかの上に広がる。かろうじて肋骨《ろっこつ》が見え、内臓もあるんだろうなとわかる。

「父さんを探してここまで来たんだよ」

父さんはいぶかしげに横目であたしを見る。あたしが怒鳴りでもしているかのように、苛立っている。「で、見つけたってわけだ」そういって顔をそむける。

あたしは懐柔作戦でいくことに決める。「電話はどうしたの？　未払いの料金を払わないと使えないとか？」

「払ってやることなんかないぞ」ハンクがいう。

「まさか。わざわざおれの金を使う必要なんかないからな。好きこのんで電話で無駄話をするのはキムだ。おれじゃない。キムが自分で払えばいい。しかし久しぶりだな。ルーシーはぜんぜん変わらない。だが、ハンク、おまえはいくらか太ったようだな」

「三年ぶりだよ、父さん」あたしはいう。

父さんは黄ばんだ茶色の目であたしを見る。「三年？　じゃあ、これを見るのは初めてか。

おれたちはここでこれを買ったんだ」父さんは誇らしげにうしろのほうへ、安っぽい黄緑色のトレーラーがあるほうへ手を振ってみせる。

「そんな金をどこから出したんだ、カール？」ハンクが尋ねる。

「ブラックジャックでイカサマしたのさ」

「先に電話料金を払うべきじゃないのか？」

「そんなこといいから、ハンク。父さん、大事な話があるんだけど」

「おい、またこいつが孕《はら》ませたっていうんじゃないだろうな？」

ハンクが立ちあがり、座っていたプラスチックの椅子がひっくり返る。ハンクの向こうには、てっぺんに十字架のついた郵便受けが並んでいる。

「ハンク」あたしは立ち、腕を投げだす。「この人は七十なんだから——けんかをするには年を取りすぎてる」

ハンクは父さんを睨《にら》む。「けんかを売ることはできるみたいだけどな」

父さんはわざわざ立ちあがったりはしないが、昔ながらの厚かましさが見事に顔に表れている。「おまえがおれに一発当てるころには、おれはとっくに墓に入っているだろうさ」父さんは顔をそむけ、あたしの足もとの地面に唾を吐く。「ルーシー、おまえは何か悪い知らせを伝えにこんなところまで来たのか？　だったらさっさと話せ。今度は誰を殺したんだ？　いずれにせよ、おれは金は出さんぞ。仮に金があったとしてもな」

まるでスイッチが入ったかのように、あたしの目に涙がたまる。

「どうせこうなるだろうと思ってたよ」ハンクがいう。「ぼくがたたきのめしてやろうか?」

「父さん」声が詰まる。「もう帰るから」

「それはおまえたちが決めることだ」父さんは胸のまえで腕を組む。

ハンクはあたしのまえに進みでて、小声でいう。「きみの母さんのことはどうするんだ?」

母さんから電話があって、ステージ4のがんだったと告げられたとき、あたしは集合住宅の前庭に生えた雑草のあいだで煙草をもみ消したが、煙が吸殻からのぼりつづけた。まるで地面から直接立ちのぼっているみたいに。家に戻ってきて面倒を見てくれといわれ、拒否したかった。あたしはこれまでほとんど誰の面倒も見ずにきた。自分自身も、リーヴァイさえも放ったらかしだった。最初に離れたのは、リーヴァイが七歳のときだった。刑務所にいた二年のあいだ、母さんがリーヴァイを面会に連れてこようとするたびに断った。出所後は、州に借りができ、病院にも借りができ、誰であれあたしのことを知っている人の顔をまともに見ることができなくなった。だからまた離れた。

バッグから書類を取りだし、父さんに渡す。「母さんが、これにサインしてほしいって」

書類を見ると、父さんの顔はすぐに赤くなる。「サインなんかしないぞ」

あたしはまたバッグをあけ、銃を取りだす。「だったら、あたしから頼むわ」

ハンクがあたしの腕をつかもうとするが、それをよけて遠ざかる。「ハンク、トラックで待ってて。あたしはサインをもらえるまで帰らない」

「あまり馬鹿な真似をしないほうがいい。おまえは重罪犯なんだからな」父さんはそういってにやりとするが、目は煮えたっている。

「ハンク、父さんにペンを渡して」

父さんはハンクの手のペンを睨む。「無理強いするつもりか？　不法に強制して？」

「そのとおりよ、父さん。あたしは犯罪者だもの」

「子供が実の父親に銃を向けるとはひでえ話だな。わかってるんだろうな、キムが家のなかで警察に電話してるぞ」

ハンクはあたしを見て、父さんを見て、それからキッチンの窓辺にいるキムを見る。通報されるのは怖かったけれど、あたしはトレーラーのほうを見ずにいう。「どうだっていい」

「おまえにそれを使う度胸があるとは思えんな」父さんは小さな拳銃を身振りで示しながらいう。

父さんの胸に向けていた銃を、頭へと持ちあげる。「だけど人を殺すのは初めてってわけじゃないから」

「ルシンダ」ハンクがいう。「もっといい方法があるはずだ」

「もしサインしたら」父さんはいう。「まだするとはいっていないが、もししたら、おまえたち二人には二度とここへ来ないでもらおう」

「カール、なぜぼくらが好きこのんでやってくると思うんだ？　いつだって古傷をあんたに突《つっ》きまわされるだけなのに」ハンクがさもいやそうにいう。

父さんは両手を腰に当ててあたしを見る。「あいつはなんだっていまさらサインがほしいんだ?」

「病気だから。もうすぐ死ぬことがわかっていて、父さんの妻のままで死にたくないからよ。もしかしたらあと一年くらいは生きるかもしれないけど、それが限界」また涙が浮かんでくる。うんざりするくらいたっぷりと。「そうなればもう二度と母さんに会うことはない。〝もう一度〟はないの。だからなんであれ望みはかなえてあげるしかない。あたしも父さんも、頼まれたことにはイエスというしかないの」

「なんの病気だ?」父さんは灰色の髪に手を走らせながら、あくまで説明を求める。「なんで死にかけている?」

あたしはハンクに合図をして、シャツで顔を拭《ふ》く。「がんだよ」ハンクがいう。

「だからサインして」あたしはいう。「お願いだから。それが母さんの望みなの」

父さんはペンを取り、ハンクの背にもたれながら雑な走り書きで書類にサインをする。ハンクが書類を受けとり、ざっと確認する。あたしは銃を落とす。わざわざ拾ってバッグのなかに戻す気になれない。トラックに向かって歩くあいだ、脚はゼリーのようで、座りたくてたまらない。日光から逃れて、熱い金属のなかのスペースに逃げこみたい。キムがポーチに出てくる。スクリーンドアがぴしゃりとしまる音に交じって、父さんの声が聞こえてくる。

「こんな思いをすることになるとはな」舞台の上にいるのが自分ひとりだとようやく気づいた俳優のように、そんなひとりごとをいっていた。

ハンクはフロリダ州パナマシティまで運転し、ビーチのまえで車を停める。ハンクがカナディアン・ウイスキーのボトルを買ってきて、ふたりでトラックの荷台に寝そべる。ブーツを脱ぐと、ハンクが脚をさすってくれる。暑いけれど、ありがたいことにかなり風がある。

「訊いてもいいかな？」ハンクは片肘《ひじ》をついて頭を支えている。

「いいんじゃない？」ボトルから一口飲み、背中を丸めてハンクの胸にもたれる。

「なんでリーヴァイに、ぼくが父親だっていわないの？」

「わかんない」肩をすくめ、さらに深くハンクの懐《ふところ》に入りこむ。「母さんが、そのほうがいいってずっといってたからかな。義理の兄だったわけだから、リーヴァイが混乱すると思っていたみたい」

ハンクは身を起こす。「またそれか。きょうだいだった期間なんか一年もつづかなかったのに」

「それでもね」頭上に、数えきれないほどたくさんの星が見える。

「リーヴァイが知っていたら、もっとしてやれることもあっただろうに」ハンクはあたしからボトルを受けとる。「もっと何かするべきだったと思わない？」

「わかんない」とはいうものの、ほんとうはわかっている。

ハンクは長く一口飲んでからいう。「ほかに子供を持つことはなさそうだから、リーヴァイはぼくのたった一人の息子なのに。その息子に、ぼくは何をしてやった？」

あたしはボトルを取り戻し、ボトルの口を指でくるくるとたどる。「小さな子供だったころ、教会で、礼拝の代わりに審判の劇をすることがあった。主役のジェインに扮したミセス・モンローとか、ランス役のミスター・ダニエルズが、自分たちのおかしたさまざまな罪に照らして地獄に落ちるのか、よみがえるのかは、ふたりのもとに天使か悪魔が現れるまでわからなかった。だけどどっちに連れていかれるかはたいした問題じゃなくて、最悪なのはわからないまま待ってる時間なの」

ハンクはまえに身を乗りだし、あたしを見おろす。「つまり、もう遅すぎるってこと？」

あたしは身を起こし、夜空が水平線と出会う場所を見極めようとする。「ほんとうは、母さんがみんなやってくれてる――やってくれてた。リーヴァイのことは」

「だけどそれじゃ駄目だと思うんだよ、ルシンダ」ハンクはいう。「それを伝えてもらえないかな？　きみの母さんに知ってもらいたいんだ、どうしても。ぼくがこれじゃ駄目だと思っていることを」ハンクはうしろにもたれ、やがてまた寝そべる。

リーヴァイが生まれたとき、あたしは母親になりたくなかった。いずれなりたくなるだろうとは思った。もうすこし経ったら。こんなことが起こらなきゃよかったのにと願っているわけじゃなくて、もっとちがったかたちで起こってほしかったと思っているだけだ。

朝になり、ビーチはがらんとしている。ジョギングをしている人が何人かいるだけ。ハンクとあたしは裸になり、競いあうように熱い白砂の上を駆けて、砕ける波へ向かう。あたしたちは幸せで、怯えていて、救われない。

外交官の娘

The Diplomat's Daughter

ベイルート、カラハリ砂漠、二〇〇一年―二〇一一年

以前、ナターリアは妻だった。夫の名前はエリックだった。ヴィゴだった。クリスチャンだった。ルーカスだった。ニルスだった。

エリックはナターリアを殴った。二人に子供はいなかった。エリックはオートバイに乗った。会社を経営していた。牧師で、サーファーで、会計士だった。エリックはナターリアに銃の撃ち方、酒の飲み方、血の流し方を教えた。夫であり、ボスであり、相棒だった。ナターリアのことを生徒と見なし、通訳と見なし、ウェイトレスと見なした。ナターリアに皮の剝《は》ぎ方を覚えさせた――首からはじめて、皮の内側を掘り進むんだよ、ひんやりした脂肪まで。そうして本体から引きはがすんだ。

ナターリアには伝道師の熱意があった。これはエリックが与えたものではなかった。宿命論的なものの見方をするのはナターリアの最初からの気質だとエリックは認めた。まあ、エリックも心の底では予定説を信じるカルヴァン派だったのだが。

「エリック」ナターリアは尋ねた。「わたし、準備できてると思う?」

「ちがう」夫は顎ひげをこすりながらジョークとしていった。「いまはクリスチャンだ」

クリスチャン。

この名前を口に出そうとすると、ナターリアの声はいつもうしろに引っこんでしまった。

エリックは、ナターリアにしたことを社員全員におなじようにした。彼らの小さな会社では、原則として何もかもが平等だった。しかしナターリアには自分が一番のお気に入りだとわかっていた。もっとも、注目はかならずしも利益にはならなかった。場合によってはより厳しく監督されるだけだった。そして忍耐力を磨くという目的のために、社員はみなエリックが必要と思う方法に従った。

訓練が終わると、ナターリアはエリックの仮のオフィスに呼ばれた。ドアがしまると鍵がかけられ、部屋が縮んだ。

「きみはよくやったよ、ナターリア」エリックは席を立ってナターリアを迎えながらいった。

「ありがとう」ナターリアは幸せといってもいい気分だった。

夫は親指をナターリアの肩に押しこんで骨を揉《も》み、ナターリアは服を脱いで机に覆いかぶさった。揺れるブラインドの隙間から、すべてを小麦色に染める砂塵が見えた。陽炎《かげろう》の立つ窪地も。人けのない空間も。

「簡単な仕事だよ。一週間後に向こうで落ちあおう」エリックは身を起こし、ズボンのジッパーを上げた。「それで、スペイン語はできるようになった?」

ナターリアは声をたてて笑った。「どこへ行くことになるの？　メキシコ？」

「ルーカスに訊いてくれ」エリックはいった。

「そのお遊びは好きじゃない」ナターリアは眉をひそめた。「それに、訓練は終わりだっていったでしょ」


外の世界では、ナターリアはたいていヴィゴ・ヨルトの妻だった――銃を買ったり、クライアントをガードしたり、配達をしたりするときには。けれどもあの二〇一〇年の最後の数カ月のあいだはベイルートで一人で動いた。街に馴染み、海辺で長時間の散歩をし、例の少年と爆弾に近づいた。

爆破の前夜、ナターリアは暗闇のなかでビクッとして目を覚ました。不安で吐き気がした。アパートメントのなかを歩きまわり、コーラを飲んで、くり返し彼のことを考えるしかなかった。父さん。父親の外見を、話した言葉のすべてを思いだし、かつて自分が誰かの娘だった証拠を集めた。それでまた眠りに戻ることができた。目覚まし《アラーム》が聞こえたときには、不安《アラーム》は消えていた。理屈では説明がつかなかった。歯を磨きながらバスルームの鏡と向きあったときにはエリックはロビーに到着しており、ナターリアにはまた誰かの妻に戻る準備ができていた。

ヴァージニア州リンチバーグ、一九九七年

「でもキッチンには行きたくない……ビルがまだテレビを見てるんだもん」ミラはいった。頭上で回るファンがトレーラー内の空気を悪化させていた。網戸のない窓にセミが何匹も体当たりした。

「じゃあ寝れば」マットレスに寝そべったナターリアの位置から月は見えなかったが、月が壁に押しつけている明かりは見えた。

「おなか痛い」ミラはいった。

ナターリアはあくびをした。「部屋を出るならズボンを穿《は》きなよ」

ミラは寝返りをうって仰向けになり、胃のあたりをぎゅっとつかんだ。「太ってる人だっておなかは空《す》くんだからね。年ごろになったら痩せるかもしれないってママはいってたし。背が伸びれば、肉も引きのばされるって。なによ？　あたしが嘘つきだっていうの？　あたしたち、ビルのところにちょっと寄って、おばあちゃんちに行くはずだったのに。あんたはわかってないかもしれないけど、このクソ溜めはおばあちゃんちなんかじゃない」

「動かないでよ、シーツがはがれてる。もう遅いから運転できないだけでしょ」

「ママは酔っぱらってるから運転できないんだよ。パパに電話すれば……」

「駄目」ナターリアは身を起こし、ミラに指を向けた。「ミラ、聞いてる？　やめて」そういってまたぱたりと横になった。茶色の長い髪が、黄色い枕に扇形に広がった。「時差だって七時間くらいあるんだし」

ミラは転がって起きあがった。「シリアルでも食べてくる」

ナターリアはミラの腕をつかんだ。「ズボンを穿きなさいっていったでしょ」

ミラは身をよじって逃れ、キッチンへ向かった。ナターリアはすばやくマットレスを離れ、ミラをドアに押しつけると、声を押し殺していった。「あっちに行くなら、あんたの顔じゅうにピーナツバターを塗って犬をけしかけてやる」

ミラはナターリアを嚙もうとした。ナターリアは両肩をつかんでミラをドアにたたきつけた。頭が薄板にぶつかり、ミラはカーペットにくずおれた。

「ちょっと」ナターリアはミラの腿《もも》を軽く蹴った。「立ちなさいよ。なんともないはずよ」ナターリアはミラの肩を引っぱって立たせようとした。「ねえってば。泣いてるわけじゃないんでしょ？」

「泣いてない」ミラは鼻をすすった。

三つ年上で三十センチ背の高いナターリアは、妹を抱きあげた。

「おろしてよ、馬鹿」

「馬鹿なんていわないの」ナターリアはミラをマットレスの上に放った。「あんたはすごく疲れてる」

ミラは壁際まで転がっていき、額《ひたい》を壁にくっつけた。「ママがハイになってる」

「酔っぱらってるだけ」

「ビルから錠剤をもらってた」ミラはいった。「見たもん」

「ビルとはリハビリ施設で会ったんだよ」

「またクスリをやってると思う」ミラはそういうと寝返りをうってナターリアのほうを向いた。そしてナターリアを見つめたまま、他人行儀に待った。

ナターリアは腰をおろした。「もう?」今回はもうすこしもつかと思ったのに。

ミラは額をナターリアの腿に押しつけた。「もう?」今回はもうすこしもつかと思ったのに。

ナターリアはしばらく身動きしなかった。それからマットレスの足もとのほうへ這っていき、ミラの短パンを見つけた。「穿いて。ここを出るから」

「二人で?」

ナターリアはドアまで行き、ふり返っていった。「ここにいて。すぐ戻る」

テレビが発する青い光のなかへ、ナターリアはそっと入った。母親の新しい恋人のビルは、張りのないアームチェアに体を預けてだらしなく口をあけていた。ビルみたいな男なら、ナターリアが必要とする銃を持っているかもしれない。いくつもの引出しを確認したが、ごみだらけのキッチンで見つかったのはビルの車のキーだけだった。ひらいたままの寝室のドアの向こうに母親の足が見えた。黒く変色した何か粘っこいものが、一方の踵《かかと》にべったりついていた。

自分たちの寝室に戻ると、ナターリアはドアの鍵をしめて窓をあけ、ミラを持ちあげて、チクチクする草の上に降ろした。

車内にこもった熱気のなかで、ミラは体を弾ませながらサンダルを蹴るようにして脱いだ。

「これ運転できるの?」

「できると思う」ナターリアは唇をつまみ、謎めいた暗黒と化した田舎の道を凝視《ぎょうし》した。

「でも、パパと駐車場で運転したことがあるだけなんでしょ」

「発進するときは、スピードを上げなきゃならない」

「あたしたちのこと、警察にいうと思う?」

「クスリをやってるから」ナターリアはそういいながら、手に入らなかった銃のことを思い、家に帰るための道を思い、その朝自分たちを車に乗せたときの母親の様子を思った。いままで一度も見たことがないくらい、こうあってほしいと思う母親そのものだった。ナターリアはライトをつけ、キーを差しこんだ。「シートベルトをして」とナターリアはいった。

カラハリ砂漠、二〇〇二年

なぜこんなことされなきゃならないの? それもこんなに早く? 訓練のあいだ、もっと忍耐強くなってくれとナターリアはエリックに懇願《こんがん》した。あなたがじりじりして待つことなく、わたしに待つことを教えてくれ、と。「また?」ナターリアは尋ねた。「オーケイ。準備できた」

ああ、ヒリヒリする。内側全部。尿意を催《もよお》しているうえに汗だくだったが、それでも水を切望していた。

小屋に戻ったほうがいい。頭から水をかぶって、服から水を滴《したた》らせたい。それならすくなくとも服を着ているわけだし、マットレスの上で大の字になっているわけでもない。「また?」相手が誰なのか見もせずに、ナターリアは尋ねた。「オーケイ、急いで。準備はできてる」

小さいころ、海に入るといつも寒くなるまで水中にいた。唇が紫になったが、それでも水から上がるのを拒んだ。泳ぐのが大好きだったし、まわりじゅうから伝わってくる何か巨大なものの力を感じるのが大好きだったから。「また?」ナターリアは尋ねた。すくなくともそういうかたちに口を動かした。

エリックが手をナターリアの額に当てた。「きみを傷つけたくないんだ。だけどこうすれば、誰にも傷つけることができないから」

ヴァージニア州レキシントン、二〇〇一年

「ねえ、これが途方もなく馬鹿げたことじゃないなんてふりをするつもりはないわよ――」この長ったらしい毒舌が途切れたのは、身につけた真珠にはねた溶かしバターを拭《ふ》きとるためだった。それが済むと母親はナイフを持ちあげて槍《やり》のように構え、嫌悪に近い何かをこめて娘二人を睨《にら》みつけた。「どうしてそう極端に走るのよ?」答えを待たずに、母親は油っこい指先を向けていった。「これが気に入ってるの? ジョージがくれたのよ。ゴージャスじゃない?」それから、真珠はナターリアの手つかずのオランデーズソースの上でぶらぶらと揺らされた。「あんたたちの父親は洒落《しゃれ》たものなんか何も買ってくれないんだろうから、これに合わせて着るものがあるかどうか知らないけど、きっと似合うわよ」

ナターリアは無言のまま、金色の縁取《ふちど》りのある皿に盛られたままの三枚のベーコンを見おろした。この皿もジョージからのプレゼントだった。ジョージはビルよりも、ロンよりも、ナターリアの父親よりもさらに金持ちだった。

「ナターリア、あたしたちすべてが神の被造物なのはあたしも知ってるけど、せめて卵の黄身くらい食べられないの？　タンパク質よ」

「ママ、ナターリアは肉を食べないって知ってるでしょ」ミラがいった。

「でもあの脚を見てよ……短パンからひもが二本ぶらさがってるみたい」

「ママったら、自分だって黄身を食べてないじゃない」ミラはパンの耳以外は全部食べていた。

「新しいダイエットをはじめたの。よく知らないんだけど、あそこの難民たちのところには卵なんてあるのかしら。カグ……カングだっけ？」

ナターリアは窓の外を見た。

「カングワ。卵くらいあるよ」確信のないまま、ミラはそういった。

「姉さんにしゃべらせなさいよ。そもそも鶏がいないんじゃない、あんなに飢えているんだから。ねえ。ナターリア。こっちを見て。死んだ豚じゃなくて、あたしを見てちょうだい」

ミラがテーブル越しに手を伸ばした。「あたしが食べる」

「あんたは食べ過ぎよ、ミラ！　ねえ、そろそろ我慢の限界よ」母親は腕につけたブレスレットをきっちり等間隔に直した。「今回の聖人ぶった遠征にはまったく賛成できない」

「ナターリアは人助けをしたいんだよ」ミラはそういって真珠のネックレスを手に取り、くるくる回して手首に巻きつけた。

「殉教者になりたいんでしょ」母親はいった。

「人助けをすれば、キリストみたいになれるんだと思う」

「ここにいたっていいじゃない？　女性用シェルターでボランティアがしたいっていってなかった？　シェルターならリンチバーグに一つあるし、シャーロッツヴィルにもある」母親は手のひらの外側についたバターを優雅になめた。「いまだに信じられないわ、よりによってあんたの父親が、そのカング・ワとかいう場所を安全だと思うなんて。でもまあ、和平調停の一つも成功させたことのない外交官だものね。あんたたちは父親のことを聖人みたいに思ってるけど、あの人は頭の一部でしかものを考えてなくて、その頭には大脳皮質がないんだから」

ミラは卵を吐きだした。ナターリアはミラに向かって顔をしかめていった。「帰るのはまだ早すぎるってわかってるでしょ」

「二人とも、ジョージに会っていきなさいよ」母親がいった。「もうすぐ仕事から帰ってくるから。ねえ、どこかへ行きたいならパリへ行ったっていいじゃない。どう？　新婚旅行でジョージに連れていってもらったの。ロンやあんたたちの父親とおなじようにね。ナターリア、話を聞くときは目を合わせなさい。自閉症だと思われるわよ。きっとフランスにだって、助けを必要としてる人はいるから」

「土曜日なのに仕事なの?」ミラがいった。「浮気を疑ったりしないの? 相手はもしかしたらインターンとか? 絶対そうってわけじゃないけど、可能性を考えもしないのは馬鹿でしょ。だってほら、証拠物件Aとしてパパがいるわけだし」

ナターリアはテーブルを押してさがり、立ちあがった。「あんたの勝ち。タクシーを呼んでくる」


シャーロッツヴィルからワシントンDCへ向かう列車で、ミラは爪の甘皮を血が出るまで剝《む》いた。「ママの真珠を質《しち》に入れるよ。新しい自転車がほしい《ジョ・キエロ》。真珠はいくらくらいになると思う?」

「三時の列車に乗るはずだったのに、まだ十一時だよ。なんでこんなに早く帰ってきたのか、父さんは知りたがるはず」

「あたしたちをママのところへ行かせたのがまちがいなんだよ」ミラはいった。

「母さんの誕生日だから」ナターリアはバックパックから切符を取りだした。「まあ、気持ちが悪くなっちゃったからっていうわ」

「嘘をつくってこと? あんたが? なんて卑劣な……」

「母さんのヴァリアム、盗ってきた?」ナターリアは尋ねた。

ミラは精神安定剤の小瓶を掲げた。「これのこと? ママがマリファナを持ってるって知らないの? あたしはあれを〝特別のはからい〟って呼んでるんだけど」

「どんな感じ？」ナターリアは小瓶を取りあげようとした。

「やめてよ」ミラは小瓶をぎゅっと握った。「頭皮がぽかぽかするんだよ。ときどきね。ママはこれ以上やったら永遠に休むことになるね」

「手を見せて。血が出てる。ミラ、いいから、瓶は取らないから」

ミラは両手を差しだし、ナターリアはその手をTシャツの裾でぬぐった。

「あんたなら難民の魂を救ったりするのかもね」

ナターリアは通りかかった車掌に切符を見せた。「あの人たちはとっくにクリスチャンなんだよ、馬鹿」

「だけどあたしたちみたいにキリストに信仰を捧げてるの？」

「牧師に訊いてよ」ナターリアはいった。

「あんな羊の囲いのなかの狼とはしゃべらないよ、あんなペテン師、あんな……」

「……マキャヴェリ主義者？」ナターリアがあとを引き取っていった。

「わかってると思うけど」ミラはいった。「二人一緒じゃなきゃママのところには行かないからね。ママのことはあんたが戻ってくるまで待たせておく」

「たった一年だよ」ナターリアは座席の背にもたれ、波模様のタトゥーが男の上腕二頭筋のまわりでさざ波を立てるのを見つめた。退色したタンクトップを着たその男は、座席のヘッドレストにつかまって体を支えながら通路を歩いてくる。「もしかしたら、わたしが戻ったときにはクスリをやめてるかもね」

「行かないでっていったことなかったよね？　ないね、ママとちがうんだから。あ、た、し、は絶対いわない。これ、ほんとにほしくない？」ミラはそう尋ね、真珠のネックレスでナターリアの顔をたたいた。

「やめてよ」

「あんたがいらないなら、車輛のつなぎ目から外に捨ててくる。あたしはほしくないから。あんたもほしくなければね」

「ミラ、やめて」

「ほしいの？」

「顔にぶつけないで」ナターリアは真珠をミラからひったくった。

「ほら、やっぱりほしいんじゃない」

ワシントンDC、二〇〇一年

ナターリアがカングワへ向けて発つ日の朝、父親はナターリアにミルクたっぷりの甘いコーヒーを淹れた。二人はダイニングにいた。日が昇るまえ、空港へ行くまえ、難民キャンプへ行くまえ、大虐殺のまえ、ナターリアが誘拐され採用され訓練されるまえ、ナターリアが狙撃兵たちと知りあうまえ、ナターリアが検問所の場所を覚えるまえに、父親はナターリアの額からしっかりカーラーを当てた重たい前髪を持ちあげ、準備はいいかな、ミラはいってらっしゃいといいに降りてこないだろうから待たないよ、といった。

グアナファト、二〇〇五年

蒸気のなかにいるかのような夜、ナターリアは陰気な酒場に行ってコーラを飲んだ。戸外では砂埃が道路を覆い、人々は汗でてかてかしていた。赤と緑のクリスマスカラーの明かりに照らされた酒場の霞《かすみ》のなかで、ナターリアのタンクトップもすでに背中に貼りついてだらりとしていた。ナターリアが数えたところ、店内には男が五人いた。男たちは無頓着に威圧感を発していた。

エリックはべたべたするカウンターに向かって座っていた。カウンター席は三人が充分に座れる広さだった。コペンハーゲンではタキシードを着ていたが、ここでのエリックはTシャツを着て、膝《ひざ》の上あたりに染みのあるくすんだ黄褐色の短パンを穿いていた。ブロンドの髪を長く伸ばし、濃い顎ひげを生やしていた。ここではクリスチャンだった。

ナターリアはエリックのそばを通りすぎ、プラスチックのテーブルの一つを選んで入口と向きあう位置に座り、短い髪を撫《な》でつけた。エリックはテキーラ二杯を持って、えらそうな歩き方ですぐにやってきた。

「一緒に座ってもいいかな？」青い目が、赤く膨れあがった顔のなかで小さく見えた。

「ええ、もちろん」ナターリアはスペイン語で答えた。

「名前は？」

「アナスタシア。でもみんなアナって呼ぶ」

二人は飲んだ。肉を揚げるにおいが肌にまとわりついた。やがて酒場はバーテンダーとウエイトレスだけになった。おちつかない気分のまま、ナターリアは警戒を怠《おこた》らず、テキーラの大部分をテーブルの下の暗がりに飲ませていた。

「こっちに座ったらどうだい」エリックはぽんぽんと自分の膝をたたいた。

ナターリアはエリックの上に座り、エリックはナターリアの顎を傾けて目を覗きこんだ。

「アナのままでいるんだよ」

一人で任務にあたるのは初めてだった。ここ何日かみすぼらしいホテルで暮らしており、便秘になってものが食べられなかった。蚊《か》の餌食になってもいた。電気をつけたまま寝るせいで、毎時間のように蚊に起こされた。

「そのつもり」ナターリアはいらいらしていった。エリックの肩越しに、バーテンダーがこちらを見ているのが目についた。さっきとちがうバーテンダーだ、とナターリアは思った。

「アナはナターリアではない。アルトゥーロとはもう連絡しない」

アルトゥーロのことは好きだった。「わかった」

「二ブロック西へ行ったところが新しいホテルだ。十一号室。キーはきみのポケットに入れた。九ミリ弾の拳銃がマットレスの下にある。ヴィクターから連絡があるまで部屋を出るな」

「ヴィクターって誰？　雨が降ってる」

「きみの新しい情報源だ。アルトゥーロは死んだ。走らないと濡れるね」

「何があったの？」そう尋ねはしたものの、死は何世紀も昔に起こった遠いもののように感じられた。

「首を刎《は》ねられた」エリックはいった。エリックもここのところ眠れていないように見えた。

「用心してアナのままでいなきゃならないといった理由がわかった？」

アルトゥーロは妊娠している恋人がいるといっていた。「カルテルがやったの？」これで赤ん坊には父親がいなくなってしまった。「あの人がわたしたちにしゃべってるって、誰がやつらに話したの？」ナターリアは口いっぱいに含んだテキーラを飲みこんだ。

エリックはそっけなく首を横に振った。「連中にはあとで対処する。だから考えるな。目のまえの仕事に集中するんだ」

けれどもナターリアはアルトゥーロの恋人の名前を思いだそうとしていた。ルーズ？　リリアナ？　ナターリアの好きな名前だった。ウェイトレスがナターリアを見ていた。

エリックは椅子をうしろに傾けて煙草に火をつけた。「もう時間も遅い。長居しすぎだ」

しかし母親から離れたくない子供のように、ナターリアも一人になりたくなかった。

「心配ない」エリックはいった。「おれはそう遠くない場所にいる」

「どうしてクリスチャンなの？」ナターリアはテキーラのグラスに向かって囁《ささや》いた。

エリックの笑い声は荒く、増幅したように響き、遠くから聞こえた。

「愛しい人《ミット・ハルタ》」――二本の指がナターリアの背骨をたどった――「クリスチャンがほかの人格をラックに片づけてしまったからさ」

ベイルート、二〇一一年

ナタ—リアは中背の身元不明者にすぎなかった。コンクリートの崩れた廃墟のなかを職員たちのほうへよろよろと歩いていく。体に合わない男物の特大のトレーナーを着せられていた。鼻があったはずの場所では血が茶色く固まりつつあった。

覆面が取り去られ、髪が目から払いのけられ、口から猿轡《さるぐつわ》がはずされると、ナタ—リアはなんとか笑みをつくった。笑うと歯が何本か欠けているのが見えた。爆破のさいちゅうか、殴られていたあいだに失ったのだろう。

「ナタ—リア・エドワーズ?」ナタ—リアを後部座席へ導きながら、スーツ姿の職員が尋ねた。

ナタ—リアはつかのま躊躇《ちゅうちょ》し、それからうなずいた。目に涙がたまっていた。アメリカのアクセントを耳にするのはずいぶん久しぶりだった。バンジョーの音色のようだった。運転手はスーツの職員より年上で、名乗らず、ナタ—リアと道路の両方を観察していた。スーツの職員は若く、砂色の髪をしていて、髪の分けめからピンクの頭皮がのぞいていた。

職員はナタ—リアに水のボトルを手渡した。バンが、おそらくは大使館へ向かって動きはじめた。ナタ—リアは見られているのを感じながら目をとじた。職員に対して興味は湧かなかった。たとえこの男が、ひたすらに耐えがたい警察の責め苦から救ってくれたのだとしても。

「家族はわたしが生きていることを知ってるんですか?」ナタ—リアは尋ねた。

「国務省があなたのお父さんに連絡を取りました」職員はいった。「寒いですか？　うしろにブランケットを積んでありますが」

ナターリアはさらに水を飲んだ。水を口のなかに巡らせると、錆《さ》びた鉄のような古い血の味がした。エリックのことは努めて訊かないようにした。「父が迎えにくるんですか？」

「まあ、そこはすこしばかり複雑でしてね、ミズ・エドワーズ。あなたとお仲間のコンサルタントたちはずっと軍事行動に介入してきたわけですから」

ナターリアは窓のほうを向いて顔を隠した。日射しのせいで色褪《いろあ》せたものばかりが目についた。

「それにもちろん」職員は急いでつづけた。「われわれからいくつか質問させてもらいます、あなたがお父さんに会われるまえに。あなたがアメリカに戻るまえに。それから……」

「……わたしが医師にかかるまえに」ナターリアは顔をそむけたままそうつづけた。

そして空いた水のボトルを落とした。ボトルは職員のローファーの爪先へ転がった。職員は不機嫌そうに、まるで下手な役者のように機械的な笑みを浮かべた。

ワシントンDC、現在

白黒の写真のなかで、父親は緑の丘のふもとにいて草のなかにしゃがんでいる。丘は写真では灰色だ。父親は怪物のような猫を撫でようと左腕を伸ばしている。猫のほうはそれを望んでいない。日光のせいで父親の左側が白くつぶれてしまっている。〈ワイト・アウト〉という修正液があるが、刺激臭のある白いてかてかのペーストはまちがいを曖昧《あいまい》にするだけで隠してはくれない。ホワイトアウトといえば気象用語で、雪や砂のせいで地平線が消され、影もできず、視界が真っ白になり何も見えなくなることだ。どちらも実用的な言葉だ。

将来、この写真が遺物として残ったら、父親は聖人と思われるかもしれない。猫に祝福を与え、罪を赦《ゆる》しているように見えるかもしれない。それに比べて彼の右にいる薄汚い女の子は、やはり手を伸ばして、猫の頭をぐいと引っぱろうとしている。

この写真のなかでは、ミラは小さな女の子に戻っている。笑顔からは、歯にいくつか隙間があるのが見て取れる。髪型は少年のようだ——前髪を厚く切りさげ、うなじは刈りあげてある。ミラの顔の右側、父親から遠い側は、影になっている。

ナターリアは写真のなかにいない。しかしじつはその場にはいたのだ。ただ写っていないだけで。

ベイルート、二〇一一年

「ほかに名前か、別名は？」

（カティヤ・ダルマシユキーナ、アナスタシア・レイ、リン・フェルドマン、スヘル・アリ）

「もう一度訊かなきゃわかりませんか？」

「弁護士を呼んで」ナターリアは目隠しをされ、椅子に縛りつけられて座っていた。

「申しわけないが、町には一人もいないと思いますよ。なぜあの男についてまわっていたんですか？　もう率直に話してくれてもいいんじゃないですか。あなたのところのＣＥＯ、エリック・カールソン」――職員がファイルをぱらぱらとめくる音がした――「別名ヴィゴ・ヨルト、ニルス・ジェイダー、ルーカス・ウェステルベリ、クリスチャン・トムセン、爆死。〈リスク・コントロール・インターナショナル〉は廃業」

「来た、あいつだ」エリックはあのときナターリアの耳にそう囁いた。

「確かなの？」ナターリアは尋ねた。

「当然だ」エリックは答えた。「あいつがこれ以上建物に近づかないうちにやるんだ。準備はいいか？」

壊れた窓からずっと身を乗りだしていたせいで首が痛んだ。エリックと出会った日から、首にしこりができていた。瘤《こぶ》みたいなもので、ときどき肩へ移動した。どうしても体から抜けない、手に負えない砂漠の痛みだった。

「いまだ」夫がいった。

ナターリアはその少年と背中にくくりつけられた爆弾を一緒に撃てばいいだけだった。自爆ベストを着た少年を。けれどもこんなにきれいな少年だとは思っていなかった。唇に神を宿した十七歳の少年とは。

ナターリアは後退して部屋を出ると、階段を降りて正面のドアを抜け、いつのまにか通りの反対側から少年の立っている場所を見ていた。少年は車の流れの向こうからナターリアを見た。その目は海の色だった。

少年が起爆スイッチを押そうとしているのを見ていると、砂塵が刺さってきて耳から血が流れた。あちこちに丸い穴のあいた壁の焦げた落書きが砂に食われて見えなくなった。ナターリアは子供の自転車の上に覆いかぶさり、血が赤い弧を描くなかへと這いこんだ。爆発でちぎれた腕はあの少年のものではなく、確かめると、自分のものでもなかった。エリックに無線で連絡をしようとした。エリックのすべての名前を叫び、どうせ誰にも聞こえないだろうと、かつて父親だった人の名を呼んだ。

重い金属製のドアがあいて、取調室に一人の兵士が入ってきた。「サー？　問題が起こりました」

職員は、軋《きし》る音をたてて椅子をうしろへずらしながら立ちあがった。

ドアがしまった。ナターリアは額をテーブルにつけた。エリックが死んだ。夫が。ボスが。相棒が。

ドアがひらいた。ナターリアはまっすぐに座りなおした——アナの膝にはさみこまれるカティヤの両手と、目隠しの下で涙を流すスヘルと、かゆくなりはじめたリンの火傷《やけど》を意識しながら。何やらいい争う声が聞こえてきた。

「父さん」ナターリアはいった。

ワシントンDC、現在

ベッドはあまりにも快適だ。ナターリアは上掛けを剝いでいた。どうしたらこんな部屋で眠れるというのだ？　サッカーの州選手権のメダルが青いリボンでさげられている部屋。ミラのポスター――片足をボールに乗せたミラの写真の一番下に、黒いマーカーでサインがしてあるもの――が貼ってある部屋。妹の高校の選定図書が本棚に並ぶ部屋。ミラの持ち物すべてが無傷のまま並んでいる部屋。ただし天井に並ぶプラスチックの白い星だけは、ナターリアがプラグを差しこんでもうつかない。ナターリアはまちがった部屋にいるまちがった姉で、死んだはずだったのにまだ生きている娘なのだ。

　ナターリアはミラの部屋を出て階下《した》へ行く。父親が設置したハイテクの防犯アラームやステレオ類やエアコンの低いうなりが家じゅうに響いている。コーラをあけ、明かりをつけないままソファに寝そべる。ミラの幻が廊下をずんずん歩いてきて、ブラウニーでもつくろうとキッチンへ入るのが感じられる。愛情深く、遠慮がない。ナターリアの部屋はいまでは書斎になっている。

　風が強くなり、裏庭で木々が枝をぶつけあうのが聞こえる。ナターリアは起きあがって、壁に貼られた写真に目を凝《こ》らし、自分が高校を卒業したときのものを見つける。輝くブルーのガウンをまとったまばゆいばかりの少女――生徒会の副会長で、リーダーシップを育てる〈キー・クラブ〉の会員で、全米優等生協会のメンバー。サッカーもやったが、ミラほどうまくはなかった。

　コーラを手に取り、エアコンを切る。ミラに五分でも会えたら、ミラの体に腕をまわすことができたら、愛していると伝えられたらいいのに。けれどもミラはこの家に来ようとはしないし、電話に出ようともしない。ナターリアが戻ってこなかったことを、死んだものと家族に思わせたことを、いい姉さんになりそこなったことを、ミラは許せないのだ。もう仲のよい姉妹に戻ることは決してないだろう。ナターリアがしたことと、しなかったことのせいで。

キッチンでは、ガラスの引き戸に向けた椅子で、古いローブを着た父親が朝を待っている。ナターリアは父親から滲《にじ》みでる疲労を感じ取る。ベイルートで最初に父親を見たときには、自分はこの人の娘だと感じられたし、二人の人生が交差したのもわかった。しかしこうして帰宅してみると二人は他人同然で、非難しあうことを怖れ、憎みあうことを怖れ、またお互いを失うことを怖れている。

「やあ」首や顎に老人斑ができていて、父親は六十歳よりも老けて見える。ナターリアが老けさせたのだ。「コーヒーでもどうかね。上等のコロンビアだ。あの古いソファですこしでも眠れたのかな?」

「あんまり」ナターリアはつかのまためらってから、父親の隣の椅子を引いて座る。朝、学校に出かけるまえによくそうしたものだった。「ボゴタに戻るの?」

「いや、しばらくは戻らない」父親は一方の足首を膝に乗せるかたちで脚を組む。「オフィスに行って、職員がおまえのことを調べているあいだ、幅を利かせておかないとな」

「降格されないといいけど」

「引退間近だからね」父親は一方の手をナターリアの頭のてっぺんに置く。そのありえない一瞬ののち、ナターリアは耐えられなくなって立ちあがり、カウンターのほうへ行く。

「これには見覚えがある」食器棚に向きあってマグカップを一つおろしながら、ナターリアはいう。「感謝祭のマラソン・イベントでもらった」ナターリアは父親のほうをふり返る。

「父さん？」

父親は戸外の鳥を見ている。「おまえは五等だった」

「父さん。わたしのこと、恩知らずだとは思わないで」

「おまえのことは運がいいと思っているよ」皮肉がまったくないとはいえない口調で父親はいう。

「どういうわけか、自分ではあまりそんなふうに思えないんだけど」ナターリアはマグを戻し、べつのカップを手に取る。「聞いて……わたし、ここには住めない。ミラの昔の部屋にはいられない。なんだか正しくないような気がする」

「何か手配するよ」父親はゆっくりとそういう。目は紅冠鳥《こうかんちょう》を追っている。

「わたしのことは心配しないで、自分でなんとかするから」

父親はナターリアに目を向ける。「おまえのことは職業生命に関わるんだよ、ナターリア。どこかべつの場所で過ごしたいなら、わたしが選んだ場所を検討することになる」父親はまた窓の外を見る。裏庭では、太陽が地平線をくっきりとピンクに染めている。「それから、出ていくまえにおまえの母親に会いにいってもらいたい」そういって組んでいた脚をほどく。

「冷蔵庫にクリームがあるよ」

「砂糖は？」

「コンロのそばだ。すくなくとも一つは変わっていないところがあるんだね」父親はすこし待ってからつづける。「わたしにはまだおまえのことがわかっているんだろうか？」

ナターリアが怖れていた質問だ。「どうかな」とナターリアは答える。

「母さんは変わっていないよ。しかしおまえがいなくなったとき、ミラには母さんが必要だったから、わたしはとうとう神にすべてを委《ゆだ》ねてあの女を許すはめになった」

「わたしは許されることは期待してない」

父親は立ちあがる。「まあ、おまえが自分でそれをひどくむずかしくしているからね。帰ってきたのだって、ひとえにあの男が死んだから……」父親は妙な具合に息を切らして口をつぐむ。

しかしナターリアは父親にエリックの話をすることができない。エリックのことをいうのは、規則違反のような気がする。代わりにこういう。「心臓に病気があるっていってなかった？　どういうこと？」

「動脈の掃除をしてもらった。もう一杯もらえるかな」父親は自分のマグを差しだし、ナターリアは新しいコーヒーを注ぐ。それから父親はマグを膝にのせ、液体が斜めに傾いてから戻るのを見つめる。「家族と自分の信仰に重きを置くことを、わたしはおまえに教えなかったかね？」

「わたし、裁判にかけられているの？」

「いや、わたしのまえではちがう。だがそのときが来たら、おまえの魂が心配だ」

わたしがあの少年を撃てなかった理由は父さんにあるの。ナターリアはそう話したいと思う。百人を生かすために一人の命を奪えなかったのも、エリックを救えなかったのも、不滅の魂に汚点がつくことを怖れるようにと父さんに教わったからだ、と。

「魂を救うには、この世界への執着をなくさなければならないと思っていた」ナターリアは父親の疲れた赤い目を覗きこむ。「わたしはまちがっていた」

カングワ、二〇〇一年

女たちの祈りのグループに参加したあと、ナターリアはテント――波形のブリキでつくったつぎはぎ細工に防水シートをかぶせたもの――の並ぶ区画を出た。キャンプの外側を歩き、外に目を向けて境界を見る。日焼けした、無名の十九歳の女だった。プラスチックのくずと壊れた鍋でできた山の近くに、高機動多用途装輪車輛《ハンヴィー》が停まっていた。

「こんにちは」ハンヴィーの運転手が英語でいった。ブロンドの大男だった。アメリカ風のアクセントの下に外国の抑揚があった。

「こんにちは」ナターリアはそう返しながらも、心配になって、ほかに人がいないかあたりを見まわした。

「一人でこんなところまで出てきたら駄目だよ」男は淡い色の悲しそうな、疲れきったような目をしていた。「現地のパトロール警官は平気で女性をレイプするような連中だ。きみは信仰回復使節団の人？」

「そうです、児童養護施設を建てているところです」この男は誰だろう、とナターリアは思った。年寄りでもなく、若くもなく、よそよそしいけれど見くだすような態度ではない。

「使節の人たちはみんなアメリカへ帰ったと思っていたよ」男はいった。

「何人かは牧師と一緒に残っているんです」

「軍隊が東へ向かっているのは聞いた？　このあたりのキャンプに潜む反乱分子を探している」

ナターリアは肩をすくめた。「このキャンプにいるのは寡婦《かふ》と子供だけですよ」

「きみはここを発つべきだ」男は切迫した様子もなくいった。

「はじめたことを最後までやりたいんです」ナターリアはその朝に牧師がいっていた言葉をくり返した。

「家族は？」男は尋ねた。「きみが家に帰るべきだとは思っていないの？」

「わたしは十九歳だから」

「そうか」男はそういい、笑みを浮かべて車の窓から身を乗りだした。「ぼくはエリックだ」

ナターリアはその笑みを見て緊張を解いた。「わたしはナターリア。あなたはドイツ人なんですか？」

「スウェーデン人。ナターリアか、いい名前だね。きみに似合っている」

ナターリアは自分の名前を男が口にするのを聞くと、男が自分だけを見ているような、自分の背後の世界がぼやけてしまったような気がした。それからすぐに、自分を醜いと感じた。染みのついた絞り染めのTシャツにすり切れたテバのサンダルという格好で、父親からもらった金の十字架のネックレスをしていただけだったから。「戻らないと」ナターリアはキャンプのほうを弱々しく身振りで示していった。「みんなが待ってる」

ナターリアは悲鳴で目を覚ました。しばらくのあいだ、ウールのブランケットの下で汗をかきながら横になったままでいた。銃撃はキャンプの反対側で起こっているようだった。テントから這いでると、人々があらゆる方向からキャンプに入りこんできているのがわかった。ナターリアは牧師のテントへ急いだが、テントは火に包まれていた。後ずさってふり返ると死体の山があって、ある者はうつぶせに、ある者は妙な角度に放りだされ、全員がお互いを殻竿で打つかのように体を丸めていた。隣には捨てられたおもちゃさながらに子供たちが積みあげられていた。脚には火傷が、小さな頭部には血だらけの割れめがたくさんできていた。ナターリアは叫び声をあげたが、ナターリアのことを知っている者は誰もいないようだった。近づいてきたのは若い兵士だけで、その兵士はすでに銃弾でえぐられた女の体を引きずっていたので、ナターリアは逃げた——夜明けの青い地平線へ向かって走った、まるで自分も最後にはその一部になろうとするかのように。そこにあるのは大地だけで、神はいないように思えたから。

ナターリアはキャンプの端で、口いっぱいに蠅《はえ》の詰まった老婆の隣に横たわっていた。男が一人、ナターリアに理解できない言葉で話しかけてきた。男は戦闘服を着ていて、べつの男に自分の銃を渡すと、ナターリアの体をトラックの荷台へ運んだ。焼けるように熱い金属の向こうを見あげると、穏やかな空があった。自分は死んだのだと、ナターリアにはそのときわかった。

エリックはナターリアの後頭部をすくうようにして支え、乾いてカサカサになった唇まで水筒を持ちあげた。そして自分の上着をナターリアの胴体にかけながら英語で話しかけた。「きみはショック状態にある」エリックは医療キットをひらいた。「チクッとするぞ」ナターリアの目はとじていた。エリックのハミングが思ったより大きく聞こえた。その後エリックは消え、ナターリアの意識も消えた。

しばらくして、エリックがいった。「脚をひらいて」わたしはただの死体なのにこの人にはわかってないんだ、とナターリアは思った。

べつの男がエリックと一緒に立っていた。顎ひげを生やした、冷めた感じの男だった。「この男は医師になる訓練を受けている。彼に見てもらわなきゃならない」

男が何かいった。エリックよりもさらに疲れきって見えた。男がナターリアの膝に触ると、ナターリアの体はぐいと持ちあがり、エリックの上着がすべり落ちた。ナターリアの腿には乾いた血がこびりついていた。

「息をして」エリックがナターリアの両肩をトラックの荷台に押しつけながらいった。

誰かがどこかで恐ろしい声をあげていた。

エリックは上着をナターリアの口に押しあてた。「すぐに終わるから」エリックはナターリアの手を荷台の脇から剝がして握りしめた。

何かを蹴るように足が動き、次いで体が下に戻った。涙が顔の横の髪を濡らした。脚はひらいたままだった。

「かわいい人《ソット・フリッカ》」エリックはナターリアの涙をこすった。「おれたちに任せてくれ」

エリックと男が話をしたあと、ナターリアは荷台で身を起こし、エリックにもたれて座った。頭がエリックの顎の下にあった。

「おれたちには止められなかった」指でナターリアの髪を梳《す》いて土塊《つちくれ》をはずしながら、エリックはいった。「そのために雇われたわけじゃなかったから——そんなことをしたら、軍と組んでいる採掘会社の利益に反するから」

「わからない……あなたは兵士なの？」ナターリアがしゃべると唇が裂けた。

「傭兵だ。で、あの連中は」——エリックは、出ていこうとしている背後のトラックを身振りで示した——「私設軍だ。国連軍が到着するまえにここを発とうとしている。おれの契約は終わったから、ここできみと待つよ。だけどおれのことはヴィゴと呼んでくれ」

「なぜ？」

「エリックには犯罪歴があるから。ヴィゴは会計士なんだ」

ナターリアは目をとじた。「わたしが知ってる人はみんな死んだの?」

「何人かは逃げた。きみはその人たちを見つけてアメリカへ戻るといい」

ナターリアは子供のころの寝室を思った。ミラを、父親を、故郷の安全な日常を思い、拒絶した。「無理」

「どうして?」

「世界の反対側のどこかで、悲鳴をあげているわたしがいるから」

エリックはしばらく黙っていた。それからいった。「きみの身に降りかかったのは、短い地獄だった」

ナターリアは目をあけた。「あなたはどこへ行くの?」

「ストックホルムに戻る。自分の会社をたちあげるつもりだ。ちっぽけな私設軍じゃなくて、アナリストのグループだ」

ナターリアはひび割れた唇をなめた。「兵士たちがわたしに何をしたか知ってる?」

「知っている」エリックはいった。

ナターリアはエリックの腕のなかで身じろぎをして、自分で自分を包んだ。「正確に知ってる?」

「だいたいのところは推測がつく」

「あなたも傭兵だから」ナターリアはそういって手を伸ばし、髪を梳いていたエリックの手を止めた。「おなじことをあなたもしたことがある?」

「ない」エリックはナターリアの手をおろして握った。「だが、おれたちが連中よりマシなわけでもない」

ナターリアはエリックの顔を見ようとふり返った。その角度からだと、エリックは小さな神のように見えた。この世界を知ってはいるが、この世界のものではない神のように。

「きみは安全だし、若いし、生きている」エリックはいった。「大事なのは、いまだけだ。これは何度でもいうよ」

「わたしもあなたみたいになれたらいいのに」ナターリアはテントの残骸《ざんがい》をじっと見ながらそういい、死んではいたけれど息をしようとした。

カラハリ砂漠、二〇〇二年

「何を考えている?」エリックが尋ねた。

「眠い。ベーコンが食べたい」ナターリアはいった。

「もっと集中しないと。焦点を見つけるんだ」

「見えないのに、どうやったらいいの?」

「地面に足を広げて探るんだよ。体内を空《から》にして。怖いと思ったらこれを思いだすんだ、そしてひどいことが起ころうとしているのをしっかり意識する」

「怖がるべきなの?」

「思考を手放し、体を手放せ」

エリックがナターリアの緊張を引きうけてくれるときには、ナターリアは安全だった。エリックと一緒にいられるなら死も怖くないとわかっていた。二人離れずにいられるなら、死も受けいれられた。それが永遠の退屈だろうと、非実在の可能性だろうと、個の欠如だろうと。エリックと一緒にいられるなら、死がさらうのはナターリアの体だけだった。

「ねえ、そこにいるの?」ナターリアは尋ねた。

「わたしはここだ」ヴィゴがいった。

「またなの?」ナターリアは尋ねた。

「ぼくだよ」ニルスがいった。

「誰よ?」ナターリアは尋ねた。

「またか」ルーカスがいった。「もうすぐ終わる」クリスチャンがいった。ナターリアは冷静になった。

「エリック?」

「なに」

「準備ができた」

オリンダ・トマスの人生における
非凡な出来事の奇妙な記録

The Peculiar Narrative of the Remarkable Particulars
in the Life of Orrinda Thomas

アメリカの奴隷——奴隷自身による著書

大地の詩が絶えることはない。

——ジョン・キーツ

ロンドン
アッシュウェル&クローフォード社
ステイショナーズ・ホール・コート
1840年

編集人覚書

当編集人が南部のターンウッド・プランテーションへと旅行し、弟であるフレデリック・クローフォードがいかなる悲運に見舞われたのか解明しようとしたところ、その経緯《けいい》を語る手記の存在を知るに至った。手記の著者オリンダ・トマスは、その子供の時分より当編集人もよく知る人物であるが、この手記を書いた時点ではどれほど暴力的な事件が出来《しゅったい》するか予見できなかった。しかし、ここに記された雄弁な言葉の数々は、人の手を借りずに書かれただけでなく、嘆かわしいまでに真実であり、同胞への迫害を楽しむ人々、とりわけイエス・キリストの御名のもとにあえてそれをする人々への強い非難を表明するものである。この国に蔓延《まんえん》する悪意ある残酷さと奴隷制の怖ろしさが、北から南に至るまで、黒人と白人を含むすべての人々をいかに危険にさらしているか、それを明示することが当編集人の意図するところである。

ボストンにて、一八四〇年三月二十五日
ラルフ・クローフォード

一八三八年八月二十八日

わたしたちは息苦しい思いをしなくて済むように外で眠る。そよ風が川から土手を越え、オークの並木道を通って、ポーチにつくった間に合わせの寝室へと吹きこんでくる。八月の下旬で、ルイジアナはダンテの地獄の第八圏だ。

昨夜は、砂糖の大桶から煙が立ちのぼるのを見つめた。マットレスに詰められたスパニッシュモスがきちんと均《なら》されていないことに気がついた（きっとこの家の奴隷は、わたしのマットレスなど麺棒《めんぼう》でのす価値はないと思ったのだろう）。わたしが眠れなかったのは待っていたからだ。何を？　キーツの不滅のナイチンゲールを？　ウィリアム・カレン・ブライアントとの親交を？　そういったことは何も起こらず、ただ夜と煙があるだけだった。しかし明け方近く、褒美《ほうび》のように降ってきた一節があった。

神よ、ただ御身のみがわたしを選び、けれど
この華美な闇がわたしを眠りから遠ざける

この二行は詩への情熱の先駆けとなる白熱した奇妙な感情の昂《たかぶ》りとともに訪れた。けれどいつものように次の一節が溢れでてくる代わりに、驚くほどの確信に襲われた。いつの日か、わたしには真に偉大な力が与えられるにちがいない。そしてわたしは高貴なる褐色の詩人、黒衣の女流詩人、黒き詩神を超えたもの……オリンダ・トマスという名のひとりの詩人になる。気高き者の価値は呼び名にかかわらず見て取れるものだ。

きみの妄想は年を取るごとに悪化しているね、とクローフォードがトーストにバターを塗りながらいった。けさ、ターンウッドで薔薇《ばら》色と象牙色のダイニングルームにいたときのことだった。金色の額縁に収まったプランテーションの代々の所有者の肖像画が、黒人の女と白人の男が朝食《ル・プティ・デジュネ》をともにしている光景を不機嫌そうな厳めしい顔で見おろしていた。

「オルフェウスのことを考えていたの」わたしはいった。

「ジャムは？」クローフォードは尋ねた。

「いらないわ、でもありがとう――オルフェウスの歌は神も人間も一様に感動させた。それほど偉大だったのに、オルフェウスはマイナスたちに八つ裂きにされた。オルフェウスの歌声が彼女たちには聞こえなかったからよ、彼女たちのわめき声のせいで」

「きみの持論？」クローフォードは紅茶をかき混ぜながら尋ねた。

「オルフェウスの悲しい最期の話」わたしはカップを持ちあげながらいった。

けれども悪い予感はただの空想ではなかった。わたしたちがルイジアナに到着したときにその前兆はあった。ターンウッド・プランテーションへの道の途中、わたしたちの馬車は町に寄ったが、わたしは馬車から降りなかった。いままでにその町で起こった悪いことがすべてまだ尾を引いているように感じられたからだった。善きものの気配がなく、聖霊がいないように思われた。ポーチには年寄りのような動作をする裸足《はだし》の子供たちが並び、男たちの目は受けてきた暴力を伝えていた。

クローフォードは馬車を降り、馬を水の桶のところへ連れていった（桶はこの町の雑貨店らしきものの外にあった——雑貨店というよりは屋外便所のようだったけれど）。クローフォードは常と変わらぬ上品さで店員に対して帽子をちょっと持ちあげてみせたが、店員のほうは口をぽかんとあけてわたしを見るのに忙しく、クローフォードが歯の隙間から小声で「オリンダ、馬車を降りるなよ」といっているのにも気づかなかった。子供たちが、白いブヨのようにふらふらと集まりはじめていた。

子供のころのわたしには、たたかれそうになるとにっこり笑うという忌ま忌ましくも神経症的な癖《くせ》があった。にやにやしているあいだずっと、必死で許しを乞うているつもりだったのだ。ミセス・ジョンソンは息を切らしてその笑いをたたき消そうとしたものだった。きのうの朝だって、馬車に座ってにっこり笑う以外に何ができただろう？

クローフォードはシルクハットを馬車のなかに放って自分も飛び乗り、大声を張りあげて馬を出した。子供たちがわらわらと群がってきて、卵や石を投げつけたり、わたしたちの背中に向かって罵声《ばせい》を浴びせたりした（野蛮人、といったような言葉だった）。ともかく、これで彼らにも野蛮なる詩人が到着した情報が知れ渡ったわけだ。

「この旅行は許しがたいほどに馬鹿げてる！」わたしはわめき、頭を抱えて膝《ひざ》につけた。「私と一緒に来ることを承知したんだから、きみのほうが馬鹿なんだよ！」クローフォードはそういって笑いながら、馬に鞭《むち》を当てた。

「だけど一体全体なぜ、陽気にスキップしながら猛獣の腹に入っていくような真似をするの？」わたしはうめくようにいった。「学問のある黒人としてボストンにいるのはかまわないけれど、ルイジアナはどうなの？」

「おお、オリンダ……」幸いなことに、ここでクローフォードの首に卵が当たった。侮辱の軛《くびき》によってクローフォードの軽率なおしゃべりは馬車が松林の陰にすべりこむまで封じられた。町は人を弱らせ不機嫌にさせる治りかけの病気のようにまとわりついてきた。

ようやく手綱をゆるめたクローフォードがいった。「これはだね、きみがここでおおいに必要とされている証拠と見なすべきだよ」

「ええ、そうでしょうとも」わたしはスカートを撫《な》でつけながらいった。「そのへんの木に吊るすためにわたしが必要なんでしょう」

「おいおい。もっと勇敢《ブレイヴ》にならなければ。ここはほかのどこよりも、重荷を背負った獣《ビースツ・オブ・バードン》ではなく、美《ビューティ》を表現しうる能力のある同胞《ブレズレン》としての黒人を目にすべき場所だとは思わないかね。詩人《バード》は……」

「bの頭韻に殴り倒されそう！　それがわたしの本に寄せる新しい序文じゃないといいのだけど」

「生意気な小娘め」クローフォードはハンカチで首を拭《ふ》きながらいった。「卵は取れたかな？　いまつけているのは新しいクラバットなんだよ」

「だけどほんとうに、わたしが大きな思いちがいをしているのでなければ、ここに住む南部人はわたしのことを檻に戻るのを忘れた黒い鸚鵡《おうむ》くらいにしか思わないはず。わたしはフィラデルフィアより南で朗読をしたことはないし、心配なのは……」

「見て」クローフォードは馬車を止めた。「おどろおどろしいな」

わたしは目を向けた。木々がトンネルのようにわたしたちに覆いかぶさっている。退廃的で気味の悪い、木々の葉でできた暗がりだった。沼地に潜伏する脱走者はどれほど怖い思いをするのだろう。

「頼むよ、オリンダ」クローフォードがせがんだ。

クローフォードの飛びぬけて悪い癖だった。暴徒から逃げだしたあとはきまってわたしの詩を聞きたがる。わたしは座席にもたれ、脅《おびや》かすような木々のほうへ首を傾げた。

わたしの愛は所有欲よりも深くにある

それは生き物であり
わたしが死んでも生きつづける
野辺を寝床とし、ページをめくり
それは歌い、わたしを通りすぎる、声は眠けを誘う聖歌にも似る
それはわたしが欲する愛を超える

クローフォードはわたしの詩に、わたしたちが現状を打ち破るであろう見通しに、そしてそのおかげで受け取ることになるであろう報酬に対して、陽気に拍手をした。わたしは生きて再び東の地を見ることを望むばかりだった。

昨夜は少女時代の残響が聞こえた。十六年まえ、ヴァージニアで孤独のうちに抱いた反感がじわじわとよみがえった。取り憑かれた人間のように、ターンウッドのポーチに設えられたベッドを出ると、手すりに沿ってふらふらと歩き、邸宅の裏へ出た。二階の窓越しに、奴隷たちが暗がりを抜けて監督者のそばを通りすぎるのが見えた。監督者の手は牛革の鞭を振りたくてうずうずしている。見ていると、奴隷たちは空っぽのヒョウタンを桶に沈めていっぱいにし、揺れ動く鞭のほうへ姿を消した。夜が明けるころには、畑から燃えあがるかのような歌が聞こえてきた。

さて、夕食の時間だ。いったいどうしたら、あの人たちに給仕されながら食事ができると

いうのだろう？　寝るまえには本を読むつもりだ。メアリー・シェリーの『マチルダ』をほんの二十ページほど読んだところ。すでにおぼろげに――いや、じつはかなり――感傷的なのだけれど、クローフォードのゴシック趣味はよく知っている。もしかしたら、わたしも小説を書いてみるべきなのでは？

心をこめて
オリンダ

一八三八年八月二十九日

けさ、クローフォードはニューオーリンズの奴隷市場へ行こうといい張った。簡単に書いておくと、だったらわたしは売り物の檻のなかに入ったほうがいいわね、といってやった。これに対してクローフォードはこう答えた。「きみにはもっと信頼してもらえていいはずだが」わたしはどうしてもドアへ足を運ぶことができなかった。クローフォードはわたしの意気地のなさにたいそうがっかりし、その経験からすばらしい詩を書きたまえといい募った。クローフォードはわたしの文学に関しては容赦がない。こうした過酷な哲学には賛成できない。苦痛は文学的価値のある感情を生み得ると思ってはいるけれど、それがまったくの感傷に堕《だ》すこともないとはいいきれないのだから。

しかしわたしはただの玩具《がんぐ》であり、囲いのなかの駄馬であり、すばらしい見世物なのだ。

だから出かけた。

白状しておくと、ターンウッドという地獄に到着して以来、わたしは本来の自分ではなかった。ここで豪勢なもてなしを受けてはいるが、疑念は募るばかりだ。寡婦《かふ》であるターンウッドの女主人はわざとらしい愛想のよさで接してくる。ふん。いったいなんのために？　すくなくとも三十人の奴隷を所有している女主人が朗読をするだけのわたしに二千ドルを払う理由など想像もつかない。ほかにもっと何か……引っかかる……月明かりに照らされた木々のうしろの幽霊のように。扱いづらく、腹立たしい何かが。

そしてわたしのクローフォード……わたしをターンウッドへ連れてきた彼の熱意を責めるべきか？　それとも、活発な共感の力によってわたしを自由の身にした彼の得意げな心を責めるべきか？

クローフォードは、わたしたちが女主人を改心させ、偉大な信念を理解させることができると思っている。奴隷として平穏に生きるより、危険があっても自由がいい《マロ・ペリキュロザム・リベルティタム・クアム・クワイタム・セルヴィトウタム》。けれどもわたしが見るところ、彼女のなかに奴隷解放活動家のアンジェリーナ・グリムケはいない。もしターンウッドの女主人の良心がそんなに痛むなら、奴隷を自由にするか、あるいはただ手放せばいいではないか。クローフォードがいうには、女主人は夫を亡くしてからまだ一年にしかならないし、女子修道院で育ったそうだ。だからいまに至るまでターンウッドの悪質な運営からは完全に切り離されたままでいるという。

奴隷市場へと発つまえ、女主人はわたしたちが出かけようとしているのを知らずに、到着して以来初めてわたしを応接室へ招いた。階上《うえ》へ行って伝えると、クローフォードは賢者の笑みを浮かべていった。「完璧なタイミングだね」

クローフォードのあとから階段を降りて、踊り場に着くとわたしはいった。「あなたから伝えてもらえない？　わたしはものすごく疲れているから行けないって」

クローフォードは足を止めた。「しかし彼女のお目当てはきみなんだよ」そして肩から巻き毛を持ちあげ、わたしの体の向きを変えて背中で髪を整えた。

「だけどあの人の白百合のような心に何かしらのやさしい感情を吹きこんだのはあなたでしょう」

「もしかしたらね」クローフォードは笑みを浮かべた。「手紙に進歩的な考えを書きすぎたかもしれない」

「つまりあなたのせいで彼女の心にロマンティ……」

「つまり」クローフォードは遮《さえぎ》るようにして口をはさんだ。「私は二千ドルを出させたってことだ」クローフォードはわたしの髪をひねってシニヨンに結った。「お嬢さん、きみは厳しすぎるよ。金のことを考えたまえ。朗読のとき、髪はアップにしようか？　敬虔《けいけん》そうな見かけでありながら肩を出したドレスで？」クローフォードはわたしの右肩越しに顎を乗せてきた。「今後一年くらいは、いやなら出かけなくて済む。詩作の時間もたっぷり取れるだろうね。きみの望みはそれじゃないのかな？」

「ここで一回の朗読会をやるくらいなら、マサチューセッツで百回やったほうがまし」わたしはいった。「ここにいると消耗させられるの。自分だけ自由に歩きまわりながら、同胞の傷を目にしたり、悲鳴を耳にしたりすると、非難されているような気がする」

「しかしこの冒険が成功すれば……」

「成功すればなんだというの？」わたしは身を遠ざけた。「椰子《やし》に縁取《ふちど》られたオアシスで人と交わらずに暮らす、悲嘆にくれた、裕福な寡婦で、わたしが詩を朗読するような大騒ぎをわざわざ見たいと思う人がほかにどれくらいいるというの？」

「なぜ北部の聴衆に限定する必要がある？」クローフォードは尋ねた。

「ここの女主人はバイロン卿とシガニー夫人のちがいすら知らないんじゃないかしら」

「鎖骨に触れるのを忘れないように。そうすると……」

「儚《はかな》げに見えるっていうんでしょう。わかってるわ！」

クローフォードは手を差しだした。理由があって……ああ、どんな言い訳をしても仕方ないけれど、わたしは彼の手を取った。

「きみのことを崇拝しているよ」クローフォードはいった。

わたしたちはカーブを描く階段を降り、フレスコ画に沿って歩いて玄関ホールまで行くと、応接室のドアの外で立ち止まった。

「わかってる」クローフォードの手を放して、わたしはいった。「あなたは頃合いを見はからってあとから入ってくるつもりなんでしょう?」

マダム・ソップをどう説明しよう? 色白で、ほっそりとした、丸顔の人。満月のような顔、といおうか。これは何も、彼女がきれいじゃないとほのめかしているわけではない。流れるような金色の髪に矢車草の青をした目(貧乏人には高嶺の花)はちょっと見事なのだが、つねに吃驚《びっくり》しているような表情のせいで顔つきが台無しになっている。姿勢は罪をおかした操り人形のようにだらりとしている。体に比して頭が大きすぎるせいだ。態度にはおもねるような従順さが表れているが、爪は痛そうなほど嚙まれている。要するに不憫《ふびん》な人である。それなのになぜ軽蔑を覚えるのだろう? なぜ? なぜなら彼女は有色人種が歌う嘆きを聞くのが好きなたぐいの南部人だからだ。そしてその嘆きの源《みなもと》となっているみずからの日々の贅沢を決して手放そうとしないからだ。

圧迫感のあるマホガニーに金めっきと深紅を飾った応接室で、わたしたちはしばらくのあいだ時計の音だけがする沈黙のなかに座っていたが、やがてターンウッドの女主人が話をするのに必要なだけの厚かましさをかき集めて口をひらいた。「光栄にもターンウッドにお運びくださって、感謝しています」

「いいえ、とんでもありません、マーム、わたしのほうこそ、ご親切な、勇気あるご招待にお礼を申しあげなければなりません」

女主人は鋭く息を吸っていった。「〈わたしはケンブリッジを歩いた〉を読んでもらえます？」

「お望みのものならなんでも」わたしはつくり笑いをした。

女主人は黒い大理石の暖炉のなかを見つめた。「もしお尋ねしてもよければ……」

「どうぞ、なんなりとお尋ねになってください。あなたのために、わたしはひらかれた本になりましょう」

「ミスター・クローフォードはどうやってあなたを見つけだしたのかしら？」

幕が上がった。罪のない、栄誉を与えられた黒人が舞台の中心に登場する。わたしは咳ばらいをして、お茶を一口飲んだ。「わたしはヴァージニア州のミスター・ウィリアム・トマスのところで生まれました。ミスター・トマスはマナッサスから三十キロほど離れたところにあるプランテーションの所有者です。わたしの父親はミスター・トマスの兄弟でした。母親はミスター・トマスが所有していましたが、わたしが生まれてまもなく近隣の農場へ売られてゆきました。母の名はディリアです。わたしはミスター・トマスのお嬢さんの奴隷でした。わたしにとってベリンダは姉妹のようなものでしたけれども」

「お母さんのことは覚えているの？」女主人は尋ねた。

「母はときどき日曜日に通行許可を取って邸宅に来ることがありました。日曜といえば、ほかの奴隷たちは週に一度だけ支給される小麦粉やラードを取りにいくのですが。でも、母の姿はおぼろげに浮かぶだけです。年経《ふ》るにつれ、想像のなかの顔も変わってしまって……」

この台詞はいつも大嫌いだった。ほんとうのところ何があったかは完全に理解しているのに、ほんとうの経験からはずいぶん長い年月が経ってしまっていた。

突然、クローフォードが応接室へ入ってきた。「オリンダ、私は……」それから好意的な驚きを装ってこうつづけた。「ミセス・ターンウッド？　ああ、おはようございます。あなたがいらっしゃるとわかっていたら、こんなに不用意にお邪魔したりはしませんでした。お許しを」

大げさな、早まった登場。女主人には無駄である。クローフォードにとって、彼女はすでに囚われの身も同然なのだから。

「ベリンダの話をしていたの」わたしはいった。

「親愛なるベリンダ」クローフォードは声を大きくした。「あの子の汚れないやさしさはなかなか忘れられるものじゃない。オリンダにフランス語の読み書きと会話を教えたのはベリンダなのです」

「ええ」わたしは全面的に同意していった。「当時、わたしは幸せな子供でした。自分が奴隷だなんて思っていなかったのですから」

「だけど、そのお嬢さんはどうなったの？」女主人は尋ねた。

わたしはどことも知れぬ遠く――と思われる場所――に視線を固定していった。「ある日、ベリンダは真っ青になりました。それから細かった首が雄牛の首くらい腫れて、死んでしまいました」それから想像上の固まりを呑みこんでつづけた。「子供を亡くしたあと、ミセス・トマスもすぐにあとを追い、ミスター・トマスはプランテーションを閉鎖して、奴隷を仲買人のところへ送りました」

ここでクローフォードは頭を垂れ、情け深く、考えこむような声で、室内を歩きまわりながら口をはさんだ。「オリンダは競売がおこなわれる区画まで何キロも歩かされました。裸足で血を流し、鎖につながれた足首はすりむけてしまった。ようやく目的地に着くと、囲いの悪臭がなんとも惨《みじ》めに思われた。そこで健康に見えるようにとベーコンの脂を塗りたくられて、オリンダは南ヴァージニアのミスター・ジョンソンに買われました。その後、ある日の午後、まだほんの十一歳だったとき、オリンダは客間に軽食の盆を運んでいくようにといわれました。ミスター・ジョンソンの娘のミス・ジュリアと、北部からの客人たちのために」

「元気いっぱいとはとてもいえませんでした」わたしは神経質な笑みを浮かべていった。

「ミセス・ジョンソンに糖蜜をこぼしたところを見られてしまい、上半身裸で木に縛りつけられて、ミセス・ジョンソンがくたびれてしまうまで鞭打たれたあとでしたから」

「オリンダは天涯孤独だった」クローフォードは小声でいい、わたしの椅子の背後にまわって立った。「ベリンダもいない、背中の傷が服にくっつかないようにグリースを塗ってくれるママもいない。夜は屋根裏の片隅でボロ布の山にくるまって一人で眠りました。空腹でなかなか寝つけなかった。しかしオリンダが盆をテーブルに置いたとき、女子神学校から戻ったばかりのミス・ジュリアは、ほんの何ページかの本を朗読しはじめたところでした」

「そのときは知らなかったのです」わたしは果敢に立ちあがっていった。「それがアルフォンス・ド・ラマルティーヌの「湖水」だったなんて。ただ聞き慣れたものを耳にしてじれったいような気持ちになったから、足を止めて、うっとりと口を動かしました。〝人には港なく、時には岸辺《きしべ》なし、かくて時《とき》は過ぎ、われらは去る！〟（「湖水」ラマルティーヌ作、西條八十訳）。わたしは自分がそんなふうに立っていることに気づいていなかったのですが、そのとき、中背の紳士がお客様がたのなかから一歩出てきて言葉をかけられました」

「それがミスター・クローフォードだったのね！」女主人はため息まじりにそういって、両手を組みあわせた。

「ええ！」わたしは興奮したようにつづけた。「これは誰だね、と紳士はミス・ジュリアに尋ねました。あら、小さなオリンダですわ、とミス・ジュリアは答えました。フランス語がわかるのかい、オリンダ、と紳士は尋ねました。ミス・ジュリアは笑いました。馬鹿なこといわないで、フレデリック――何を考えてるの！　けれども紳士はつづけました。〝フラン《コネセ・》ス語がわかるのか《ヴ・フランセ》い？〟わたしは思わずこう答えました。〝ええ《ウイ・》、ミスター《ムシュー・》、わかります《ジュ・フェ》。まずかったですか《エ・ジエ・ウ・デザンニュイ》？　ここにいてはいけないのかしら《ウ・スィ・ジュ・パ》？〟。ミス・ジュリアはショックを受けて怒りだし、出ていきなさいと命じました。でも、わたしはキッチンへ行ってトウモロコシをすりつぶす代わりに、階上《うえ》に行ってリネン用戸棚に隠れました。翌朝になって、とうとう空腹が恐怖に打ち勝つと、わたしは姿を見せました。けれども鞭で打たれたりはせず、体を洗ってきなさいといわれました。フランス語で話しかけたあの紳士がおまえを買って、おまえを自由にするといっているから、と」

「なんて奇妙な話でしょう」女主人は小声でそういった。

しかし全体を見ればそこは一番奇妙でない部分だと思う。ボストンに向けて発った最初の日はどうだったか？　ほかのどんな知り合いとも大きく異なるこの男に威圧され、わたしは口がきけなかった。何を期待されているのかよくわからなかったし、家も農場もわたし以外の奴隷も持たない北部人に所有されているのもわかっていなかった。クローフォードはユニテリアン派の大家族の次男で、聖職者か、でなければ法律家になるはずだったのだが、そのどちらにもならないままハーヴァード大学を去って国じゅうを放浪していた。

その晩、クローフォードは火を起こしているあいだに、鞍《くら》のうしろにつけた袋からコーンブレッドを出してわたしにくれた。わたしは馬のそばにいた。こちらのほうがまだ理解できる生き物だったから。

クローフォードは暖をとろうと腰をおろすと、声をたてて笑った。「取って食いやしないよ」

かん高い、優雅さのない笑い声をあげると、クローフォードの目は細い切れ込みのようになった。

「座ったらどうかな？」クローフォードはそう勧めた。

わたしはすっかり動揺して火の反対側にしゃがみこんだ。コーンブレッドは手のなかでつぶれそうになっていた。

「たぶん、なぜ私がきみを買ったのか疑問に思っているんだろうね」クローフォードはそう切りだした。「自分でも疑問に思っているよ。しかしオリンダ、きみが夢中であそこに立って、私にフランス語で答えたとき――フランス語だよ！――一つのフレーズが頭に入りこんできたんだ。〝恩寵《おんちょう》により、汝《なんじ》は救われる〟。自分がきみを、気の毒なきみを救わなきゃならないことはわかっていた。あの野蛮な年寄りの魔女、ミセス・ジョンソンが納屋の外できみを鞭打って、小さな背中に傷を負わせているのが見えていたからね」

わたしはコーンブレッドを握った手をゆるめ、クローフォードを好きになりはじめた。

クローフォードは目をとじて、背後の木にもたれた。「私は説教台の向こうに立ったバックミンスター牧師を一度見たことがあるんだ。まだほんの少年だったが、彼が説教するのを見たあと、聖職者になるという野心は捨てていいと思った。家族は私を買いかぶっていた。私は昔からそれなりの気品は備えていたけれど、ボストンでもてはやされるのは目新しいものだからね」クローフォードは紳士らしい鋭い灰色の目でわたしを見た。「そういう人々なら」――彼は笑みを浮かべてつづけた――「きみが申しぶんのないフランス語を暗唱するのを、群れをなして聞きにくるんじゃないかな」

こうして、奴隷だった日々は終わりを告げた。

きょう、奴隷市場に詩神はやってこなかった。わたしたち二人が人混みのただなかにおとなしい来訪者の体《てい》で姿を現しただけだった。ケイトーの背中からあんなに強いショックを受けて、瞑想《めいそう》などできただろうか？　魚の鱗《うろこ》を思わせる、畝《うね》のような筋のついた、乾燥した皮冑だった。

なぜケイトーは不当な拷問のような人生を送り、わたしはそれを逃れたのか、神が説明してくれればいいのに、とわたしは思った。ケイトーみたいに苦しまずに済んでいるわたしは何者なのだろう？　囲いのなかには手枷をつけられた赤ん坊が何人か見えた。無慈悲にも母親たちから引き離される運命にあり、母親のほうは耐えがたい悲嘆の人生へと落ちていくことになるのだ。わたしは栄養も充分な状態でシルクの服を着て、何もせずそこに立っていることなどできなかった。

まえに身を乗りだしてクローフォードの腕をつかんだ。「あの男が見える？」

「誰だい？」

「いま競りにかけられようとしてる人。彼を見て。競り落として」

クローフォードは恰幅のいい男の様子をうかがいながら、競り台をちらりと見た。「あの水ぶくれのできた、みじめなやつか？　この贈り物をミセス・ターンウッドがありがたがるとは思えないが」

「あの人のためじゃない」

クローフォードはわたしを見た。「気でも変になったのかい？　私たちは地上の地獄を目撃するためにここへ来た、それだけだ――彼みたいに気の毒な人は大勢いるはずだよ」

「そんなに値は上がらないはず。わたしの収入から払うから」

「オリンダ、もし私たちがこの男を自由にするような真似をしたら、ターンウッドの近隣の人々はきみが詩の連《スタンザ》の一つも読めないうちに私たちを吊るすだろうよ」

ケイトーの競りがはじまったが、買い手はいなかった。買い手にとって、背中の傷はまちがいなく反抗のしるしだからだった。

「ルイジアナでは、この暗い非人道的な時間のなかでわたしが一つののろしになるはずだっていってたじゃない」わたしは歯の隙間から小声でいった。

「私たちは対立を求めてここへ来たわけではないんだよ——数においてはなはだしく不利であることはいうまでもないだろう。相手を楽しませながら啓発する努力をしないと」

わたしは愛するクローフォードを見た。髪はいまのところまだ白いものが交じったりはしていないが、額《ひたい》の上で後退しはじめており、目のまわりの皮膚は薄く、皺《しわ》ができている。だが目そのものはいまも冬の海のようであり、黒い中心のまわりは金色に花ひらいている。この顔はすでに記憶していたし、どの皺も、不揃いな頬ひげも、秘密の表情もすべて知っている。

「わたしのことを崇拝しているんでしょう？　だったらあの人を買って」

クローフォードはケイトーの腕や腿《もも》をつまんだりはたいたりした。わざと大げさに歯を調べてみせもした。それから市場の奥まで気取って歩いていき、ケイトーを裸にして確認し、四百ドル払って彼を買った。

クローフォードが売渡証を受けとってくるのを馬車のなかで待ちながら、ケイトーはわたしを観察した。わたしの上等なドレスや市販の靴、それに新しいご主人の臆面もない親しげな態度を気にしていた。塵《ちり》まみれでやつれた姿のケイトーは、不安そうな目をクローフォードの顔から逸らせずにいた。わたしにできたのは、微笑《ほほえ》んで水を勧めることくらいだった。こんなに敵意に満ちた人混みのなかで、あなたはこれから自由になるのだとはいえなかった。ケイトーはつかのま躊躇《ちゅうちょ》してから、追いつめられたような顔つきで尋ねた。「ミス、あの人はまっとうなご主人なのか？」

「とてもまっとうよ」わたしは答えた。

「おれはいままで、この世で一番意地の悪い白人の持ち物だったからさ。おれを鞭打ちしたあと、傷に胡椒《こしょう》を擦《す》りこむのが好きな男だったよ。今度のご主人は、しゃべり方も意地が悪そうには見えないな」

「彼は鞭打ちをいいことだとは思っていないの」わたしはいった。

ケイトーはこれを聞いてにやりと笑った。「それが絶対にほんとだったらいいんだがな」

打ち明けておくと、ケイトーとは友達になると思う。おやすみ《ボン・ニュイ》！

心をこめて
オリンダ

一八三八年九月一日
クローフォードが体調を崩している。たぶんマラリアで。見舞いを許されていないので知りようがない。ターンウッドの女主人が、ルイジアナの地元民でないわたしに病気がうつってしまうかもしれないと心配しているのだ。夫が亡くなるまでずっと付き添ったので、看病には慣れているから大丈夫、と女主人は請けあう。

これよりひどい地獄などありはしない。混乱した心のままこんなところにとじこめられるなど、満足できるはずがない。一晩じゅう、クローフォードの部屋のすぐ外にいた。クローフォードがわたしを待っているのが感じられた。「誰かに厚板で殴られたみたいだよ」といっているのが聞こえた。

けれども看病するのは女主人だけで、わたしは使用人たちに見張られている。どうしたらいい？

きょうの午後、クローフォードが吐いている音、さらにまた吐くための力を求めて喘《あえ》いでいる音が聞こえたので、どうしても彼のところへ行かなければならなかった。ドアをあけるまで誰にも止められなかったので、女主人がクローフォードの口もとをぬぐい、身を屈《かが》めて額にキスをしているところが見えた。

「オリンダ」女主人は顔を赤らめた。「隙間風が入るわ！」

実際、風が入った。寝室は墓所さながらに密閉されていた。

両手を女主人の首にまわして絞めたかった。親指の下に喉ぼとけを感じたかった。クローフォードがわたしに会うことのないまま死んだら彼女を殺してやる。

唯一の慰《なぐさ》めは、いまや余裕のできたケイトーが長めの言葉でこう宣言していることだ。

「まだマスター・フレッドの寿命は尽きていないよ」

ケイトーは最高の人だ。彼を自由にしたのは正しかった。万が一クローフォードが死んだら、わたしがケイトーを守らなければならない。だけどそんなはずはない。クローフォードは生き延びなければならない。神さま、お願いです、クローフォードを死なせないでください。どうか、どうか、お願いです。そのためにはなんでもします。

ケイトーの幼い息子は一年まえに競りで売られた。ケイトーの所有者にお金が必要だったから。その子の名前はフランクだった。女主人に鞭打たれて死んだケイトーの弟にちなんでつけた名前だった。人の子を死ぬまで鞭打つなんて、どういう母親だろう？　そういう罪人《つみびと》は大昔からいる。お茶にガラスの破片を入れてやったところで、また現れるのだ。

一日に二回書くのはおかしなものだ。書くべきじゃない。絶対に。

今夜、夜明けまえにまた歌が聞こえた。寝室のドアをあけると、ケイトーが廊下の寝床からいなくなっているのが見えた。いまはそんなに涼しいわけではないけれど、いくらか暑さがゆるんだので、わたしたちは屋内で寝ている。プランテーション内の病院を通りすぎて進んだ。腫れのある病人たちがうめいていた。精糖小屋も、厩舎《きゅうしゃ》も通りすぎた。歌声をたどるのは怖くなかった。わたし自身、完全に幽霊のようなもので、目のまえの自分の手さえ見えないくらいだったから。

奴隷の一団が、ところどころで松明《たいまつ》を掲げながら溝のなかに立っていた。一団の向こうは奴隷の墓地で、日付はなく名前だけが刻まれた木の柱や十字架がたくさん並んでいる。説教師が両の手のひらを掲げ、手にはなんの本も持っていないのに、体を揺らしながら朗読するように話をしていた。話し終えると、歓喜で明るい顔つきをして勢いよく丸太の上に座りこんだ。歓声があがった。「ここに悪魔の居場所はない!」疲れ知らずの会衆は輪になって、すり足で右回りに歩いた。バンジョーが語り、手が打ち鳴らされる。思い切ってそっと一歩を踏みだし、見つからないように繁みのなかに立った。いや、そう思ったのは自分だけで、野良働きの女がわたしの両腕をひっつかんでうしろへ回した。「あんたはここにいちゃいけないんだよ」女はそういってわたしを睨《にら》みつけた。まるでわたしが彼女をたたいたかのように。

「ケイトーを探しているの」わたしはいった。「何も……」

「ミス・O、あんたはここに来るべきじゃない」ケイトーがまえに出ていった。

「ケイトー、邪魔するつもりはなかったの。ただ、すばらしく詩的だと思って」

「家に戻るんだ。おれもすぐ行く。頼むよ、ミス・O。あんたはここにいちゃいけない」

なぜ、求められてもいないのにとどまるのか? なぜ、わざわざいい返すような真似をしたのか? いつだって引き離されるのがわたしの運命ではなかったか?

ケイトーはすぐに邸宅に戻り、深く悔いている様子で、寝室のドア口で震えていた。「みんな、あんたにつらく当たるつもりじゃなかったんだ」

わたしは窓辺に座っていた。そしてケイトーに背を向けたままいった。「つらく当たられる理由なんてほんのすこしもなかった」

「あの女だって、あんたに痛い思いをさせようとしたわけじゃない」

「痛い思いをさせるつもりがない人はすこししかいないみたいだけど」わたしはいった。

「あの人らがどういうつもりか、おれはぜんぜんわかってないよ。だが、あんたがおれにしてくれたことはわかってる。あんたが――あんたとマスター・フレッドが――どれだけいい人かってことも、おれを自由にしてくれたことも、みんなに話した」

わたしは跳ぶように立ちあがってドアをしめ、歯の隙間から絞りだすようにして小声でいった。「ケイトー、それは誰にも知られちゃいけないのに！　あなたの身に危険が迫るかもしれない」

「ミス・O、あんたの心は見えてるし、あんたもあの人らが何を祈ってたか知ってるだろう。朗読会はもうすぐ？」

「ええ……どうして？」わたしは尋ねた。

「あの監督者がどんな悪ふざけをするかは見ただろう。おれは生まれてからあいつみたいな悪魔に会ってばっかりだ。あの人らは逃げるつもりだ、ミス・O、だけどおれらが助けてやらないと、同胞は自由の身になれない」

「なぜ？　ここの女主人はたいていの主人よりも親切なんじゃないの？」

「だけどあの監督の野郎が好き勝手に振るまってる。黒人を馬みたいに撃つんだよ。女主人は、見たくないことは見ない。だけどここらの白人はみんな、あんたの朗読会に来るだろ」

「思いださせないで」わたしはうめくようにいい、窓辺の椅子に戻った。

「白人は奴隷のことなんか思いださない。あんたが謳《うた》う喜びに聞きいってるあいだはね。それにあんたは有名な黒人だから、このうちの奴隷以外は誰もあんたを見張ったりしない」

わたしたちの目が合った。「無理よ。あの人がいなければ……ケイトー、聞いて、クローフォードに話すまで待って。きっと助けてくれるから」

「あの人らは待てない」

わたしは目を逸らした。「だったら、あの人たちは犬に追われることになる」

「あんたはすごく賢い女だろ」

「わたしの虚栄心はそんなに透けて見えているのかしら。ケイトー、わたしはそういう意味で賢いわけじゃない。ただの詩人なのよ。そのわたしにいったい何ができるの?」

ケイトーはわたしのほうへ一歩踏みだした。「あの人らには銃が要るんだ」

外では奴隷たちの歌声が畑じゅうに広がり、木々の枝を捕らえ、枝から垂れさがった。

「みんな捕まる」わたしはいった。

ケイトーは待った。まるで天国を待つみたいに。

「そんなことするくらいなら、今夜首をかき切ったほうがましい」

ケイトーは落胆そのものが貼りついたような顔ができる。

「女の人たちと子供たちが怪我をするようなことはないのね？」わたしは尋ねた。
「おれがちゃんと気をつける」ケイトーはいった。

心をこめて
オリンダ

新しく書けた二行。

闇夜に放たれる猟犬の声が聞こえる
ぱっくりあけた口で奴隷を追う猟犬の声

一八三八年九月六日
ひどい出来事の連続。どこからはじめようか。ターンウッドの女主人との内緒話《テタテット》からがいいだろうか。女主人は朗読会のまえにどうしてもわたしと話をしたがった。またもやわたしは応接室で彼女の向かいに座った。家のなかで働く女たちが鍵穴に聞き耳をたてていた。
「明晩のあなたの朗読会には、強硬な反対者も来るかもしれない」女主人はいった。

「あなたから近隣の人たちに、ただの詩であることをいっていただかないと」わたしはいった。

「まさにそうするつもりで自分を納得させようとしてきたんだけど」女主人はそういって、ぎりぎりまで爪の噛まれた指先を見おろした。ドレスの裾が汚れていた。「わかってると思うけど、このあたりでは誰も黒人に読み書きを許したりしないの。祈ることさえ禁じる人もいる」

「だったら、そういう人たちは棍棒でも担いで来るのですか?」わたしは笑みを浮かべた。

「まあ、まさか! この家にそんなふうに押しかけることはないわ。みんな夫の思い出をとても大切にしてくれているから。つまりね、オリンダ、みんな心根はいい人たちなのよ。敬虔な人たちのなかには、所有する奴隷への野蛮な仕打ちを強く非難する人もいて、そういう人たちは実際、自分の家族とおなじように奴隷の面倒を見てる」

「でも、ここでは奴隷制に反対する内容の本を所持しているだけで厳しく批判されると聞きました。こういってはなんですけれど……なぜあなたがわたしを招いたのか理解できません」

女主人は手をまえへ伸ばし、テーブルからわたしの本を取りあげた。「去年、夫が亡くなって、わたしが完全に孤独になったときに、ニューヨークにいるいとこの一人が本を送ってくれた。そのなかにあなたの本があったの。あなたの言葉は、孤独というものをよくわかっているように読めた。あなたが奴隷だとわかったときの信じられないような驚きを想像してみて。ミスター・クローフォードに手紙を書くと、わたしたちは会うべきだと説得された。

朗読会ではあなたを守ることを、クリスチャンとして約束します。それから、もしミスター・クローフォードに万が一のことがあったら、あなたとケイトーが無事にボストンへ帰れるようにわたしが手配する。奴隷二人だけで移動するのは、安全とはいえないから」

「そうですね」わたしは壁を睨みながらいった。

またただ。

「どうも、ご親切に」わたしはいった。

またあの単語。

「もう失礼しなければ」わたしは立ちあがった。

彼女が最初にあの単語を口にしたのは以前聞いたけれど、いまや疑問の余地はなかった。ターンウッドの女主人はわたしを奴隷だと思っている。

病み上がりのクローフォードが図書室にいるのを見つけた。脚をあげて座り、日光が顎に明るい四角を描いている。わたしはドアをしめた。胃が胸までせりあがってきた。

クローフォードが頭を巡らせた。無理にふさわしい言葉を見つける必要などない――クローフォードは日射しのなかでとても美しく見えた。

「深刻な顔をしているね」クローフォードはいった。「私が何かしてしまったのかな?」

「わたしたちは自由なの?」わたしは尋ねた。「どうしてもほんとうのことを聞かせてほしいのだけど」

「どうしたんだ?」クローフォードは足をおろした。「泣いているのか?」

「ケイトーはほんとうに自由なの? あなたはケイトーを自由にしたの?」

「もちろんだよ」クローフォードはいった。「無事にメイスン―ディクスン線を越えて北部に入るまで、そのことは公言しない約束だったと思ったが。頼むよ、オリンダ、もし何か発作的な神経過敏……」

「わたしは?」手を胸に当てると、頭のなかに鼓動が感じられた。

「ヒステリーの発作かい?」クローフォードは笑みを浮かべた。

「クローフォード」わたしはいった。「クローフォード」

クローフォードは目を見ひらいた。「いったいなぜそんなことを訊く?」

「ちがうのね」わたしは顔を覆った。「ああ、神さま、わたしは自由じゃない……」

病んだ霧のなかを永遠に漂《ただよ》う朽《く》ちた気体に顔を突っこんだような気がした。

クローフォードは立ちあがり、わたしを急きたてるようにしてドアから遠ざけ、必死に囁《ささや》いた。「聞いてくれ、説明するから。聞くんだ。ボストンではなんの問題もなかっただろう? 自由な州にいれば、きみは実際に自由だった。誓っていうが、書類を整えるつもりはあったんだ。だが完全に不注意から、いや、怠惰だったんだね、私はそれをしなかった。罪をおかしたんだ、きみが許してくれることを祈るよ。許してくれるね、オリンダ、許してくれなきゃ駄目だよ。きみを所有するためではなかったんだ、決して。きみが自由でないなどとは思いだしもしなかったんだよ、アンシアから、いや、ミセス・ターンウッドから南部に招待されるまで。私のついた嘘、唯一の嘘は……完全にきみを守るためだった、きみは私の血縁ではないから……ここで法律に守られるために、きみを奴隷のままにしておくしかなかった。これがまちがった知恵であることはわかっているよ、だが……」

「クローフォード」わたしはいった。「十六年のあいだ、書類を提出する機会が一度もなかったというの？　そんな話、信じたくたって信じられるものじゃない」わたしはクローフォードに背を向け、ドアのほうへ戻ろうとした。

クローフォードはわたしのまえに踏みだしていった。「オリンダ、嫉妬しているのかい？」

「まあ、誰がわたしたちのあいだに割って入れるというの？」わたしはクローフォードを押しのけるようにして通りすぎた。「わたしたちは法律で縛りつけられているというのに」

「ここを発つこともできる」クローフォードはわたしの背に向けていった。

わたしは足を止めた。

クローフォードが近づいてきてわたしの両手を取った。「聞いてくれ」そしてその手を強く握った。「聞いて」

「放して」とはいいながら、離れようとするわたしの腕の力は弱かった。

「いますぐ発ってもいい」クローフォードはいった。

わたしはクローフォードを見つめた。「気でもおかしくなったの？　もうすぐ朗読会なのに」

「なんであろうときみの望みどおりにする。誓うよ」

わたしはクロ－フォ－ドの表情を読もうとした。「だけどあなたはすぐ嘘をつくから」わたしはいった。「嘘だもの。だいたい、お金ももらわずに発つつもり？　あなたが？」

「きみの望みどおりにする。命に賭けて誓う」

もちろん、わたしも逃げたかった。これ以上は無理と思うまで、海に落ちて容赦のない波にのまれて消滅するまで駆けて逃げたかった。けれどもそこで思いだしたのは、畑で労働する奴隷たちのこと、たっぷりの熱気と変わらないいくらい惜しみなく流される血のこと、そしてわたしだけが銃を調達できることだった。

わたしは手を引き抜いていった。「朗読はする。お金を手に入れましょう。それから発つ」

「いい子だ」クロ－フォ－ドは微笑んで、かすかに卵のにおいのするハンカチでわたしの頬を拭いた。

クロ－フォ－ドが厭《いと》わしい。わたしの解放者であり、不変の擁護《ようご》者であると称しながら、じつはずっと嘘をついていたのだから。奴隷であれば、ほんのすこしの違反で――それが事実であれ濡れ衣であれ――たたかれ、焼き印を押され、鞭打たれ、銃で撃たれ、陵辱され、重傷を負わされる可能性がある。奴隷というのは、心も体もあらゆる栄養に飢えていて、のびのびと人間らしく暮らすことができない。わたしはこれ――奴隷――でなくなったことなど一度もなく、その事実がすべてを腐敗させた。なんということだろう、わたしのことを、たたかれ、焼き印を押され、鞭打たれ、銃で撃たれ、陵辱され、重傷を負わされ、焼かれ、目をえぐられ、皮を剝《は》がれ、殺されうるものをそのままにしておいた男を愛するなんて……。

クローフォードはそれまで読んでいた小説を床から拾いあげた。「またもや『シャーロット・テンプル』だよ。ひどく過大評価されている」そういって笑おうとした。「自分の部屋へ行きたいのだけど」

クローフォードは脇へよけ、わたしはドアへ向かった。「待って」クローフォードはいった。「許してくれるね、最後には。そうだろう?」

わたしは歩きつづけた。

「これは知っておいてくれ。私が死んだら、きみは自由になる。遺言にそう書いてある」

「そう?」わたしはふり向きもせず囁くようにいった。「それをありがたく思うべきなのかしら?」

ガラスの上を歩くような気持ちで家を出て日射しのなかへ踏みだすと、砂糖きび畑のどこからか奴隷の悲鳴が聞こえてきた。ああ、見えない存在として過ごす、空気とおなじ色で生きる人生なんて! しかしわたしは地上の生き物のなかで一番下の存在——褐色の肌をした、女——なのだ。生まれながらにこの二つの罪を負っていることで、世界はわたしにどんな罰を与えようというのか!

家政婦にこっそり鍵束を手渡され、わたしはターンウッドの女主人の寝室にずかずかと入りこんだ。そして室内をくまなく探した。月のないあしたの晩のために、わたしは奴隷たちに銃を三挺《ちょう》渡した。

奴隷たちがそれをどう使おうとかまわない。わたしたち全員を撃ってもかまわない。彼らの日々の恐怖をわたしたちは手出しもせずに眺めてきたのだから、今度は奴隷がわたしたちの世界を地獄に変える番で、そうなればわたしたちも神とはいったいなんなのか知ることになるだろう。

心をこめて
オリンダ

一八三八年九月七日

悪い結末を迎えてしまった。

今夜、近隣の人々が三十人あまり集まった。応接室ではさまざまな思惑が渦巻いていた。室内には悪人と善人の両方がいた。わたしは演台のまえに立ったが、あまりにも大勢がそばへ寄りすぎていて、男たちの目がわたしの体を切り刻みたいという冷たい欲望を湛《たた》えているのがわかった。ターンウッドの女主人は、自分の浅はかな無謀さに愕然としながら、部屋の隅のお茶のテーブルのあたりをうろうろしていた。しかし世界じゅうの亜麻色の髪を集めたところで、彼女の姿を隠すことはできなかった。

クローフォードは自分をパイプ役だと思っている興行師であり、預言者であるとうぬぼれた吸血鬼でもあり、わたしのことを成長の途上にあるアテナで、従順な女神で、自分の大腿骨から生まれたミニチュア以上のものではないと紹介した。

事前の申し合わせでは、自然に関する詩だけを朗読することになっていた。初期の限定的な作品——抒情詩《じょじょうし》を模倣したものと、アメリカの風景を鷹揚《おうよう》に謳った頌歌《オード》——だけ。疑問を投げかけたり、経済を云々したりしない、形而上詩の複雑さに不器用に挑んだ若書きのくずだけだった。

最初の詩のあと、拍手をしたのは女主人だけだった。窮地に陥《おちい》って優雅さを失った後援者であり、頭には心の半分の鋭さもない人物だ。二番めの詩のあとにつづく沈黙のなかで（女主人は抵抗することに疲れてしまった）、わたしは口をつぐみ、聴衆のうしろにいる黒人の男を盗み見た。この男のことは知らなかった。この人はどうしてあのときほかの奴隷たちやケイトーと一緒に遠くの畑で祈っていなかったのだろう。

しかしそれもわたしが何かしらの行動を起こす誘因にはならなかった。実際のところ、震えあがるほど進行が遅れていても、わたしはまだうまくやるつもりでいた。〈わたしはケンブリッジを歩いた〉ではじめ、〈あなたの芸術、わたしの頌歌〉へとつづけるのではなかったか？　わたしは助け出された黒人として完璧な模範になるはずだった。だがそこで、一触即発といった様子の白い顔の列の向こうにある窓から、大人たちを追ってオークの並木道を駆けてくる奴隷の子供を見てしまった。それでわたしがなぜここにいるかわかった。自分のまわりに張りめぐらした壁は崩れ落ちてしまったけれど、口をひらかなければならないのはわかった。完全に見透かされること、心がさらされることを怖れてきたわけもわかった。わたしの心は、いまも名もない人々の血が容易に、不当に地面に撒《ま》き散らされていることで容赦なく悲しみに襲われる。

「もしよければ」わたしは聴衆を見ずにいった。「最新作を読みあげることをお許しいただきたいのです。まだ草案ですから、粗削りなところはご容赦を」

それからわたしは世界で一番愛していると思っていた人を見た。わたしのご主人《マスター》、ミスター・フレデリック・クローフォード。怖れの透けて見える、彼の灰色の目。

神よ、ただ御身のみがわたしを選び、けれど
この華美な闇がわたしを眠りから遠ざける
闇夜に放たれる猟犬の声が聞こえる
ぱっくりあけた口で奴隷を追う猟犬の声
炎天下で塩にまみれた奴隷
人は彼をその罪で知る
神に伝えよ、もうすぐ彼がやってくると
息子に伝えよ、彼は逝ってしまったと
彼の上へ息子を三度投げあげよ

石を集めて墓を押さえよ
なぜなら雨が降りだしたから

誰が拳を繰りだしたかは見えなかった。その男は血の味だけを残した。苦みを伴う口中の熱のせいで気力が挫けた。わたしは大声でクローフォードを呼んだが、室内は人で溢れかえっていた。演台のうしろで、男がわたしの首をつかんだ。想像していた殺人者よりも年を取っていた。何も映さない青い目と老人のおなかをしたその男は、膝をわたしの脚のあいだに入れ、わたしの頭を殴った。しかし発砲があり、わたしの殺人者となるはずだった男は手を離した。肘《ひじ》で体を持ちあげると、さっき聴衆の後方にいた奴隷が銃を構えているのが見えた。奴隷は監督者を撃ち、次いで群衆に向けて無差別に発砲した。隣人がその奴隷の胸を撃ったが、奴隷は膝をついただけで、歓喜の叫びをあげながら女主人を見つけて撃った。ターンウッドの女主人は階段をすべり落ちる子供のように倒れた。クローフォードが女主人に駆け寄ると、隣人がクローフォードの頭を撃った。クローフォードは膝を曲げて仰向けに倒れ、すでに深紅に染まった絨毯《じゅうたん》にさらに血を流した。

どれくらいの時間、一人だっただろう。どれくらい、そこにいただろう。たった一人で。

肩のそばに死体があった。両手にその血をさっとつけて自分になすりつけるべきなのはわかった。そうやって死んだようにうつぶせになっていると、男たちがわたしのそばにやってきてわたしを蹴り、運よくただの死体だと思ってくれた。そしてもう殺すべき生き残りの奴隷がいないとわかると、男たちは連れの女たちを送りだし、猛然と馬に乗って追跡のための猟犬を呼びにいった。

とうとう邸宅が静かになると、わたしは這いだした。「クローフォード?」名前を呼んだことに理由などなかった。ひっくり返った椅子と踏みにじられたわたしの詩のページでできた輪のなかに横たわるクローフォードが見えていたのだから。後頭部にあけられた穴によって、クローフォードは無害な小山と化していた。鼻と目から大量の血が流れていた。わたしは血を止めようとした。努力はした。だが、神でないかぎり無理だった。

「その人を動かしちゃ駄目だ、ミス・O」ケイトーがそういって、わたしの隣に膝をついた。

わたしはケイトーの両肩をつかんだ。「ここで何をしているの? あの人たちが戻ってくるわよ!」

「ジョージが見えなかったもんで」ケイトーはクローフォードを見おろした。「銃を持ってるのは知ってたから、連れにきたんだ。ああ、マスター・フレッドはもう天国へ行くね」

つかのま、声が出せなかった。「ジョージというのは?」

ケイトーは死んだ奴隷を指差した。「こいつのことは責められねえ」

「聞いて」

ケイトーは首を横に振った。「あの監督者はこいつの妻を殺したんだ。五百回くらい鞭打って。骨まで食いこむほど」

「ケイトー。聞いて。あなたはとても勇敢だった。でもそれももう終わり。紙を持ってきて、そうしたらわたしが許可証を書くから。もしかしたらあなたはボストンまで、クローフォードの一族がいるところまでたどり着けるかもしれない。あの人たちならきっと助けてくれる。奴隷制廃止論者だから。わたしが手紙を書く。机のなかに紙があったはず」

「無理だ」ケイトーはわたしを黙らせようとした。

「お願いだからいうとおりにして！　あいつらがあなたに何をするか見たくないの。ジョージは死んで、クローフォードは死んだも同然、女主人も死んだ――わたしたちはみんな死んだ、だけどあなたはちがう、まだ死んでない」

「あんたを置いて逃げられないよ、ミス・O」

わたしはケイトーを押しやった。「行って！　あなたは自由よ！」

「おれたち二人とも自由だ」

わたしは息を詰まらせながら笑い声を絞りだした。「いいえ、わたしはちがう。この人が死ぬまでは奴隷なの。クローフォードはわたしを自由にしたわけじゃなかった。皮肉なことに、それでもわたしには彼をここで孤独に死なせることはできない」

ケイトーは自分の両手を見おろしていった。「すごく残念だ」

「わたしは大丈夫。さあ、行って」

ケイトーはゆっくりとうなずいた。「あんたのいうとおりだ。だけど行くまえに、あんたが書いたものを見てもいいかな？　ずっと、あんたが書いた言葉を見たいと思ってた」

「でも、読めないでしょう」わたしはそういってクローフォードを見おろした。まだ完全に死んではいなかったが、もうすぐだった。信じられなかった。「ああ、そんなことはどうでもいい」わたしはクローフォードとケイトーにいった。「急がなければ」

日記は演台のそばに落ちていた。それを拾ってふり返ると、ケイトーが銃を取りだしているのが見えた。わたしが引き渡した銃のうちの一挺だった。ケイトーはそれでクローフォードの胸を二回撃った。

ずっとまえから、いつか彼は死ぬ、どんなに愛していてもクローフォードは死ぬとわかっていた。しかしすくなくともそれはわたしにわからないくらい遠くの出来事であってほしかった。それなのに、わたしがこれからどう生きるべきかひとこともいわずに、クローフォードはここでこの世から去ってしまった。

わたしは悲鳴をあげ、犬たちが遠吠えをした。ケイトーはわたしを外へと急きたてた。外では畑が甘いにおいをさせながら燃えていた。

煙のなかで、わたしは叫んだ。「わたしたち、これから自由になるの？」

「もしこの世界で無理でも、次の世界ではきっと自由だ」ケイトーはいった。

そしていま、わたしたちは生き延びるために走る。

心をこめて
オリンダ

ジェイムズ三世

James III

ぼくは車のディーラーの角を急いで左に曲がった。不安定な砂利道を用心して進み、平らで安全なコンクリートの橋に跳び乗った。駅の階段のてっぺんまでたどりつくと走るのをやめ、喘息《ぜんそく》用の吸入器がないせいで呼吸がぜいぜいしているのを言い訳にして止まり、プラットホームの状況を確認した。そこにいるのは黒い野球帽をかぶった、首にタトゥーのある男だけだった。男は電柱のまわりをぐるぐる回りながら、ポテトフライを（ぼくは近視だから、たぶんだけど）食べていた。

「おいおい」男はポテトを飲みこんでこっちを見た。ぼくは木のホームに降りたところだった。十一月だっていうのに裸足《はだし》で、太っているので隠れることもできなかった。

「平気だよ」ぼくはいった。肩をすくめてみせることさえした。

男はぼくの上唇にどっしり垂れかかっている血と鼻くそを凝視《ぎょうし》した。ぼくはトレーナーの袖口で血をぬぐった。トレーナーはまだ大きすぎて両手がほとんど隠れていた。つまり、この秋のぼくはあまり成長していなくて、思春期のやつはぼくが不慣れなストーカーか何かみたいにこっちを避けて通ってるってことだ。「ねえ、そのナプキンをすこしもらえる？」ぼくは泣かずにそう尋ねた。
　男はハンバーガーについてきたナプキンの束をくれた。「なあ」――男はポテトフライを
（やっぱりポテトフライで合っていた）口に放りこんだ――「ずいぶんやられたな。ひでえ、
靴まで取られたのか？　まったく、オリヴァー・ツイストかよ。きみに必要なものがわかる
か？」男は残っていたソーダを飲みほした。
「ミスター・ブラウンロー」ぼくはディケンズの小説のなかでオリヴァーを助ける老紳士の
名前を挙げた。
「誰だって？」男は尋ねた。
「なんでもない」ぼくはいった。
「氷だ」男はソーダのカップを差しだした。「体が揺れてるな」
「震えてるんだよ」ぼくはそう訂正してベンチに腰をおろし、膝《ひざ》の上に肘《ひじ》をしっかりと置い
た。走るのをやめたいまは寒く、襟足の毛が湿り、波打ったまま固まっていた。
「なんだよ」男はぼくの隣に座った。「まだほんの子供じゃないか。足が地面につきもしな
い」
　わざわざ返事をしていい気にさせてやっても仕方なかったので、黙って二枚のナプキンの
上に氷を空けた。無視したほうがよい、陳腐な／おざなりな発言だった。昔行っていた学校
でよくやられたように、頭の横を殴られながらゲイだとかチビのメス犬めとかいわれるので
ないかぎり、くだらない言葉は流すのがぼくの流儀だった。

「靴を取られるには悪い季節だな。それに、その鼻はたぶん折れてるんじゃないかと思う。ここんところがずっと切れてるしな」男は自分の鼻で示してみせた。

「かもね」ぼくは何気ないふうに顔をそむけて、その場所へ氷をすべらせた。

「何年生？」

「九年生」

「九年生？　そんなふうにはぜんぜん見えないな。ローワー・メリオンに通ってる？　タイリーズって名前のやつを知ってるか？」

「ちがう学校」すごく寒くて、爪先の感覚がなかった。

「じゃあどこだ？」

「フレンズ」手を伸ばして爪先をギュッとつかんだ。手の指の感覚もほとんどなかったけれど。

「え？　どの学校かって聞いたんだが」

「フレンズだよ。クエーカーの学校なんだ。まあ、カトリック校みたいな宗教系の学校だよ」

「クエーカーオーツみたいな？　オートミールで有名な？　ほら……あのパッケージのじいさんはなんて名前だっけ？　ベンジャミン・フランクリンだ！」男は椅子の背にもたれてつづけた。「ベニー、高額紙幣にも印刷されている男」そういって、男は両手をジーンズでぬぐい、それから野球帽をぐるりと回した。

「あの人はクエーカー教徒じゃなかったよ」ぼくはいった。

「みんなどういう信念を持ってるんだ？」

「よく知らない。ただ通ってるだけだから」だいたい、いまは平和や正義について話すような気分ではぜんぜんなかった。

「知らないのかよ？」男はくり返した。ぼくが無知を装ったのが気に入らないようだった。

「ぼくはクエーカー教徒じゃないから」ぴしりとそういい返して、線路を見おろした。

「どれくらいそこに通ってるんだい？」

「六年生のときから」ぼくは小声で答えた。

だったらわかっていてもよさそうなものなのに！

ぼくはため息をついた。「だからさあ……」ナプキンを持ちかえてつづけた。「聖職者のいうことはどの宗派でもおなじだよ。神の光はすべての人のなかにある。奉仕の精神。平和」腹が死ぬほど痛くなった。ものすごくトイレに行きたかった。

男は袋に一本だけ残っていた茶色く縮んだポテトフライを噛んで、考え考えいった。「そうか。深いな。おれはその手の戯言《たわごと》に興味があるんだ。クエーカー教徒か。ところで、おれはウォレスだ」

「ぼくはジェイムズ」

「列車が来る」ウォレスは身軽に立ちあがり、紙袋をごみ箱に投げいれた。そのあいだにも、列車の明かりが闇を押しのけるように進んできてぼくたちを見つけた。「家に帰るんだろ？」

階上《うえ》で小さな弟が泣いていたのを思いだした。泣き声を聞いてくれるのはぼくだけだと知っているみたいだった。「帰んない」ベンチからすべりおりて、薄暗い明かりで照らされた駐車場を見渡した。どれも母さんの車じゃなかった。母さんが来るはずがないのはわかっていたけど、どういうわけか来るかもしれないと思ってしまったのだ。「帰れないよ」街灯に向かって、空っぽの車の群れに向かって、車と車を隔《へだ》てる白い線に向かって、ぼくはいった。

「おい！」黄色く塗られたホームの端から、ウォレスが手を振っていた。

凍りつきそうなコンクリートの上を、足を引きずるようにしてのろのろと進んだ。「車掌はぼくを乗せてくれるかな？」

「伝染病にかかっているわけじゃないだろ？」

「真面目にいってるんだけど」

ウォレスはぼくを上から下まで眺めていった。「そのきったねえナプキンはごみ箱に捨てたほうがいい。それと、袖をまくれ……誰かを殺してきたみたいに見られるのはいやだろ」

「靴を履いてないことをいってるんだよ」凍傷にならないようにしようと、ジャンプして足を踏みかえながらいった。

「だから？」ウォレスは当惑していった。

「違法じゃない？」

「どういうことだ？」

「公共の場所で靴を履かないのは……違法じゃないの？」

ウォレスは眉をあげていった。「ヘンなやつ」

まあ、災難なんてヘンなものだ。ぼくには携帯電話もなければ、靴もなく、眼鏡もなかった。ズボンのポケットに十ドル札が一枚入っているだけだった。クラック常習者みたいに見えるかもしれないけど、ぼくとしてはそれよりは殉教者のような気分だったし、十ドルあればバーニスおばさんのところへ行くには充分だった。

列車の車輛ががたがたと近づいてくるとウォレスはいった。「ほら、名刺を渡しておくよ」ウォレスは光沢のある黒い名刺を差しだした。「もしかしたらおれのサービスが必要になるかもしれない」

列車が止まって車掌が降りてきたとき、ぼくは名刺を裏返して見ていた。「名前と電子メールしか書いてない。どんなサービスを提供しているの？」

「それはそっちが指定するんだ。なんでも手配できる。それなりの価格で」ウォレスはそういって跳ぶようにステップを昇った。

列車に乗ると、ウォレスは自分だけで席に座り、ひび割れた青いビニールの座席の上で脚を伸ばした。ぼくはウォレスのうしろの列に座り、フードをかぶりながらふと心配になった。ミセス・Pは騎士道的愛についてのぼくのレポートを読んだら、また課外授業をするつもりではないか？　ミセス・Pはぼくのことが好きだった。ぼくを次世代のテレンス・ヘイズだと思っていた。テレンス・ヘイズが誰なのか知らなかったけれど、ぼくはそうですねと答えておいた。うわべだけは、こういう学業面のえこひいきに寄りかかっておくのも悪くない。

ウォレスは背筋を伸ばしてシートの背もたれのてっぺんに顎をかけた。「なあ、ひとついっておきたいんだが」

ぼくは鼻をさすって、一番痛む場所を見つけようとしていた。皮膚が温まるにつれ、耳がジンジンしてきた。

「痛みのおかげで、生きてるってことがわかるのさ」ウォレスはそういって自分の席にどさりと戻った。

ぼくは窓ガラスに映った自分とちらりと視線を交わし、父さんと話ができればいいのにと思った。

ときどき、背中にシーツがぴったり貼りついた状態で夜中に目を覚ましたとき、父さんがソファで眠っているところを見つけたのを思いだした。たぶん、あのころから父さんと母さんはいろいろ問題を抱えていたんだと思う。窓があけっぱなしで、白いカーテンが父さんの顔を撫《な》でていた。空気はとても冷たく、湿っていた。

「父さん？」

おばあちゃんのお話のなかでは、男たちは隙間風で死んだ。魔女に逆らったせいだったり、妻の愛人か誰かに呪われたせいだったりすることもあったけれど、たいていは隙間風が入るのは幽霊が来たしるしだった。その男がいつかどこかでやらかした悪いおこないのせいだった。

ぼくはバタンと窓をしめて父さんを起こした。

「ジェイ？」父さんはカーテンを払いのけた。「何をしているんだ？」

「父さんはどうしてソファで寝てるの？」

「母さんに、いびきがうるさいっていわれてね」

父さんがまだ靴を履いているのが目についた。「どこに行ってたの？」

「外だ。おまえはなんで起きているんだ？」

父さんの頭のそばにひざまずいた。父さんが話をはぐらかす／ぼくを安心させようとするのはわかっていた。「いやな考えが頭を離れなくて」

「またかい？　ジェイ、眠らなくちゃ駄目だってわかっているだろう。朝になれば学校があるんだから」父さんはソファの上でぼくの場所を空けてくれた。

「どうしたらいい？」ぼくはそこにもぐりこみながら尋ねた。

「いいことを考えるんだ」父さんはあくびをして、ぼくをなかにたくしこんだ。

夜になるとときどき、父さんはいまもあの寒くて安全な部屋のカーテンの下で眠っているんじゃないかと想像することがあった。

サバーバン駅に着くと、ホームの人混みのなかに母さんが見えた。ちょうどぼくが降りようとしたとき、赤銅色の髪の女の人が乗りこんできた。ぼくはかきわけるようにして母さんのほうへ進んだ。ありえないとわかってはいたけれど、母さんのことはちゃんとわかったためしがなかったので、ときどきスーパーヒーローみたいな力を持ってると思いこむことがあった。コートにかするくらい近くまでにじり寄ると、眼鏡がなくてもこの女の人が母さんのいとこですらないのがわかった。黒人でさえなかった――メキシコ系とか、そんな感じだった。

「おーい、ジェイムズ！」ウォレスが上から呼びかけてきた。エスカレーターで上へ、街のなかへと運ばれているところだった。ぼくの目がウォレスを探しあてると、ウォレスは笑いかけてきた。「元気でな！」

厚手の上着を着て建物入口の階段のまわりでプラスチックの椅子に座っていた同胞たちによれば――ぼくの鼻を一目見て、こいつはちょっかいを出してくる気力もなさそうだと思ってくれたらしいけど――もう夜の八時半だった。ほんとうのことをいえば、足を覆っているのは途中で見つけた二枚のビニール袋だけだったし、法的に盲人に指定されていいくらい目が見えていなかったし、ぼくに残されたものといえば血で汚れたズボンとそのポケットのなかの七ドル五十セントくらいだった。それでも泣かなかった。あとをつけられているような気がしたけれど、ときどき不意に／不安になってふり向いてみても、いま来た道が暗いのがわかっただけだった。

フィッツウォーター・ストリートと十八番ストリートを足を引きずりながら歩き、白くて長い窓とすり減った石の階段のある煉瓦づくりのテラスハウスを通りすぎて、バーニスおばさんの家へ向かった。しかし急いだのは無駄だった。家には誰もいなかった。尻を乗せられる玄関マットさえなかった。ぼくは玄関口の階段の一番下の段にへたりこみ、大手スーパーの〈パスマーク〉のしるしの入った踵《かかと》を歩道から伸びてきている草の上に乗せ、鼻水が垂れたり／詰まったりしている鼻をぬぐった。いつ泣きだしてもおかしくない気分だったけど、泣くなんて絶対に駄目だった。

秘密を明かしてしまえば、ぼくは九歳のころから泣き虫だった。しかしあのころは、みんなそれを問題にしなかった。ぼくには涙を流す資格があった。だって九歳のときには父さんが刑務所に入り、父さんと母さんが離婚して、母さんとぼくはフィラデルフィア《フィリー》を出て、母さんの昔の男の家のあるブリン・マーへ移ったのだから。だけどそれから三年も経つのにまだ取るに足りないクソみたいなことで慰《なぐさ》めようもないほどしょげているっていうのはどうだろう？　州のスペリング・コンテストで〝余り《リメインダー》〟の綴《つづ》りをまちがえたときみたいに？（そんな失敗をしたのは、朝の六時だったのと、大勢いた観客が白人ばかりで怖かったせいだ）つまり、フレンズに通う人が払う授業料は、まえの学校の知り合いが一年に払う家賃より高いのに、何を泣く必要がある？

動物の模様のついた薄紫色の医療用スクラブを着た短髪の女の人が、ぼくの上にそびえるように立っていた。「やだもう、びっくりするじゃない」バーニスおばさんはすばやくぼくを抱きしめたけれど、おなじくらいすばやく身を引いた。「顔をどうしたの？」

おばさんの心配そうな声のせいで、かろうじて保たれていたぼくの目の威厳が水で流れそうになった。「なんでもない」ぼくは下を向いた。「放課後に、けんかに巻きこまれたんだ。十年生の。ぼくよりずっと体の大きいやつらだった」

バーニスおばさんがぼくの顎をつかんで顔の向きを変えたとき、いとこのナハラが車のドアをバタンとしめていった。「うーわ、これはまたひどくやられたねえ」

「鼻腔が詰まってる?」おばさんはナハラをさらりと無視して尋ねた。

「そうでもない」ぼくは答えた。

そのあとはつづけざまに訊かれた。「吐いたりしてない? 首は痛い? そのけんかは学校であったの? お母さんは知ってるの?」

そういわれて母さんの姿が浮かんだ。学校の迎えの列で待っているところ。体育館の横のポールのてっぺんで旗がピシピシ壁に当たっている。レイバンのサングラスをかけて、うちの黒いSUVの窓から身を乗りだした母さんを、ぼくはとっくに見つけていた。母さんはぼくに気がつくとちょっと笑ってからガムを吐きだした。うしろにはチャイルドシートに収まったジャコーンがいて、ぼくがまえの座席に乗りこむとうれしそうな顔になり、よだれを垂らしながら歯茎《はぐき》をむきだしにして笑った。このときはうちに帰っても大丈夫そうに思えた。

ジャコーンはどうしているだろう。

「母さんはまだ家に帰ってない」ぼくはいった。「出かけたんだ。晩ごはんを食べに。友達と」

バーニスおばさんはドアの鍵をあけた。「まあ、そんなにひん曲がってるようには見えないけど」

ぼくはすぐにバーニスおばさんのソファに座り、チクチクするクッションに埋もれた。昔よくいかした基地をつくった場所だった。おばあちゃんのキルトで体を包んでアイスパックを当てていると、ナハラが足をくすぐってきた。

「やめてよ」ぼくは蹴った。

「夢を見てたでしょ」ナハラはいった。

「目を休めてただけだよ」

「うわ、まわりじゅうに汗くっつけて」

「くっつけてないよ」背筋を伸ばして座りなおすと、湿って背中に貼りついたパーカーが剝《は》がれた。

「来るまえに電話するとか何かできないわけ？　うちはモーテルじゃないんですけど」

「携帯を置いてきちゃったんだ」

コーヒーを温めなおしていたバーニスおばさんがキッチンから出てきた。「ナハラ、あんたのいとこにきれいなシャツと靴下を出してあげて」

「靴も置いてきたっていうの？」

ぼくは汚れてひび割れた足を見おろした。「盗まれたんだよ」

「そうでしょうとも」ナハラはわざと母音を引きのばしてそういった。「おいで。あたしなら、靴を取られるくらいなら殺されてる」あとについて部屋まで行くと、ナハラは勢いよくクローゼットのドアをあけた。「まず、その汚れて表面が固まったパーカーを脱いでもらわないとね」

ぼくはナハラのベッドに腰かけて、ナハラが投げて寄こしたパーカーを目の近くまで持ちあげた。思ったとおり――キラキラだった。「これはぼく向けじゃないよ」

「そうね、ベージュはあんたの肌の色に合わないかも。あんたは母さんより色が濃いもんね。ヤズミンはいろんな人種が混じってるように見える」

「だから?」キッチンのほうから、皿が落ちたけど割れなかったときの音がした。

「だからあんたに必要なのは」――ナハラは〝必要〟のところを大きすぎる声でいった――「明るい色」

保温マグを手にしたバーニスおばさんが入ってきた。「ジェイ、その鼻、ちょっと診てもらわない? ナハラ、もうすこし……男子向けのものが何かないの?」

「この太っちょに合う服はないかも」

「もう、ナハラ、あんたはなんでもややこしくするんだから。あたしの服から何か見つくろってちょうだい。ジェイ、念のためお医者さんに診てもらうほうがいいわね」

「もうそんなに痛くないよ」

「それはちょっと信じられない。あたしは仕事に行かなきゃならないから。お母さんに電話して、何がどうなってるか知らせておきなさい」バーニスおばさんはそういって部屋を出た。

ナハラは玄関のドアがしまる音を確認すると、ぼくのほうへぐるっと顔を向けた。「ねえ、わかってるよ」

「なんのこと？」

「あんたの家で何が起こってるか。ヤズミンから、ここんとこカールがずっとハイになってるって聞いた。だけど、ヤズミンはあいつがあんたを殴っても黙ってるの？」

「何をいってるかわからないんだけど」

「つまり、あんたはあいつの息子じゃないでしょ。でも、あの人が何かであいつを挑発したんじゃなければ、こんなことは起こらなかったはず」

「誰が？」

「あんたのママだよ」ナハラはうんざりしたような音をたててつづけた。「あんたねえ、とぼけるのはやめてよ。カールみたいにイカレたやつと一緒にいたいなら、早口でまくしたてるような真似はしちゃ駄目なんだよ」

「頭悪いんじゃないの」無表情に／怒って見えるような顔で、ぼくはいった。

「それは問題じゃない。あたしは神から与えられたものでやっていくタイプの女だから。あんたの母さんは……」

「黙れよ！」ぼくは体を丸くしてやみくもにナハラに向かっていき、ナハラをクローゼットに押しこもうとした。けれどもナハラは伸びあがってドアフレームのてっぺんをつかみ、ぼくを足で押し返したので、ぼくはベッドに倒れこんでそこから転がり落ちた。

「ああ、やだ！　あんた、きょうはもう充分痛めつけられてるのにね。ほら、起きて、九歳児とけんかするつもりなんかないんだから」

「十二歳だよ」ぼくは急いで身を起こしながら、腹をたてていった。

ナハラはベッドをぽんぽんとたたいた。「おいで、あたしは怒ってないから。ジェイ、聞いて、あたしはあんたの母さんの気持ちがわかるっていおうとしただけ。わかる。ヤズミンは自分の男を抑えようとしてるだけなの。つまり、どう見てもあんたへの愛情があるってことだよ。だけどさ、あんたのお高い授業料を払ってるのは誰だと思う？」

「奨学金をもらってる」ぼくはベッドから落ちたままいった。

「それだけで全額は払えないでしょ」

「残りは父さんが払ってる」

ナハラは鼻を鳴らした。「あんたの父さんには電話一回分の料金だって払えやしないよ。うちのママが毎月あの人の口座にお金入れてるんだから。あんたの父さんなら……あんたの陳腐な戯言を聞いてくれるかもね」ナハラは自分の腿《もも》をぴしゃりとたたいて、けらけらと笑った。

よくわかった。そういうことなら、次の一手は明らかだった。「父さんに会いに連れていってくれたらお金を払うよ」

「あんた、頭おかしくなったんじゃない」

「五十ドル。ねえ、ナハラは十八歳なんだから、できるでしょう？　お願い」

「五十ドルも持ってるの？」

「いまはない……家に置いてある」

「嘘ばっかり」

「七十五ドルなら？　ほんとに持ってるってば。朝になったら車に乗せていってよ、おばさんが寝てるうちに」

「七十五ドル？」ナハラはためらうふりをした。「その鼻、カールがやったの？」

「かもね」ナハラのベッドの片隅に座って、鼻の一番痛いところを押してみた。「もしかしたら、ぼくがあいつに何かしたのかもね」

「ふーん、そう」ナハラはクローゼットのてっぺんの棚からスーツケースを引っぱりだした。

「あんたに合いそうなものがあった」ナハラはケースのファスナーをあけて、シャツを放って寄こした。それを顔に近づけると、N.W.A.の文字が見えた。

「こんな古いヒップホップのTシャツ、ナハラの？」ぼくは驚いて訊いた。

「あんたの父さんのだよ」

「かっこいい」ぼくは息を呑んだ。目があんまり見えてなくてよかったと思いながら、廊下を走ってバスルームに行って、父さんのTシャツを胸にぎゅっと抱きしめた。泣かなかった。


死んだおじいちゃんが乗っていた、色褪《いろあ》せた青のビュイックのセダンに一時間半以上揺られて、切りこんでくる銀色の雨のなかを刑務所へ向かった。ラジオのR&Bが飛び飛びになることについては話そうとも思わなかったけど、やがて嵐がひどくなると、ナハラは車を道路脇へ寄せて停めた。ラジオを止めて、二人でチェリーコークの二リットルボトルをまわし飲みしながら、車の屋根が受けている打撃の音を聞いていた。

「こんな天気だと気が滅入るね」ナハラはげっぷをして、ハンドルをむしりはじめた。「朝の雷。意味がわからない」

「独り占めしないでよ」ぼくはボトルを引っぱった。「この車、何年もの?」

「あたしたちの年を足したよりも古いんじゃない」

「雨漏りしたらどうする?」

「あんたが泳げるといいけど」ナハラはボトルのふたをぼくにくれた。「なんで母さんに電話しなかったの?」

「なんで母さんのほうこそ電話を寄こさなかったと思うのさ?」

「あんたがあたしたちのところにいるって知ってるの?」

「たぶんね」額《ひたい》を窓にくっつけて、汚らしい色の雨空を見あげた。ときどき、カールとけんかしたあと、母さんはぼくの部屋にやってきて、母さんとぼくとどっちが困ったことになっているのかわからないような顔でぼくを見ることがあった。「母さんはたぶん大丈夫だよ」

「もう、おしっこしたくなっちゃった。あざはあった?」ナハラは尋ねた。

「顔にはなかった」フロントガラスの向こうに、赤い染みが広がるみたいにブレーキランプが光った。

「ジャコーンはどうなの？」

「それはない」顔がかっと赤くなった。すぐにジャコーンの悲しそうな顔が浮かんだ――下唇を突きだした、泣きだすまえの顔が。「カールはジャコーンに手を出したことはない」

「いまのところまだ、ね」

「連れてくることなんかできなかったし……ジャコーンは赤ん坊で、ぼくは子供だから。ジャコーンのことは母さんも気をつけて見てるし」

ナハラが意味ありげな視線を向けてきた。ぼくはまえの車を指差していった。「みんな動きだした」それから音楽をかけて、雨音が聞こえなくなるまでボリュームを上げた。

「やあ」アクリル樹脂の向こうの背を丸めたぼんやりとした固まりに見える父さん／謎の男に向かって、ぼくは声をかけた。「どうしてた？」こんな言葉しか出てこないってことはつまり、いうべきことを完全に忘れてしまったのだ。もしかしたら、ここに来たのはまちがいだったかもしれない。父さんに何ができる？　父さんはぼくよりさらに無力だった――ぼくの低級な悩み事から隔離された、州刑務所の低級な囚人なんだから。

ナハラが受話器をぼくの手からひったくった。「こんにちは、ジェイムズおじさん」そしてすぐに返してきた。顔はまだ父さんに向けていたものの、ナハラの耳はぼくらの隣で恋人に囁《ささや》きかけている女の声を盗み聞きしていた。

「おまえこそどうしたんだ」父さんはぼくにいった。

「わからない。ただ父さんに会いたくなっただけ、だと思う」

「いま会っているじゃないか」

「ううん、ぜんぜんそんな気がしない」ぼくはいった。

「どうしたんだ？」

「眼鏡がないから」

「ジェイ。顔をどうした？」

「けんかに巻きこまれた」

「学校で？」父さんは驚いたような声でいった。「あそこでは、一方の頬を打たれたらもう一方の頬も差しだせと教えているんじゃないのかい？」

「そいつがさ、体の大きいやつで、そいつが……」

「ねえ」――ナハラがぼくの肩をたたいた――「あたしがあんたをこんなところまで車に乗せてきたのは、あんたが嘘をつくためじゃないんだよ」

通話機が沈黙に／つらそうな気配に包まれた。

「どうしておまえにジェイムズって名前をつけたか知っているかい？」父さんが尋ねた。

「知らない」ぼくは自分のTシャツに向かって拗《す》ねたようにいい、次いでぼそぼそといい足した。「父さんの名前を取って」

「私の名前も父親から、つまりおまえのおじいちゃんから取ったものなんだ。で、あの人か？　あの人は生まれつきの悪人で、ずっとそのままだった。だがあの人の名前がジェイムズだったから、私はジェイムズと名づけられ、おまえのこともジェイムズと名づけるべきだとおばあちゃんがいった。そうすれば、しまいにはあの人の頑強さと私の心を持った子になる、と。おまえはジェイムズ三世なんだ」

「父さん、正直にいうけど……」

「やっとか」ナハラがいった。

「ぼくはフィリーに戻りたいっていうためにここに来たんだ。バーニスおばさんのところに移ってもいい？　いいっていってよ」

「母さんと暮らすことに何か不都合でもあるのか？」父さんは尋ねた。

「あんなクソババア大嫌いだ」

「こら！　誰に向かってそんな口をきいている？　父さんはそんなふうに育てた覚えはないぞ」

ナハラの目にさえ、大きな〝ノー〟が浮かんでいた。

「そのけんかのせいだって、自分でもわかっているんだろう？」父さんはいった。「それがおまえの心に恐怖を植えつけたんだ。フィリーに戻るなんて、そんな必要はまったくない。おまえの名前は？」

「父さん」ぼくはカウンターを拳でドンとたたいた。

「ジェイ、おまえの口からその名前を聞きたいんだ」

「ジェイムズ・マーカス・キング三世」

「そのとおり」ナハラがいった。

「すくなくとも、そこの金持ちの子供たちは鞄に九ミリ口径を詰めこんだりはしていないだろう」父さんはいった。

ぼくは胸のまえで腕を組んだ。「フィリーでバーニスおばさんと暮らしたいっていってるだけなのに、それがそんなにたいへんなことなの？」

「なぜだ？　なぜそんなに向こうで暮らしたい？」

ぼくは何もいわず、自分の心臓の鼓動を聞いていた。十一月だっていうのに、エアコンから死体安置所みたいな冷風が首に吹きつけてきて、今回ばかりは幽霊が誰を狩ろうとしてるのかよくわかった。

「そうか、わかったよ、父さんはここにいるからおまえの助けにはならないと思ってるわけだ、そうだろう？」

「そういうことじゃないよ。つまり……」ちゃんと父さんの目を見られたらいいのに。

「なんだい？　私にいえないことなんかないはずだろう」

「オーケイ」ぼくは深呼吸をした。「学校では、暴力は短期的な満足にしかならないって教わっていて、ぼくもそのとおりだと思う。それは正しい。だけど、大事な人を守るのは？　つまり、それでも何もしたらいけないの？　ただそこに突っ立って、大事な人たちが殺されるのを見ているべきなの？」

「誰が殺されるんだい？」

「仮定の話だよ、父さん」

「母さんか？　おまえがほんとうにいいたいのは復讐のことなんだね、ジェイ。誰かを傷つけたいわけだ、その連中につけられた傷のお返しに。だが、もしおまえがその連中をク……痛めつけたところで、最初につけられた傷は癒《い》えない。傷はついたんだ。それはもう過去のことだ。で、今度はおまえが連中とおなじになる——誰かを傷つける人間になる」

　父さんはぼくのいってることがぜんぜんわかっていないんだと思った。「だけど、もし誰かがぼくを傷つけたら、父さんは……」

「なんだい？　私がなんだって？」父さんはひどく興奮して尋ねた。

「もし誰かがぼくを殺そうとしたら、父さん……父さんは？」しかしこれ以上はいえなかった。刑務所のなかで、どうしてそんなことがいえる？

　父さんは受話器を両手で握っていた。「もし何かあったら、私の息子に何かが起こったら？　そんな、私はもうこの世界に生きていられない……」父さんの声は徐々に小さくなって／詰まったようにやんだ。

「父さん？」ぼくは受話器をきつく握りしめた。

「そんなふうなおまえを見ているのに耐えられないんだよ。ハグすることも、握手することさえできないってだけで充分悪いのに、そのうえおまえの打ちのめされた姿を見ながら何もできないなんて。子供が私の生きがいなのに」父さんは顔を覆った。

「ジェイムズおじさん?」ナハラが問いかけた。

「父さん?」父さんの顔は下を向いたままだった。「鼻を怪我しただけだよ! ぼくは生きてるし、大丈夫。そうでしょ? 父さん?」

「ああ、もちろんおまえは大丈夫だ」父さんは顔をぬぐいながら視線をあげた。「それを確かめておかないとな。さあ、ほんとうは何があったか話すんだ」

「ジェイムズ」ナハラがいった。「ジェイムズ」父さんもいった。

だけど口をあけると、ぼくの胸には神さまが無理やりあけたような裂けめがあって、もうぼくの人生が正しい道に戻ることはないんだとわかった。だからぼくは、刑務所の人に見られないようにカウンターに頭をつけて、受話器に向かって、父さんに向かって、九歳児みたいに泣いた。

きのう、ぼくは家にいた。ドアにはドレッサーを押しつけてあり、膝の上にはペトラルカの詩集があった。母さんは階下《した》にいて、〝いままでどこにいた、このビッチ?〟からはじまる騒ぎ（主演はカール）に巻きこまれていた。聞こえてくる衝突音は体がたてているのか家具がたてているのか聞きわけようとしながらぼくは耳を澄まし、同時に『散り散りの詩』を読んでいた。

それから廊下に出た。なぜか? 小さな異父兄弟が泣いていて、カールに階上《うえ》に来てほしくなかったからだ。場所はバラ・キンウッドで、もう十一月だというのに、ぼくは汗をかいていた。家のなかの日当たりとは無関係な熱、警察に電話するかどうか考えることで生じる熱のせいだった。赤ん坊の部屋に入ると、ジャコーンはベビーベッドのなかにいて、けばだった赤いベビー服の背中を下にして寝そべり、鼻をふんふんいわせながら、やわらかいビニールの絵本の端を歯のない口で嚙んでいた。

ぼくはジャコーンの部屋に入った。「チビくん、調子はどう？」

ジャコーンは嚙むのをやめてぼくのほうへ転がってくると、目をぱちくりさせながら木の棒の隙間からぼくを見あげた。

「やあ」囁きかけながらジャコーンを抱きあげた。赤ん坊の大きな頭はまだグラグラするので、腕をゆりかごのようにして抱っこした。

ドアがバタンと音をたて、プロセッコで酔った母さんが叫び声を上げた。

「ベビーベッドに戻るのはどう？」ジャコーンをベッドにおろし、ラグの上からおしゃぶりを拾って、袖口でラグのけばをこすり落としながら、母さんとカールが死ねば／消えればいいのにと思った。そうすればジャコーンとぼくはバーニスおばさんと暮らせるし、ぼくが十八になったら二人でぼくの部屋に引っ越せばいい。階下《した》からは家具が動く音が聞こえはじめ、ジャコーンの金色の目が不吉に光った。「大丈夫だよ」ぼくはそういって、ジャコーンの小さな背中をさすり、ふわふわの雛鳥のついたモビールのねじを巻いて、鳥たちが歌ったりまわったりするようにした。けれどもそのとき母さんが悲鳴を上げ、ぼくたちも悲鳴を上げた。

その後、ぼくは電話を握りしめて二人の寝室のまんなかに立っていた。電話がおもちゃみたいに感じられた。発信音よりも母さんの悲鳴のほうが大きかったから。すぐに手が動いてカールの雑誌をかきわけ、やがてカールの銃を見つけた。ナイトテーブルの一番下の引出しのなかで黒く光っていた。すべりそうになりながら廊下を進み、ジャコーンのそばを通りすぎた。弟はベビーベッドのなかでお座りしていて、目が合ったので、ぼくはつかのまそっちを向いた／念を送った——ごめんよ、これからおまえの父親を撃つけど、あいつがぼくらの母さんを殺すまえにやらなくちゃならないんだ。メッセージの大部分はちゃんと伝わらなかったかもしれないけど（そもそもジャコーンはまだ言葉がわからない）、ぼくらは絶対おなじ気持ちだったと思う。

階段のてっぺんでは、まだ撃たなくて済むかもしれないと思っていた。だけど銃を背中に隠しながら階段を降りていくと、母さんにおおいかぶさるカールの大きな四角い頭が見えてきて、ニュージーランド産ウールの手編みの玄関マットの上でカールが母さんの首を絞めているのがわかった。ぼくにできたのは狙いをつけて目をとじ、全員死んでどこかべつの場所に簡単にまた現れることができればいいのにと思いながら引き金を引くことだけだった。

金属質の轟音《ごうおん》がして、ぼくは目をあけた。カールは立ちあがろうとしながら、口をあんぐりあけて、自分のすぐ右の壁に埋まった銃弾を見ていた。「なんなんだ？」カールは怒鳴った。

二人がぼくを見ていた。どちらも生きていて、怒っていた。

「ジェイムズ？」母さんは咳きこみながら玄関ホールの壁伝いに這っていた。ぼくは階段を駆けおりた。銃を突きだしたまま向かっていき、カールの胸に銃が当たるまで進んだ。

「おちつけよ」カールは後ずさりしようとした。

「ジェイムズ！」母さんは立ちあがり、手を突きだした。「その銃をこっちへ寄こしなさい！」

けれどもぼくは銃をカールの頭に向けた。永久にいなくなってほしかった。どんな方法でもかまわなかった――いなくなればそれでよかった。

「おい、母さんのいうことを聞けよ」カールはいった。「おまえは、い……いい子だろ」

「ジェイムズ！」母さんがぼくの注意を引こうとした。「誰にも怪我をしてほしくないの」

たくさんの飾りのさがった母さんのネックレスを見やった。けれどもあの赤銅色の髪も、下着で固めた胸も、ヒップホップのビデオガールが自信をなくしそうな体つきも、ぼくにはなんの意味もなかった。「おまえの母さんのことを頼むぞ」父さんは刑務所に連れていかれたときそういっていた。「おまえのダイヤモンドだ。私のために、母さんの面倒を見てくれ。もうこの家のジェイムズはおまえだけだからな……」そして父さんは、ぼくにそれができると信じていることを示そうと微笑《ほほえ》んでみせたのだ。ぼくは母さんを見た。口の左端が切れて赤くなり、頬はゴムを膨らましたみたいに腫れていたので、ぼくはいった。「でも母さん、母さんは怪我をしてるじゃないか」

ぼくが母さんのほうを向いた隙に、カールはぼくの顔を拳で強打した。眼鏡が目の下に食いこみ、鼻が折れた。ぼくは何も考えずに、こっちに向かってくるカールを銃で殴った。銃をやみくもにたたきつけ、カールが離れていくとぼくもさがって、悲鳴をあげる鼻を手で覆った。

涙でちくちくする目をぬぐうと母さんが見えた。カールのほうへ身を屈《かが》め、カ、カ、カールが大丈夫かどうか確認しようと、懇願《こんがん》するように名前を呼んでいた。「カール？　カール？」

カールは母さんを押しのけ、頭を抱えながら膝をついた。

「母さん？」ぼくは床の上の居場所から母さんを呼んだ。

母さんはもつれる足でそばへ来て、ぼくの顎を持ちあげた。金のネックレスが青いシルクのシャツのなかで振り子みたいに揺れていた。「ああ、ジェイ……」母さんはぼくの目のあいだの腫れに触れるのをためらった。「鼻が」

ぼくは母さんの手を取った。「ジャコーンを連れてきて逃げよう」

母さんは手を引っこめた。「鼻を冷やすのに氷を取ってこないと」母さんはぼくの鼻から出た血をシャツの裾で拭《ふ》こうとした。

「痛い！　やめて！」

母さんは身を縮めた。「そんなに痛む？」

「ううん、最高の気分だよ！」

「ジェイ、ふざけてる場合じゃない」母さんはぴしりといったが、そのあとは両手を揉《も》み絞りながら立ちすくんだ。「ああ、もう！　どうしよう？」

「逃げようよ！」

「無理」母さんは顔を覆って、それから背筋を伸ばした。「氷を取ってくる。ここにいて」

「警察に電話するくらいできないの？」キッチンへ急ぐ母さんに向かって、ぼくは大声でいった。

カールはなんとか倒れずに立ちあがろうとしていた。額にできたへこみから血がぽたぽた滴《したた》っていた。

「母さん？」ぼくは立った。部屋が傾いた。それから銃のことを思いだした。「母さん？」また呼びかけながら、必死に玄関ホールを見まわした。硬材の床の上には、ラグとぼくの壊れた眼鏡しかなかった。

「なあに？」母さんが急いで戻ってきた。「どうしたの？」そしてカールに目を向け、ぼくの腕をつかんだ。「一緒にキッチンにおいで、早く！」

「殺してやる」カールがうめくようにいった。

母さんは方向を変え、ぼくを引っぱった。「こっち」

「やめて」母さんが玄関のドアからぼくを押しだそうとするので、ぼくは小声でいった。母さんはドアを斜めにあけた。ぼくはドアの枠に指を食いこませた。「銃！」

「わたしが持ってるから……」母さんはぼくをドアから押しだした。ぼくは玄関まえの階段に向かって転び、両手が冷えたコンクリートをぴしゃりと打った。ぼくのうしろでドアがバタンとしまった。ぼくは血のなかに／敗北感のうちに横たわったまま、袋小路で犬が吠えるのを聞いていた。

そこにジャコーンの泣き声が加わった。ぼくの頭上を飛ぶ小さな紙飛行機みたいだった。

学校にいるときもそうだけど、そういう紙飛行機はなぜかいつでもぼくのところに飛んでくるのだ。母さんのことは忘れた――大人だし、自分の面倒は自分で見られるだろう。ただ、小さな弟のために戻りたかった。だからぼくは起きあがり、ドアをたたいた。やがてカールの怒声が聞こえてきた。「やつだ！　この野郎、ぶっ殺してやる！」

脚が船酔いしたみたいにふらつき、血は脳まで行かず、腹からは腸がいうことを聞かなくなったというサインが送られてきた。幽霊がドアの向こうにいた。ぼくを死へと――自分の名前も忘れてしまう場所へと――引きずりこむつもりだ。

父さん、何が起こったんだろう？　ぼくは逃げた。なぜなら体はぼくらを裏切り、体はぼくらを――自分が誰であるか、誰を愛しているかを――忘れて、体自身を救うから。そしてぼくらが世界だと思っているものはクレヨンみたいに溶けて、汚れ以外なんのしるしも残さない。ぼくは気を失ったりしなかった。おしっこを漏らしたりもしなかった。ぼくは走った。脚がポンプになって、血がやっと腹から頭へ駆けのぼった。

もちろん、走りながら家のことを考えた。警察に電話することも、戻ってみることも考えたけど、そうはせずに、二人は大丈夫だと自分にいい聞かせた。結局のところ、母さんは銃を持っているといっていたのだから。

刑務所を出た何時間かあと、ぼくはナハラの小さすぎるサンダルを履いて自宅の庭を横切っていた。それからポーチに置いてあるふくれっ面《つら》の石の智天使《ケルビム》を持ちあげて、スペアキーを取りだした。二軒向こうの隣人がバックで私道から出ようとしてぼくに目を留め、ブレーキを踏んだ。ぼくはそこに立ったまま、てっぺんが平らな生垣の上をぶんぶん飛んでいるブヨを透かして見つめ、相手が窓をあけるのを待ったが、隣人はタイヤを軋《きし》らせながら袋小路を出ていっただけだった。ぼくはウォレスとナハラが遠慮のない鳥みたいにぺちゃくちゃ立ち話をしている玄関ステップへ向かった。うちの私道にはSUVが一台あった。

「ぜんぜんいい考えじゃないよ」ナハラはいった。ひとしきりドアをたたいたあとだった。

「あんたの母さんは家にいないと思う。もう一度電話してみる」

「鍵があるから。大丈夫だよ」ぼくはいった。

「あ、そう?」ナハラはいった。「だったらどうしてこの人を呼んだの?」

ウォレスは目覚ましいほどの高さからナハラを見おろしていった。「安全のために」

「いくらもらうことになってるのよ?」ナハラは尋ねた。

「五十ドル」

「五十ドル?」ナハラは声をたてて笑った。

「ナハラ! ぼくが持ってるお金はそれで全部なんだ」ぼくはウォレスに向かっていった。

「ぼくがすっからかんならみんな破産だね」

「ジェイ、帰ろうよ。あんたの父さんがあんたの母さんと話をするまで待ったほうがいいって」

「そんなのいつになるのさ？　父さんは母さんに電話できないから、母さんが電話しなきゃ駄目なんだけど、母さんはしないよ」

「ねえ、あんたはずっとうちにいていいから……あたしはかまわないよ」

「この子は母親が無事かどうか確かめたいんだろう、お嬢さん」ウォレスがいった。「おれがいるんだから、何も心配することはないよ」

「おっしゃるとおり」ナハラはあきれたようにぐるりと目をまわした。

ぼくは鍵を鍵穴に差しこんだ。もしかしたら、ただベッドに入って眠るだけで、次に目が覚めたときには悪いことなんか何も起きていないんじゃないかって気持ちもあったかもしれない。けれども階上《うえ》に行くとジャコーンのベビーベッドは空っぽで、脇にストライプの小さな犬のぬいぐるみが寝ているだけだった。ぼくの部屋は出たときのままだった。ペトラルカの詩集がベッドに伏せて置いてあった。階下《した》から、ナハラが「ハロー？」と呼びかける声が聞こえてきた。

「それがクエーカーなんとかなのか？」ウォレスがぼくのうしろに現れ、本を手に取った。

「ちがう。ぼくは騎士道的愛についてレポートを書くことになっていたんだ。だけどそれはきょうまでだったから……」

「もう間に合わないってわけか」ウォレスはいった。

ナハラが階段を駆けあがってきた。「誰もいない。もう行こうよ。ここ、すごく寒い。ジャコーンは託児所なんでしょ？」

また弟に会えるんだろうかと思いながら、ぼくは答えた。「たぶんね」それから、浮かんで動く肘掛け椅子にでも座っているみたいに惰性で廊下を進んで、母さんとカールの寝室のひび割れたドアへ向かった。

「どうぞ」ナハラがいった。「あけて」

胃がでんぐり返って反対向きに着地した。「あなたがあけて」ぼくはウォレスにいった。

「きみの家だろ」ウォレスはいった。

「そのためにお金払ってるんじゃなかったっけ？」

「二人とも臆病だね」ナハラはドアに手をかけ、いったん動きを止めた。「ジェイ、あんたは目をつぶってたほうがいいかも」

「なぜ？」ウォレスが居心地悪そうに尋ねた。

「そうだよ、なんで？　眼鏡がないからどうせ見えないのに」

「あんたはまだ子供だから」

みんなでナハラの手を見つめた。ドアがあくと、ナハラは檻のない動物園の客みたいにドアから手を引っこめた。しかしなかには何もなかった。床の上でシーツが山になっているだけだった。

「ほら！　何もないじゃない」ナハラはいった。

「階下《した》に眼鏡がないか見てくるよ」ぼくはそう宣言して廊下を進みはじめた。

ウォレスがついてきた。「眼鏡は壊れたんじゃなかったっけ？」

「もしかしたらテープで直せるかも」

ナハラがぼくの肘のところをつかんだ。「もう帰ろう」

「なんで？」ぼくは尋ね／なじり、ウォレスを先に行かせた。

「だってここ、幽霊屋敷みたいなんだもん」ナハラはぼくの手を取って階段を降りはじめた。

「あたしはホラー映画さえ駄目なのに」

玄関ホールでは、ウォレスが入口のベンチからコートをどけて座ろうとしていた。「腹減らないか？　ほら」ウォレスは体の下からぼくの壊れた眼鏡を引っぱりだした。「きみの？」

ウォレスが一方の無事なレンズをぼくの目のまえに掲げると、一瞬、視界がクリアになった。

「見えるか？」

「うん」玄関ホールが見えると、体のなかからすべての熱が締めだされて、重い冷気が流れこんできた。

「キッチンは確認したのか？」ウォレスが腕をおろすと、また視界が悪くなった。

「キッチンにいたら呼んだのが聞こえたはず」ナハラはいった。「あんたたちふたりでなんでもやりたいことをやりなよ、あたしは車で待ってる」

だけどぼくは確かめなければならなかったので、ウォレスとナハラを置いて人けのない部屋のなかへ向かった。住む場所をなくした子供が、以前住んでいた家を、疫病に見舞われたかのような家を奥まで進んだ。居間に入り、ダイニングルームを抜けた。ダイニングにはジャコーンの幼児椅子があり、白いトレーの部分があげてあった。アルファベット形のシリアルが古い牛乳で裏面にくっついていた。けれどもぼくはキッチンまで行けなかった。リノリウムの床の手前にあるベージュのカーペットに、燃えるような血の染みがついていたからだ。

ぼくは悲鳴をあげた。

「まだ濡れてるか？」ウォレスがぼくのうしろのどこかで囁いた。

「触ってみるつもりなんかないよ」ナハラが歯の隙間から絞りだすようにして答えた。

「ねえ、あれ聞こえる？」ぼくはそう尋ねたけれど、体の向きを変えられなかった。

「サイレンだ」ナハラがつぶやいた。

ウォレスはぼくのまえに回りこんで、染みのそばにしゃがんだ。

「近づいてる？」ぼくは訊いた。威張り散らすかのようなサイレンの叫びが、泡みたいに立ちのぼっている。

「ここに向かっているわけじゃない」ウォレスがぼくの丸まった／燃え尽きた灰色の世界の端でそういうのが聞こえた。

「ねえ」ナハラがぼくを引っぱった。「ジェイムズ」

「／」

「ジェイムズってば！」

「／」

「ジェイムズ？」

「／？」

「血じゃないよ」ナハラはいった。

それでぼくはナハラの腕のなかへ倒れこんだ。両脚から生気が抜けてしまった。

「コーヒーだよ」ナハラはぼくにそういい、ウォレスと二人で部屋を出るのを助けてくれた。

「大丈夫だ、少年」ウォレスがぼくを運びだしながらいった。「おれたちが支えているから……大丈夫だよ」

だけど大丈夫じゃないのはぼくではなかった。大丈夫じゃないのはほかの家族で、あの子だ――ぼくが残していった小さな弟だった。

蜻　蛉《スネーク・ドクターズ》

Snake Doctors

あれはもう四年近くまえ、一九九九年二月のこと、母が電話をかけてきて、祖父が亡くなったといった。こういう言葉を聞くのは、三十二年生きてきた男にとっては前例のない出来事というわけではなかったが、異例な点を挙げるなら、わたしは祖父が生きていたことを知らなかった。祖父のロバート・シブリーは一九三八年に、妊娠三カ月だった妻を残して刑務所に入った。祖母のロリーンは、二人のあいだの最初にして唯一の子供を身ごもっていた。わたしはずっと、祖父は刑務所で死んだものと思っていた。

前回の離婚以来、母は動揺するといつでもわたしに電話をかけてくる。わたしが兄よりも逆らわずに会話を受けいれるからだろう。西テキサスで暮らしている兄はほぼ引きこもりで、電話すら撤去しようとしていた。母は健康についての取り調べのあと（わたしは重度の糖尿病なのだ）、祖母の弁護士から奇妙な手記の入った手紙を受けとったと話した。母はそれを、ロバートとその双子の妹イザベルの連名の告白、と呼んだ。しかしここで声を大にしていっておきたいのだが、大叔母のイザベルは重篤《じゅうとく》なポリオの症状によって一九二五年、七歳のときに病院で亡くなっているはずだった。母の許可を得て、もとの手記を未編集のまますべてここに掲載した。読者からの――とりわけわたしの一族の波乱に富んだ歴史をよく知る人々からの――便りを歓迎する。

二〇〇三年一月、ソール・R・シブリー

そのときの様子はこんなふうだった――妹はわたしのシヴォレーの後部座席で横になって体を丸め、ねじれた小さな足が床に届かずにぶらさがっていた。わたしの新妻ロリーンはまえの座席にすわり、運転するわたしに体を押しつけていた。未明の暑気のなか、テキサスを発ったときには妹は眠っていた。いまや太陽はアーカンソーの空をとろ火で煮ていたが、妹はまだ眠っていた。

わたしたちは迷子になってる、とロリーンは何度もいっていた。ダッシュボードに向かって。フロントガラスに向かって。電線に止まった鳥たちに向かって。数カ月まえに結婚したばかりで、わたしは愛しあっていると信じていた。わたしがようやくあきらめて車を停め、窓をあけると、悪臭が車内を満たした。工場から出るにおい、と母がいっていた臭気だった。この町は病院ができるまえはそうやって金を稼いでいたのだ。治療で有名な町で毒のようなにおいがするとは妙なことだ。しかし到着したことがそれでわかった。あと二キロ足らず進んだら車を降り、汗でしわになった服やベストを伸ばして、白い羽目板の教会へ向かって歩くことになる。母の遺体に最後に会うために。

イザベルが話すのを耳にしたのはそのときだった。「もうすぐね」不快な大気のなかに言葉を押しだすようにしてイザベルはいった。わたしには、車に乗っていたあいだじゅう妹が起きていたことがわかった。ラベンダー色と白の服の男――わたしたちの母親のがんに冒された静脈に〝治療薬〟を注射した医者――のことを考えていたのだろう。

イザベル

母の葬儀のあと、あたしたちは〈ツーリスト・コート〉に取った部屋へ車で戻り、あたしは細身の靴をグイッと引っぱって脱ぐと、スーツケースから古い一足を取りだした。「町へ行くには暑すぎる」折りたたみ式ベッドに腰かけたロリーンがいった。ロリーンは眉がほとんどないのを隠そうと、鈍い銅色の前髪を太い指で引っぱっていた。その指の太さといったら、石鹼《せっけん》を使わなければ結婚指輪をはずせないほどだった。青白い顔の親愛なるロリーンは、半年まえに兄と結婚したばかりだ。

「あたしはべつに暑くない」靴を履こうとしながらそういった。短いほうの脚のために、右が上げ底になっている靴だった。

「それに疲れてるし」ロリーンはあくびをした。

「あんたがどんな気分かなんて誰も聞いてない」そういうと、双子の兄のロバートが部屋の向こうから睨《にら》みつけてきた。あたしたちは黒い目をしている。ロシア人の目、と母はいった。日曜日の砂嵐の色の目、とロバートは呼んだ。兄は眼鏡を押しあげ、次いで扇風機のスイッチを入れた。

「あら、すこしましね」ロリーンはダブルサイズの折りたたみ式ベッドの上でロバートに向けて涼しげなポーズをとって見せた。それからまた薄い前髪を何回も触った。

〝兄弟たち、姉妹たちよ〟――牧師はまるで群衆をまえにしているかのように話した、あたしたち三人しかいなかったのに――〝私を信ずる者は、たとえ死すとも生きつづける〟。墓石には「クレメンタイン・シブリー　一八九四―一九三八」と彫られてすらいなかった。間に合わなかったからだ。

〝兄弟たち、姉妹たちよ〟――歯がもう半分しか残っていない牧師だった――〝われらはこの体を土に返す〟。牧師の説教は、母を語るのにまったくふさわしくなかった。林檎の花が泥に落ちていた。白い花のなかにピンクの花が交じっていた。さよならのまえに顔を紅潮させたかのように。参列者はなし。母を車で連れまわしていた色男たちはひとりも来なかった。ロバートと、あたしと、親愛なるロリーンだけ。

〝兄弟たち、姉妹たちよ〟――ラベンダー色と白の服の男は、毎晩午前一時に流れるラジオ番組のなかでこうわめいた――〝放射線治療や、醜い跡を残すメスによる過激な乳腺切除術など、まったく必要ないのです〟。すると母はラジオの音量を上げ、痛む頭をスピーカーに押しつけて聞き入るのだ。ちなみに母の腹部はへこんで腐敗臭をたちのぼらせ、がんに蝕《むしば》まれた乳首はしじゅう血を流していた。

「どうして町になんか行きたいの」ロリーンは染みのついたシアーズ・ローバック社の通販カタログをナイトテーブルから引き寄せながらいった。「自分でもごらんなさいな、あなた、ものすごく疲れた顔してる」

「大丈夫」あたしはいった。親指はポケットのなかでハサミに触れていた。

「何かで読んだんだけど、眠りすぎると、まったく眠らないのとおなじくらい疲れるんです
ってね」ロリーンはカタログのページを破りとった。

双子の兄のロバートが、コーラの壜を差しだした。「これを飲むといい。目が覚めるよ」

だけどあたしは顔をそむけて、細身の靴をしまいはじめた。去年、母に買ってもらった靴
だった。左の踵《かかと》がひどくこすれて血が出てしまった。靴屋では、店員の手が母のふくらはぎ
をのぼって消えた。二人は奥の部屋へ行き、あたしはカウンターのそばで待った。うちのボ
スが来たらベルを鳴らしてくれ、と店員はいった。美を保つには苦労がいるのよ、と母はあ
たしたちにいった。

「わたしは出かけるよ」ロバートはそういいながら壜のてっぺんをドレッサーにぶつけた。

王冠がひっくり返って絨毯《じゆうたん》に落ちた。

「それ、あたしのよ」

「自分の分はもう飲んでしまったんだろう」ロバートは一口飲んだ。

「飲んでない」

ロバートは肩をすくめた。「これをあげるよ」

「もう半分しかないじゃない」

ロバートはあたしのコーラをロリーンに渡した。

「ありがとう、あなた」ロリーンは肘《ひじ》をついて身を起こし、壜を受けとろうとした。「ねえ、聞いて」ロリーンはいった。

ロバートはロリーンのほうを向いた。あたしは汚れたオレンジ色の簡易キッチンの向こうの窓から外を見た。

「わたしたちはたったいま、お母さんをお墓に横たえるっていう、一番つらいことを済ませてきたばかりだけど。でも、お母さんはいままさにキリストとともにいる。大事なのはそこよ」ロリーンはコーラをナイトテーブルに置いた。

ロバートはロリーンを喜ばせようとしてうなずいた。

「ねえ」ロリーンは浮きでた静脈を隠そうとスリップをずらしながらつづけた。「あんまり気分がよくないの。理由はわかるでしょ？　ほんのすこし、お酒を買ってきてくださらない？　すこしだけなら害にはならないはず」

「そうだね」ロバートは黒い中折れ帽をぬいだ。額《ひたい》全体に皺《しわ》が刻まれ、生まれたのはほんの一分ちがいなのにあたしよりずっと年上に見えた。

「帽子をかぶるのを忘れないで、日射しのなかへ出ていくつもりなら」ロリーンはいった。

あたしはナイトテーブルからコーラをひったくって、急いで部屋を出た。

「ロバート！」ロリーンがごねるようにいい、次いであたしに向かって怒鳴るのが聞こえた。「待って！」

けれどもあたしはもう外にいた。コーラを借り物の礼服の袖にこぼしつつ、足を引きずりながら砂利道を歩いていた。

ロバート

妹に追いつき、石づくりの建物のあいだを縫《ぬ》ってウィンドウのお菓子の家を眺めながらついていくのは容易だった。妹がパン屋の外で立ち止まると、わたしも眼鏡を拭《ふ》こうと足を止めた。店内では、黄色い筆記体の文字が書かれたウィンドウの向こうで、女がのし棒をかまえていた。

「何を企んでいるかはわかってる」でこぼこがなくなるまで生地を伸ばす女を眺めながら、わたしはいった。

「あら、やっとわかったの」

「さっき何もいわなかったのは、ロリーンを心配させたくなかったからだ」

妹もウィンドウの向こうの女を眺めはじめた。

「ラベンダー色と白の服の男だろう」母はあの医者をそう呼んでいた。その色の服しか着なかったから。

イザベルは肩をすくめた。「自分であの医者に会ってみたいの」

「母さんが死ぬのを止められなかったからか。だが、神を除いて誰にそんなことができる?」

わたしはネクタイと襟元をゆるめた。

妹は歩きだし、肩越しにふり返っていった。「あいつは偽医者だから。誰かがあいつを止めないと」

わたしはドラッグストアのところで妹のまえに回りこんだ。「で、それを自分でするっていうのか?」

妹は何もいわず、ワンピースのポケットに両手を突っこんだ。

「さあ、戻って食事にしよう。二人でどこへ行ってしまったんだろうってローリーンが疑問に思うよ」

「あたしをあの男から遠ざけておこうなんて無理」妹はわたしをよけて通った。

わたしは妹の肘をうしろからぐいとつかんだ。「できるさ、もしそうしたければ」

妹はわたしを苛立たせるだけのために声をたてて笑った。わたしは妹の両肩を上から押さえつけるようにしてつかみ、指を食いこませた。妹は痛みにかえって安心したかのようにため息をついた。

わたしは手を離し、ドラッグストアのなかをちらりと覗いて、人に見られなかったかどうか確かめた。「手荒な真似をするつもりはなかった」

「そうよね」妹は歩道へ険しい視線を向けた。

わたしは驚いた。ふだんなら、うっかり痛い思いをさせようものなら手がつけられなくなるのに。「あいつを相手に好きなだけわめき散らすことはできるよ、イザベル。しかし何をいったところで何ひとつ変わりはしない」

「どうして？」

「あいつは頭がおかしいうえに金持ちだから」妹は肩をさすった。「病気がよくなると思ってすべてを売りはらった人たちのお金で、金持ちになった」

わたしも妹の肩をさすりはじめた。「痛みを消す治療はない。それを探そうとするとペテンにかけられるんだ」

ロリーンのいったとおりだった、妹は疲れて見えた。大きくて美しい黒い目が落ちくぼんでいた。

わたしは気を逸らそうとして、指差した。「あれを見て」ドラッグストアのウィンドウに、金のリボンで飾られたフェルトの象がライラック色のひもで吊るされていた。「子供のころ、あれとそっくりな人形を持っていたよね」わたしはいった。妹はそちらを向いて回る象を眺め、わたしも気持ちがおちついた。母がわたしたちのうしろに立って、「見ててごらん」といっているようだった。

「いおうと思っていたことがあるんだ」そういうわたしの声の調子だけで妹が不安になったのがわかった。「おそらく最良のタイミングではないんだが――経済的にもこんなふうだし――ロリーンがもうすぐ子供を産む。ロリーンは自分でいいたがっていたけれど、わたしからいったほうがいいと思ってね」それから微笑《ほほえ》んでみせた。そうするべきだと思ったから。

「あたしになんていってほしいの？」妹はいった。

「喜んでくれないのかい？」

「子供を育てられるお金なんてないじゃない」

「なんとかするよ」襟元がまだきつく感じられ、わたしはもう一つボタンをはずした。「テキサスのパンハンドルにだっていつかは雨が降るだろう。そうしたらわたしはべつの仕事にありついて、もしかしたらそう長くかからずに家だって買い戻せるかもしれない」

「あの店に行って、象を買ってきて」妹はいった。

「あまり持ち合わせがないんだ。ドーナツが食べたいだろう？」

妹は首を横に振った。「よりによってきょうみたいな日に、どうしておなかが空《す》くのよ？」

「わたしは喉も渇いているよ」

妹は色めきたっていった。「川に水を飲みにいけばいいじゃない。町全体が川のおかげで成りたっているんでしょう。癒《いや》されるはずよ。インド人にとっては神聖なものだって母さんはいってたじゃない」

「戻ろうよ、イザベル。ロリーンが……」

「あたしは一人で病院へ行く」

「わたしを置いて一人であそこへ行こうと思うなんて、気が変になったのか」

「だったら来て」妹は狡猾そうな笑みをわたしに向けた。「来てくれたら喜ぶけど」

わたしたちは緑の蔦《つた》に窒息させられそうな郵便局を通りすぎ、木製のカッコウ時計のあるホテルを過ぎ、並木のアーチの下で緑色に洗われた坂のてっぺんで足を止めた。

「こっちよ」イザベルはそういって、右の腰にぐっと体重を移した。わたしが腕を貸すと妹は寄りかかり、二人でふり返って坂の下の通りを見渡した。一番下には〈ツーリスト・コート〉に停めた車があり、新しい墓には母がいて、ロリーンのなかにはまだ見ぬわたしの子供がいた。

イザベル

白いあずまやの並ぶ迷路を歩き、高級ホテルを改装してつくったがん専門の治療院へ向かった。入口のそばで、ぱりっとした制服の看護師が女性の乗った車椅子を押して芝生を横切っていた。

兄は女たちのまえで帽子をさっとぬいでいった。「こんにちは」

「こんにちは」二人は会釈した。

「ロバート・シブリーといいます、できれば先生とお話をしたいのですが」

とても礼儀正しく、控えめといってもいい態度だった。あたしにも分別くらいあったので、何もいわなかった。白いネクタイとか。ちらりとでもラベンダー色と白が見えないか、窓を眺めるのに忙しくしていた。白い上着とか。ラベンダー色のクラバットとか。あいつはそれが世界で一番美しい二色だと思っていた。あるいは、すくなくとも借金のない長い人生の前兆となる色だと思っていた。

看護師は微笑んだ。ブロンドで、白い服を着て穏やかそうに見えた。「お約束はなさってますか？」

「いいえ、マーム」ロバートはいった。「わたしの母、クレメンタインはここで亡くなったので、母の最後の日々のことを先生からお話しいただけたらと思いまして」

「まあ、お気の毒に」車椅子の女性がいった。

看護師は、小さな女の子が二番めに気に入っている人形と遊ぶみたいに女性の髪を撫《な》でた。

「申しわけありませんが、先生は回診でお忙しいんです。こちらへいらしたことはちゃんとお伝えしておきます」

ロバートは立ち去ろうとした。あたしは兄の腕に手を置いた。「回診にはどれくらい時間がかかりますか？」兄は尋ねた。

「残念ですが、夜遅くまでかかると思います」看護師は白いテーブルのほうへ身を乗りだしてピッチャーから水を注ぐと、いっぱいになったグラスを女に手渡した。「お水はいかが？」

看護師はあたしたちに尋ねた。

「うちの母を知っていましたか？」あたしは看護師に尋ねた。「クレメンタイン・シブリーです」

笑顔の下で、看護師が不安げな様子になるのが見て取れた。死にゆく患者の話などしてほしくないのだ。ここでしているのは死者を見送ることだけで、自分の足で出ていくのはもともと病気なんかじゃなかった人々だ――がんを疑う色眼鏡で自分を見て、これ以上ないくらいクリーンな体を〝治療されて〟出ていく、ただの心気症の人々だけ——などといってほしくないのだ。

「クレメンタインはとても魅力的なご婦人でした。でも、こちらへ来たときにはもうかなり進行してしまっていて。もっと早く来てくれていれば、と思わずにはいられません。まあ、わたしたちはどんなかたの入所も拒んだりはしないのですけれど」看護師は車椅子の女性に笑みを向けた。「むずかしい患者さんのがんがなくなって退所していくところを、数えきれないくらい目にしていますから」

あたしは車椅子の女を見た。歩けないほど弱っている。さっきはあたしたちのことを気の毒だなんていっていたけれど、この女のほうこそ苦痛のなかで孤独に死ぬために所持品を最後の一つまで売りはらうような愚《おろ》か者だった。「あなたはどこのがんなの?」あたしは両手をポケットに入れてハサミを探った。「ほんとうはその部位を切除したほうがいいのに。この人たちはその治療法を認めてないけど」

「かわいそうに」看護師は女に向かって内緒話をするかのようにいった。「あらゆる種類の悲しみがこもってる」

ロバートがあたしの手首をつかんだが、あたしはしゃべりつづけた。「最初は気分がよくなって、それからぐっと悪くなるのよ。ここの連中はそれがまさにあるべき状態なんだっていうだろうけど、最後にはあまりにも具合が悪くなって出ていけなくなるの」

女は自分で車椅子を動かそうとしてグラスを落とした。「そのままにしておいて」看護師がいった。「わたしが木陰までお連れしましょうね」看護師は車椅子のハンドルをつかんだ。

「お悔やみ申しあげます」

ロバートはあたしを引きずって芝生を横切り、逃げだそうとしているかのような石の馬の像のうしろまで歩いた。あたしは手を引き抜こうとしたけれど、兄にきつく押さえつけられた。顔と顔がとても近くて、兄の鼻の下にひげ剃《そ》りのときについた傷が見えた。そこで押しあっているうちに、その傷から血が滲《にじ》みはじめた。

「わかったろう、みんな残念に思っているんだよ」ロバートはいった。

この人はどうしてこんなに簡単にあきらめるのだろう？　あたしと双子で、あたしの兄で、あたしたちは二人ともおなじ体から生まれてきたのに。

「もう放っておくんだ」

いまこの瞬間にもラベンダー色と白の服の男を見つけられるかもしれないのに。

「息をしていないじゃないか……息を吸って」

そういわれてあたしは息を吸いこんだ。ロバートを、石の馬を、母さんのいないこの世界を吸いこんだ。

ロバート

道路を逸れ、森を抜けて川へ向かった。いわゆる癒しの水の川だ。しかしわたしたちを癒すことなど絶対にできなかった。

わたしが妹に腹をたてたせいで妹のほうもわたしに腹をたてたことはわかっていた。すでに大変な一日だったというのに——なぜそれをさらに大変にせずにいられないのだろう？ わたしたちはそむけられたたくさんの顔と、口に出されたすべての言葉の下で燃え尽きていた。

川を見渡せる土手で足を止めた。水は木々を映すのに充分なほど広く深く流れ、水音を聞くとほっとした。草の生えた平らな場所を見つけ、煙草を巻こうと腰をおろした。「気をつけて」わたしはいった。「蛇がいるよ」

「水は大好き」わたしの言葉を無視して妹はいった。

わたしはマツのあいだを漂《ただよ》う蜻蛉《とんぼ》を指差した。「ほら、蜻蛉《スネーク・ドクター》がそこらじゅうにいる」

煙草を一本巻き終えると、わたしはいった。「わたしが母さんのことをちゃんと知らないと思っているんだね」

イザベルは苔《こけ》の生えた大きな棒を拾い、右脚をまっすぐに伸ばして座った。ひもが何本か切れた操り人形みたいに見えた。「狭い町のただのゴシップでしょ」妹はいった。

しかし母が遅くに帰宅したときには、どこにいたかはにおいでわかった。「町じゅうの人が知ってると、ロリーンはいっている」凝固した牛乳のようでいて、甘いにおいだった。

「ロリーンは嫉妬してるだけ」イザベルは泥を棒でかき混ぜながらいった。

「何に？」

「だってもう体がたるんでるじゃない」

「黙れよ」

「あの人と結婚したのは兄さんであって、あたしじゃない」イザベルは泥に自分の名前を書いていた。

「母さんは町の娼婦と呼ばれてた」

イザベルはわたしに向かって棒を投げた。棒はわたしの胸に当たり、白いシャツを汚した。わたしが地面からそれを取ると、妹は慌てて立ちあがった。「やめて」熱いしこりが皮膚から外へ出たがっていて、何かをたたくしかなかった。わたしは棒を振った。空振り。練習のスイングだ。妹を一度たたくだけでいい。それで気が済んで、すべて終わるはずだった。その後はきれいに空っぽになって悪かったと思い、愛情を覚えるのだ。溢れるほどの愛情を。その気持ちはいつだってすぐに戻ってきた。

わたしは妹の尻をたたき、妹は金切り声をあげた。そこで妹が笑みを浮かべたりしなければ、もう一度たたくことはしなかっただろう。神経過敏になっていたのか、悪意があったのかはわからない。だが妹は笑ったのだ。

わたしは勢いよく棒を振り、妹の脚をたたいた。妹は悲鳴をあげ、うしろによろめきながら背後の川を見た。が、すぐにわたしのほうへ向かってきた。

「やめてくれ」わたしは棒を落としながらいった。

しかしその棒が地面に着きもしないうちに妹は土手の端に突進した。妹がこんなにすばやく動くのは見たことがなかった。わたしは追いかけた。妹は土手をすべり、川へと落ちた。前向きに倒れ、広い流れのなかに頭から突っこんで、川底の泥をかきたてた。泥が水中で雲のように湧き、妹の全身を呑みこんだ。

母がイザベルをポリオ病棟から連れ帰ってきたとき――妹はそれまで何週間も、沈没船の舷窓《げんそう》のような窓のついた小さな個室に隔離されていた――わたしは妹よりもずっと大きくなっていて、妹を抱きあげることができたので、実際にそうして車からキッチンまで運んだ。キッチンでは母がさくらんぼの瓶をあけ、わたしたちは両手を突っこんだ。そのときは母自身まだ少女のような年齢で、甘く赤い果肉が飛び散っても怒りもせずに、声をたてて笑った。母はイザベルをさっと抱きあげると庭の池に走っていって、背中を手で支えて妹を浮かべながらいった。「どう、こうするといい気分じゃない?」いい気分なのはわかっていた。なんだっていい気分だった、わたしたちには触れることのできる美しい母がいたのだから。

川に飛びこむと、底に足がつくのがわかった。できるかぎりの速さでざぶざぶと妹のところまで歩き、持ちあげることができるように腰を落とした。妹はわたしの肩先で咳きこみ、わたしは妹をぬかるんだ土手の斜面へ運んだ。「怪我は?」妹を地面におろしながら尋ねた。

イザベルは両手で顔を覆って座りこんだ。「大丈夫」そうはいいながら、体の震えが止まらなかった。

「畜生」なんとかおちつこうとしている妹から顔をそむけた。「煙草を落としてしまった。山火事になるかもしれない」そういって身を屈《かが》め、妹の濡れた服から雑草を払った。

まだ燃えていた煙草が見つかり、わたしはそれを吸いながら、先ほど腰をおろした草地のあたりをぶらぶらと歩いた。イザベルはそばへ来て木にもたれた。妹がスカートを絞っているとき、ポケットに何か重そうなものが入っているのが見えた。

「それはなんだい？」わたしは指差した。

「ハサミ」妹は答えた。

「なぜ持ち歩いているんだ？」

「母さんのハサミだから。家から持ってきたの」

イザベルはそこに立ったまま、黒髪から水を絞っていた。もっと何か尋ねるべきなのはわかっていたが、黙ったままでいた。

わたしは煙草を踏んで消した。「母さんが娼婦じゃなかったのは知っているけど、娼婦のように扱った男たちがいたのは確かだ」

妹は腰をさすった。「それか、母さんのことを好きになっても、結婚したいとは誰も思わなかったのかも」

「母さんはそういってたな。ほら」わたしは近づいていって靴を脱がせ、なかにたまった水を出した。「痛むなら座れば」

「服に泥がつくからいや」

「なあ、イザベル、こっちを見てニヤニヤする男たちに——醜悪な男たちに——ちょくちょく出くわすような町を歩きまわる気になるかい？　あいつらは母さんにくまなく触れたことがあって、それを向こうもこっちもわかってるっていうのに」

「靴を履かせてよ」イザベルはいった。

わたしは妹の足にするりと靴を履かせた。「行こう」

イザベルは両手から泥をこすり落とした。「まだ行かない」

「疲れているんだろう」妹の顔つきが気に食わなかった。

妹は足を引きずりながらこちらへ来てわたしを座らせ、帽子を取ってわたしの額に落ちた髪をかきあげた。そしてすぐまえに立ったまま、指でわたしの頭皮に線を引いた。「やるべきことが一つだけある」

「あの医者がわたしたちの金を取ったっていうけど、取ったのは母さんだよ。家を売ったのは母さんなんだから」

イザベルの手がぴたりと止まった。「あたしたち、ラベンダー色と白の服の男を殺さなくちゃ」

母は病院へ入るまえの晩、キッチンで裸でひざまずいていた。明かりはすべて消えていた。たぶん祈っていたのかもしれない。母が何をしていたのか、わたしにはわからない。ベッドへ連れていって寝かせると、息にアルコール混じりのすっぱいにおいがした。母にはアーカンソーの病院になど行ってほしくなかった。テキサスにとどまり、手術を受けてもらいたかった。わたしは明け方まで母のそばに座っていた。立ちあがってキッチンへいくと、イザベルがキッチンテーブルに突っ伏していた。ぐっと曲げられたウエストのあたりを、朝日がじりじりと這いあがっていた。イザベルが頭の向きを変えた。母がまたいんちきに引っかかっていることを、自分が聞きたいことをいってくれる男に最後にまた騙《だま》されつつあることを、わたしたちは二人とも知っていた。

イザベル

〈ツーリスト・コート〉の部屋で、ロリーンはあたしのために風呂に湯を張りはじめた。やさしいふりをしながら自己満足に浸っていた。ロリーンはトイレに腰かけて煙草を吸い、あたしはバスタブの縁《ふち》に座って、お湯が汚れた足の上まで来るのを待っていた。

「大きくてすてきなバスタブじゃない？」ロリーンはいった。「うちにもこういうのがあったらいいんだけど」ロリーンは頭をうしろに傾け、天井に向けて煙を吐いた。「ずいぶん長時間出かけてたわね。何してたの？」

「あたしは歩くのが遅いから」そういってワンピースのボタンをはずしはじめた。

「服をどうしたの？」

あたしは何もいわずにスカートの裾の乾いた泥を見つめた。

「機嫌が悪いのね。足をすべらせたの？」ロリーンは唇をぎゅっと結んで笑みをつくった。「もうすこしここにいて、またすべらないように見ててあげましょうか」

あたしたちの目が合った。

「あっちへ行ってよ」あたしはいった。

ロリーンは煙草をシンクに突きたてて消し、トイレの上からパックを取って、うしろにもたれ、次の一本に火をつけた。「さあさあ、恥ずかしがらないで」

兄はほんとうにロリーンと恋に落ちたのだろうか？　母が恋に落ちたときには、熱に浮かされたようになったものだった。食べることも眠ることもできなかった。庭で口笛を吹き、手で土をたたいた。

「いてもいなくても……あたしはかまわない」

立ちあがってバスタブのまわりにシャワーカーテンをぐいっと引き、カーテンのうしろでボタンを最後まではずすと、頭からワンピースを脱いで床に落とした。固まった右膝《ひざ》を両手でほぐして曲げ、お湯にすべりこんだ。顔だけカーテンから突きだすと、ロリーンが鏡で吹き出物を調べているのが見えた。

「あたしのことを知ってるつもりになってるんでしょ」そういいながら、肩から指先まで、腕を石鹸でこすった。それからウエストと、女性特有の場所と、両脚と、ちっちゃくてねじれた足も洗った。

「わたしたち、長年おなじ町に住んでいるでしょう」ロリーンはいった。「だけどあなたの家族はいつもばらばらだった。お母さんのせいでね。悪くいいたいわけじゃないけど、あなたのお母さんがどんなに虚勢を張ったところで、ほんとうのところ、みんなが知っていることを隠せはしなかった」ロリーンはすこし待ってからつづけた。「何もいい返す気がないの?」

あたしはしぶきをたてながらよろよろと立ちあがり、カーテンをあけた。傾いた腰を、曲がった背中を、短いほうの右脚を湯が流れ落ち、流れた場所が光った。

ロリーンは顔をあげ、ロバートが棒でつけた赤いみみず腫れを見つめた。

「ほら」あたしはいった。「足をすべらせたわけじゃないのよ」


ロリーンはロバートが買ってきたジンを飲んで、ベッドで眠りこんだ。あたしは母の古い寝間着を着て、床に敷いたブランケットの上で横になった。ロバートがバスルームから出てきた。「あしたは朝のうちに発つよ」ロバートはナイトテーブルに眼鏡を置きながらいった。眼鏡がないと、兄はあたしとよく似て見えた。「ベッドでロリーンの隣に寝たらどうだい?」

あたしは兄の顔が見えるように横向きになって、枕の下に手をすべりこませた。「世界が終わると思ったときのことを覚えてる? あれは日曜日で、強い砂嵐がすごい速さでやってきて、兄さんが見えなくなった」

「わたしは庭にいたんだ」兄はベッドに仰向けに横たわり、両手を頭の下に入れた。「風が強くて、すごく寒くなった。それからまわりじゅうが真っ黒になった。鳥たちが狂ったように鳴くのが聞こえたけど、何も見えなかった」

「嵐が太陽を呑みこんで、あたしたちの目を見えなくした」

「そのあとわたしを呼ぶ声が聞こえて、這うようにして家のほうへ進んだ。母さんはどこにいたんだっけ？」兄は囁《ささや》くようにいった。

「医者のところ」

「日曜日はどの医者も休みだよ」

あたしは仰向けになった。「あの湿ったシーツに何時間もくるまってたのを覚えてる？」

「ポンペイみたい、一夜にして消えたあの街みたいだねっていってたのを覚えてる？」

「ポンペイの人たちみたいに窒息しちゃうかもっていったのも？」

「世界の終わりの日だっていったのも？」

「いまもあのときみたい」

「だけど次の日も、その次の日もやってきた。わたしたちはただ起きればいいだけだった」

あたしは身を起こし、湿った靴に足を押しこんだ。「兄さんが来ても来なくても、あたしは行く」

「ここへ来たのは母さんが選んだことだよ」兄は寝返りを打って、あたしから顔をそむけた。

「いずれにせよ、死は避けられなかったわけだし」

「だけど病室で、独りで死ななくたってよかった」あたしはドアを抜けた。

外に出ると、生ぬるい空気に密閉された。全身くまなく包みこまれた。ロバートの車に乗りこみ、ドアをしめて、シートが熱い砂であるかのようにそこに沈みこむ。ロバートがバンガローから急いで出てきて、〈ツーリスト・コート〉の私道のてっぺんまで走り、そこで足を止めて両端まで空っぽな道に目を凝《こ》らすのが見えた。

車のドアをあけて低い声で呼びかける。ふり返った兄は怯えた顔をしていた。兄の喉のなかにある固まりは、あたしの喉にもあった。

母の帰宅を待って起きていたこういう生ぬるい夜中には、兄と二人で物語を聞かせあったり、歌ったり、踊ったり、叫び声をあげたり——空っぽの家を満たすことならなんでもした。だけど男たちのことは絶対に話さなかった。名前を挙げたり、男たちがどこへ行ってしまったのか思いめぐらすことは決してしなかった。いままで生きてきて、あたしが愛したのは母とロバートだけだった。だから愛してもいない人間をどうして自分のなかに入れることができるのか、理解できなかった。

ロバート

病院へつづく上りの私道の一番下に車を停めた。イザベルが先に降り、ヘッドライトのまえで立ち止まった。顔が大理石のようになめらかに見えた。わたしは車のエンジンを切って、暗がりのなかで妹に追いついた。

芝生を横切り、あずまやをいくつも通りすぎて、病院の裏口にたどり着いた。妹がドアをあけると、水晶のシャンデリアの明かりが妹の髪に降りかかった。月が水面に映ったみたいだった。わたしは帽子もかぶらず、湿ったままの靴を履いた姿で、妹の一歩うしろに立った。ドアの向こうには階段があり、廊下も奥まで見渡せた。正面ロビーに石づくりの大きな白い暖炉があり、二頭の磁器の犬がその両脇を守っていた。イザベルがハサミを取りだすと、わたしの顔は熱くなり、頭はひどく軽くなった。

「行こう」イザベルが囁いた。

「待って」わたしは何か考えようとした。「ハサミ？」

「充分鋭いから」

「銃を持ってくるべきだったよ。あるいは、すくなくともナイフだ」わたしは顔からブヨを払いのけてつづけた。「それで刺したとしても、殺せやしないよ。血が飛び散って汚れるだけだ」

「まっすぐに首を刺せば大丈夫」

「身長差があるじゃないか」

「ひざまずいて、あたしと一緒に母さんのために祈ってくれるように頼むつもり」

「簡単に取り押さえられてしまうよ」

「あたしは行く」イザベルの手が震えているのが見えた。「兄さんは来るの？」

まだ〈ツーリスト・コート〉の床の上にいるならよかったのに。こんなところに来なければよかったのに。妹が馬鹿みたいに一途な愛で心をいっぱいにして、フェアじゃないなどと感じなければよかったのに。

「いや」そういうと目のまえでドアがしまり、わたしは蛙《かえる》の鳴き声のする暗闇のなかに残された。

ドアを細くあけ、妹が階段へ、金色の花模様のついたピンクの壁のほうへ向かうのを見た。そのとき、午後に見かけたブロンドの看護師が車輪つき担架を押しながら廊下をやってきた。わたしは大きくドアをあけ、イザベルが駆け戻ってきて外へ出ることを期待したが、妹はそうはせずに体の向きを変えて足を引きずりながら階段を昇った。

「ここに入ってはいけません」看護師が大声を出し、イザベルを追いかけていき、腕をつかんで引きずりおろそうとした。わたしは廊下に踏みこんだ。イザベルはぱっとふり返り、何も考えずに――解毒剤のない毒を、すっきり放出するかのように――ハサミを看護師の腹部に突きいれた。看護師は悲鳴をあげ、制服の白を侵食する赤にぎゅっと手を当てた。

イザベルはうしろへ倒れ、看護師の体に埋めこまれたままのハサミを手放した。イザベルは起きあがろうとせず、階段の最後の数段の上で大の字に倒れたまま看護師を見つめていた。看護師はいまや廊下の床にくずおれ、汗をかいて蒼白になっていた。そばのタイルは血まみれだった。

わたしは慎重に看護師をよけて通り、妹を助け起こした。妹の体はひどく軽かった。そこにいないかのようだった。

看護師はあまり動いていなかったが、助けてもらえることを期待するように目はわたしを追っていた。

「ハサミが要る」妹がいった。「あれは母さんのだから」

「わたしは取りにいかないよ」そういうと、頭のなかがまた熱い空気で満たされた。

わたしたちはただやみくもにすすり泣く看護師のそばに立った。わたしは母の最期を思った。独りで、自分がどこにいるかも――たぶん自分の名前も、わたしたちのことも――忘れてしまうほど強い痛みに襲われていたにちがいない。

「この人、生き延びるかも」イザベルがいった。

わたしは車で西へ向かった。看護師を置き去りにして、ロリーンも、母も、赤ん坊も置いて――妹だけを連れていった、妹がまた小さな個室にとじこめられるまで。

あとがき

いくらかの調査ののち、わたしは事件の記録を見つけた。ロバート・シブリーはテキサス州ダルハートの裁判所で故殺の有罪判決を受けていた。どうやらロバートが刺した看護師は未明に亡くなったらしい。もちろん、イザベルに関する記述はなかった。わたしはそれぞれの場面を何回か読み、ほかの人物がほんとうはロバートにしか話しかけていないことと、イザベルがロバートにとってのみ存在することに気がついた。祖父は一生ずっと妹に取り憑かれていたのだろうか。それとも一九三八年に妹の幽霊を呼びだしたのだろうか——母親が評判の悪い病院に入ってがんで亡くなったとき、自分自身を復讐に駆りたてるために。こうした疑問に答えはない。持ちだすだけで苛立たしい疑問だ。

ラベンダー色と白の服の男——アーカンソー州でがん専門の治療院を設立、経営していた自称〝医師〟——は、この原稿には登場しない。しかしさらに調査したところ、この男もまた悲運の最期を迎えたらしい。サブマシンガンのみを友として、孤独のうちに肝硬変で死んだのである。

二〇〇三年一月、ソール・R・シブリー

死を悼《いた》む人々

The Mourners

時計が止まってしまったので、一日が過ぎたのかどうかわからなかった。明るかったのが暗くなり、いまはまた明るくなっていたが、一日経ったのだろうか？　この不確かな時間の流れのなかでは思考など放棄するしかなかった。頭のなかに風を通さないウールの太い帯《おび》が広がり、喪失の驚きの隙間を縫《ぬ》うように曲がりくねっているだけだった。

ほんのすこしまえ、ヘンリーが自身の血溜まりのなかに横たわっていたとき、妻にはヘンリーの母親が新入りの黒人コックに話すのが聞こえた。夕食の盆を手に、二人は寝室のドアのすぐ外に立っていた。「死ぬにも美学というものがあるでしょうに、あの子にはそれがない――生まれてきた最初のときからずっと死にかけてきたというのに」寝室の窓の外、醸成《じょうせい》された暗闇のなかで、放し飼いの犬がまた吠えはじめた。「ヘンリー、靴を裏返しに置いたほうがいい？」妻は尋ね、たたんだハンカチでヘンリーの口もとを拭《ふ》いた。ヘンリーの眼はとじていたが、まぶたの下で眼球が動いており、寝間着の襟には赤い斑点《はんてん》がついていた。結婚して十五年になるので、妻はヘンリーがろくにものを見ないことに慣れてしまった。最初に妻をミシシッピに連れてきたときの母親の侮辱的な態度も見ていなかった。結婚相手としてふさわしくない妻の出自も、妻の父親の品位に欠ける疑わしい仕事も見ていなかった。すぐに消耗するジューダの脆《もろ》さも見ていなかった。あの子は頭蓋骨の中身が透けて見えるほどわかりやすい子供なのに。

もう何日も、妻は自分のことを話す声を聞いていた。あの北部人《ヤンキー》。もちろん黒人びいきでしょう。母親のいない娘のくせに、うまいことヘンリーをたらしこんで。これが応接室のうだるような暑さのなかに座っていたあいだに、遺体を見にきた町の住人が口にした言葉かどうかは判然としなかったが、声がどれも女のものであるのはわかった。

妻自身の母親は、娘にわざわざ名前をつけたりはしなかった。当時、黄熱病が流行っていたので、おそらく生後すぐに死んでしまうと思ったのだろう。あるいは、もし少女時代を生き延びたら体を売り物にする仕事に就くだろうから、男が喜ぶような名前を自分で選ぶはずだ――ダイヤモンド・ドリーとか、ベイビー・ミニーとか、ビッグ・キティとか。だからそのまえに名前を与えるなど、大事なことではないと思ったのだろう。エメリンという名前をつけたのは父親だった。まだ少女だったころにローワー・イースト・サイドの借家の窓から落ちた父親の妹にちなんでつけられた名前だった。

エメリンはビロードのたっぷり使われた、堂々とした威圧感のある応接室に立ち、夫が支柱を施され、整えられ、陳列するかのように据えつけられた場所へ行った。一日分の時間が夫の体に作用し、蠟燭《ろうそく》が燃え尽き、花が遺体を圧迫するほど詰めこんであった。暑気のなかで腐敗したこの体が夫のヘンリーであるとはとても思えなかった。エメリンが櫛《くし》で梳《す》いたり切ったりした鈍い金色の髪、風呂に入れたなめらかで痩せ細った体。体のすべての場所に――左の鎖骨の下のへこみにも、まだ湿っている膝《ひざ》の裏側にも、腰の窪みにも――残らず手を触れた。死者の魂が手を通して入ってくるといわれているので、エメリンは早くも硬化しつつある皮膚を握ったり揉《も》んだりして、夫の魂を自分のなかに取りこもうとした。

そもそも二人は体を通してお互いを理解したのだから。エメリンが花嫁修業のために通っていた学校のすぐ外で初めて会ったとき、ヘンリーはまるでずっと待っていたかのようにエメリンの手を握った。

ヘンリーが死んで、エメリンは妙に強力な沈黙のなかに取り残された――無音の黒い光の輪のなかに。もしまた二人が言葉を交わすことがあるなら、こんどは魂と魂の会話になるはずだった。

エメリンは眼をつぶって、丸まったソファの背をたどりながら応接室のまんなかへ行くと、配膳盆の上のすね肉を齧《かじ》った。眼をとじたまま歩きつづけていると壁にぶつかり、左膝に青あざができた。そのまま壁をたどっていくと、やがてドアに触れた。ドアをあけ、眼をひらいた。

廊下の花模様の壁紙に日は射していなかった。ヘンリーの棺《ひつぎ》を担ぐはずの人々もいなかった。まだ一日も経っていないのか、生前のヘンリー・ストーヴォールの妻だったエメリンが夫の遺体を置いて自由に部屋を出ていいのか、教えてくれる人は誰もいなかった。

日曜日を除いて、エメリンが家を出るところは見られなかった。教会のベンチでは、涙のしたたる黒いクレープ織りのベールだけでは姿を隠しきれなかったが、エメリンは隔離され、遮蔽《しゃへい》されているように感じた。膝の上でもぞもぞ動くジューダだけがベールの下からすべりこんでエメリンに触れることができ、その温かく濡れた指が、もう妻ではないにしても母親でいることはつづくのだとエメリンに思い起こさせる。赤ん坊はエメリンを操縦しようとするかのようにぎゅっとスカートをつかみ、黄色い巻き毛を黒い綾織りの重たい襞《ひだ》に溶けこませた。ジューダを笑わせるには両手にキスをするだけで充分だった。エメリンはジューダの生きがいみたいなものだから。

毎晩、真夜中になるまえに、エメリンは白塗りの玄関ドアを抜けて、ヒマラヤスギの並ぶ小道を急いだ。木の根元まで垂れさがる蔦《つた》をスカートがこすり、頭上では枝が絡《から》みあって夜空をこまかく分断している。

ヘンリーの墓を覆うように、湿った沈黙が重く垂れこめていた。つかえつかえ鳴く鳥の声が響くなか、木々を窒息させながら溶けあって揺れるスパニッシュモスと、その向こうから呼びかけてくる星々の下で目覚めているエメリンはひどく無防備だった。

ヘンリー・ジェイムズ・ストーヴォール
一八五五―一八八九

エメリンが呼んでも、ヘンリーはやってこない。

九カ月が過ぎたあと、エメリンは父親、ゼベダイア・フェリスから手紙を受けとった。手紙のなかで、父親はヘンリーにはひとことも触れず、正式な喪服を着た寡婦《かふ》が待たなければならない一年と一日のことも何もいわずに、ただこう書いていた。〝こっちにおまえが必要だ〟。

なぜそんなに急を要するのかはわからなかったが、父親が自分に関心を向けるときのいつもの謎めいたやり方には覚えがあった。アトランタの〈セレクト・スクール・フォー・ヤング・レイディーズ〉が休暇に入ると、エメリンは一時的に、つるはしとシャベルと平鍋の町を訪ねた。そして人々が酒を飲み、女を買い、ギャンブルをする町で父親と暮らしたものだった。父親はエメリンを無視するか、むきになってホテルに隠そうとするかのどちらかだった。後者の場合は、バッファロー狩りの元猟師で父親の用心棒をしているウィルキーがドアの外に立った。

エメリンには手紙を無視することなどできなかった。自分を東へ、学費の高い学校へ送りだしてくれたのは父親だったし、一族の人々にさまざまなかたちで反対されたヘンリー・ストーヴォールとの結婚を実現してくれたのも、エメリンのすべての幸運の源《みなもと》となっているのも父親だったからだ。父親はこんなふうにいうのが好きだった──おれは悪魔と契約しているのさ。

応接室の外で、エメリンの腰にずっしりと体重をかけて抱かれていたジューダが、頭をエメリンの胸にもたせかけた。

「坊や、眠いの？　そう、いま用事を済ませるからね」エメリンはジューダにたっぷりキスをした。「すぐに済むから」

ストーヴォール家の義母は、エメリンが話しかけるまで帳簿つけから顔をあげなかった。

「お母さん」応接室が静かな、途切れることのない憤《いきどお》りで満たされ、義母は白髪交じりの金色の頭をあげて──しかしペンはあげずに──尋ねた。「はい？　なんなの？」

エメリンはためらいつついった。「父からの手紙を受けとりました」

「そろそろそういう時間ね。さっき配達されたのを見たから」

「父はわたしに戻ってきてほしいと──いえ、じつは、向こうでわたしを必要としているといってます。それで、わたしは行くべきだと思うんです」エメリンはジューダの重みを腰の反対側へ移した。

「それはないいんじゃないかしら。旅をするですって？　いま？　まったく作法にかなわない。

あと三カ月経ったら行きますと返事をお書きなさいな」

エメリンは顔をそむけ、ピアノのそばをぶらぶらした。楽譜の隣に置かれた蠟燭の下部に蠟がたまっており、ジューダは手を伸ばしてそれを取った。「でも、家族に会うために旅をするっていうのに、あら探しをする人なんて――そんなクリスチャンがいますか？　娘の義務ではありませんか？　賢明な、良識ある道ではありませんか？」

「馬鹿馬鹿しい。世間では、亡くなった夫への敬意を欠く行動と思われるだけでしょうよ。常識に逆らう度胸があるということかしら――ストーヴォール家の人間なら考えもしないことだけれど。口ごたえをするなんて、あなたの年ならではの傲慢《ごうまん》さね」義母はペンを置いてつづけた。「ハーパーズ・ウィークリー誌は正しかった、そうじゃない？　偽物の貴婦人はいつだって一目でわかると書いてあったわ」

エメリンは顎をジューダの髪に埋めた。「口ごたえなんてするつもりはありません」ジューダの頭にキスをしながら、エメリンはほんのすこしでも熱を持っている場所がないか唇で探した。エメリンは子供に聞かせるでもなくハミングをしはじめた。ジューダはまだ病気になっていなかった。

「その子を連れていくことは許しませんよ。そんな気を起こすといけないからいっておくけれど」

エメリンはあんぐりと口をあけた。

「なぜかって？　ジューダが兄たちとおなじくらい敏感だからですよ。埃っぽい道を何日も連れまわされたら死んでしまう。そのまえにインディアンに殺されていないとしてもね」

「わたしの父がこの子に会いたがるとは思いませんか？　まだ一度も会っていないんです。オーガストにも、ケイレブにも結局会えませんでしたし」

「それは理由あってのことでしょう」義母は鼻を鳴らした。「ケイレブね。あなたの一番のお気に入り……ずいぶんとかわいがっていたものね」

ケイレブは、エメリンが着替えにかける程度の時間で死んでしまった。エメリンの手をぎゅっとつかんで「ママ」と叫んだので、エメリンは生まれた日にしたのとおなじようにケイレブを両手で抱えるようにして抱いてやった。ケイレブが死ぬなんて信じられなかった。

「それに、素性もよくわからないような人が何を望むかなんて、なぜわたしが気にかけなければならないのかしら？　あの人の恥ずべき仕事のことも、あなたの母親が誰かということも、ヘンリーはよく考えなかったみたいだけれど、わたしが考えずにいられると思うの？　ミシシッピのストーヴォール家の一員として、考えずに済むと思う？」

義母は十五年のあいだずっとこの決まり文句に固執し、機会あるごとに大仰にいいたてた。燃料不足の鈍い怒りが、そうした折にはしっかりとかたちを取るのだった。

松ぼっくりを取ろうと手を伸ばし、ジューダは炉棚の額縁を落とした。エメリンは煉瓦でできた空っぽの暖炉のまえ、ヘンリーのライフルとケイレブの釣り竿が立てかけてあるそばにしゃがみこんだ。「ジューダ、見て——もうすこしで割れるところだったでしょ」義母が描いた絵の入った額だった。半ズボンを穿《は》いたブロンドの少年だったころのヘンリーを描いた、小さな肖像画だ。エメリンはそれを炉棚に伏せて置いた。

「ヘンリーは男だったからくよくよ考えなかったけれど、わたしたち、女は考えなければならないの。あなたや、わたしはね」

ジューダが蹴るので、エメリンはジューダをおろし、ジューダがよちよち歩いていってカーテンの紐を引っぱるのを見守った。「そっとね。いいえ、あの子を病気にさせはしません、もちろんそんなことしません。ジューダ、そうっと引っぱってね。口論の理由になるようでしたら申しわけないのですけれど、わたしは行かなければなりません。わたしがいないあいだは、子守りのユーラがあの子の面倒を見てくれます。そんなに長くはかかりません。一週間か、二週間くらいのものです。それ以上にはならないはず」

白髪交じりの金髪の頭が帳簿のほうへ戻り、また家計簿の走り書きがはじまった。「あの恐ろしい男のためならなんでもするのね。まるで犬みたい。来い、というだけでいいんだから」


父さんはなんのためにわたしが必要なのだろう、とエメリンは思った。子供の母親で、寡婦になったばかりで、三十二歳の女である自分が、カウボーイの町の売春宿の所有者にとってなんの役に立つというのだろう？　駅馬車がガタガタと走り、轍《わだち》のできた道のせいで最後にもう一度振り落とされそうになったとき、黒のレースがエメリンの首にきつく巻きついた。だが御者がドアをあけ、エメリンの手を取ると、レースの締めつけからは解放された。

残った二人の乗客——妊婦と、ぼんやりした中年の娼婦——は、目抜き通りのはずの泥道や、テントに置いてある排泄物の壺の悪臭や、かすみ目の男たちの脅《おびや》かすような視線に顔をしかめた。エメリンは大通りのまんなかに立ち、たっぷりとしたクレープ織りのベールをうしろに引いて、日に焼けた固い首をした男たちのたてる騒音を吸収した。この場に似つかわしくない安堵感を覚えるようになって、どれくらい経つだろう？　ふらつく足で埃っぽいホテルへ静かに向かいながら、いまも緊張がほぐれつつあった。

「地獄が口をあけているよ、エメリン。町は先月、保安官を失った」

「逃げだしたの？」エメリンは尋ねた。ベッドのそばの椅子に座り、両手は膝のあいだでしっかり握りあわせている。くつろぐことはできなかった。

「いいや、吊るされたんだ。法執行官になるまえは盗賊だったのがばれてね。昔やってたことをまたやったんだよ。フォートワースの近くで銀行強盗をやらかしたんだが、こいつが見込みちがいで、向こうの連中が裁きを求めてこっちまでやってきた。おれ自身、あいつを助けることなんかできなかった。友達だったのに、といわれるかもしれんが」こう話すあいだ、父親はウイスキーの入った汚れたグラスを手に、ホテルの部屋のなかを行ったり来たりしていた。

「ああ、なんてこと。先に首を折られていたならいいんだけど」

「いいや、あの暴徒はそんなことはしない。あいつは二時間近く、怒りくるった鶏みたいに吊るされていたよ、紫色になって」

「ちょっと、おおげさじゃない？　時間はその半分だし、フォートワースじゃなくてガルヴェストンの近くの銀行だった」マダム・コーラがいった。染めたブロンドの巻き毛をきっちり結いあげ、エメリンよりもはるかに上等の服の上に狐の毛皮のケープを羽織って、勝ち誇ったように微笑《ほほえ》んでいる。

「やれやれ」ドアのそばに立っていたウィルキーが、いまも赤い口ひげをひねりながらいった。「まったく、また会えてよかったよ、エメリン。元気そうじゃないか。モーガン家のやつらのことで、おれたちを助けにきてくれてうれしいよ」

「口をとじてろ、ウィルキー」父親は、ベッドの向こう側の椅子にようやく腰をおろしながらいった。新しいスーツを着た、くたびれた大物みたいに。

そのときまで、エメリンは父親の左眼を覆っている薄汚い眼帯を話題にするのは避け、父親が何かいうのを待っていたが、室内の緊張感から察するに、三人はそのことに触れないように示しあわせているようだった。「眼をどうしたの、父さん？」

エメリンに向けられた大きな角ばった顔に、新たに凶暴な表情が浮かんだ。父親はベッドのほうへ身を乗りだし、眼帯をひょいと持ちあげて、損なわれた眼孔を見せた。穴は治りかけて湿っていた。「女たちが興奮させすぎて、客が明かりを撃ちはじめたんだよ。そんなふうにして給料日を祝うやつもいるってことだ」

どうしてわざわざ嘘をつくんだろう、とエメリンは思った。「父さん、誰がやったの？さっきいってたモーガン家の誰か？」

「おまえはまだヘンリーの喪に服しているんだろう。だが、黒い服を着てるのはいつものことだな」父親の残っているほうの眼――エメリンとおなじ眼――を向けられて、エメリンは皮膚が擦《す》りむけるような気がした。「おまえは暗いから、寡婦でいるのもふさわしい感じがする」

「父さん？」まるで二人きりでいるかのように、エメリンは囁《ささや》きに近い声でいった。「ヘンリーが亡くなるまえの晩、犬の鳴き声が聞こえたの」

「遠吠えか？」

「ええ」エメリンは眼を丸くしたままうなずいた。

「また聞こえたのか？」父親のしゃべり方も静かになったが、エメリンがいまこの瞬間には逆らう気になれないような厳格さがあった。

「そうよ、父さん。ずっと遠吠えが聞こえてた。止まらなかった。誰の犬かは知らない――誰の犬かはぜんぜんわからない。それで、おかしいのは、母さんに昔いわれたことを覚えていて、それまではいわれたのを思いだしさえしなかったのに、だけどほら、フロッシーが

――フロッシーを覚えてる？――病気で熱を出していたときに、母さんがいってたの。誰かが死にかけているときには、ベッドの下にもぐって靴を裏返しに置きなさいって。覚えてる？」父親は、エメリンがこのことを話した――話すことのできた――唯一の人間だった。

「それで、そうしたのか？」父親は尋ねた。「靴を裏返したのか？」

「母さんがいったことをようやく思いだしたのが、庭で牧師さんからどういう棺がいいか訊かれているときだったの。だけど階上《うえ》へ行って、ヘンリーに訊いてみると……」エメリンは頰を掻いた。「ううん、すぐにはしなかった。どう思う、父さん……」

「まだ一年も経っていないんでしょう、かわいそうなエメリン」コーラが白粉《おしろい》をはたいた胸の上でケープを重ね、また重ねなおしながらいった。「息子を二人亡くしたり、次いで夫を亡くしたりで、ねえ、自分を見失っているんじゃないかしら。こっちへ来て、あたしたちと一緒にいられるのはいいことね」

「すぐに戻らなければならないんだけど」エメリンはいった。

「息子を連れてくると思ったんだが」父親がいった。

エメリンの顔がかっと熱くなった。いっそ来なければよかったと思った。「ジューダは父親や兄たちとよく似ているの」エメリンはボンネットの紐を解いてベールを平らにした。朝目覚めたときのジューダが、エメリンの顔を見たときのジューダの混じりけのない喜びが、頭に浮かんでいた。あんなふうにわたしを見る人がほかにいるだろうか、とエメリンは思った。「わたしのことをここの女主人にしたいのかと思ってた」傷つかなくて済むように、油断なくおちつきを取り戻してエメリンはいった。

「あんなに高い学費を出したのはそのためじゃない。それに、女主人ならここに一人いるしな。コーラはベラベラとよくしゃべるが、自分の仕事は心得てる。そこは信用してる。おまえは保守的な州でいい家の奥さまになったんだから、またべつの価値がある。おれがその成果をむざむざ投げ捨てるわけがないだろう」

「それに、あたしが来てから」コーラがいった。「ここでは一回で五ドル稼げるようになった——週に十回なら五十ドルになる。女の子の取り分はその半分。新しい女の子もいっぱい入ったのよ、見たでしょ？　そりゃあ、最初はみんな恨みがましい気持ちでいるんだけど、そのうちにお金がどんどん貯まっていくのをまのあたりにするわけ。エメリン、ハニー、あなたはお父さんの苦境を救う天使なのよ」

「口をとじておけ、うるさい女め。エメリン、おまえに会ってもらいたい男がいる。その男と結婚してもらいたい」

「父さんの眼を撃った男？」エメリンは尋ねた。

「おれの眼を撃った男は死んだ」


「ウィルキーがいてもお気になさらないでしょう、ギブスン町長？　付き添いがいるとわかっていると、父にとってはとても安心なのです。早く侍女を雇うことができればいいんですが」

「マダム、どうぞお望みのままに。侍女にふさわしい女を探すのに苦労しておいでなのかな？」

ホテルの応接室の影が差したがらんとした場所で、仕上げのニスを塗っていないテーブルをはさんで座っていると、向かいから野卑なぎらついた空気が伝わってきた。コートから煙草のにおいが漏れ、息にブランデーの甘ったるいにおいがした。ギブスン町長は体重をうまく管理できていなかった。眼の下のぶよぶよのたるみは、骨から自然と湧いてでたように見えた。

「そうですね、こんなに長く留まることになるとは思っていませんでしたから。ふさわしい女性が町にあまりいないとわかっても、そんなに意外ではありませんけれど」

「あなたのために、わたしが自分ですこし訊いてまわりましょう」

「まあ、ご親切に」エメリンはそういって、決め手となる儚《はかな》げな笑みを浮かべてみせた。

「父上から聞きましたよ、最近、旦那さんを衰弱で亡くされたそうですね」

「ええ」ヘンリーのことをいわれて、エメリンは町長が嫌いになりはじめた。

「すでにほかにも別れを告げてきた人々がいるでしょうに、なんという試練だ。亡くなってからどれくらいになりますか？」

エメリンの喉がからからに乾いた。ジューダはいま何をしているだろう？　たぶん庭で遊んでいるか、あるいは子守りのユーラの膝の上でまどろんでいるだろう。「もうすぐ十一カ月になります」

「ごく最近のことだ。おそらくあなたは、旦那さんがきのうはまだ生きていたように感じているのじゃないかな。わたしの場合はそうでしたよ、愛しい妻と小さな娘を亡くしたときには。家族に先立たれた者にとって、時間はちがう流れ方をする、そうじゃありませんか？　そして朝目覚める最初の瞬間には、エデンの園にいるアダムのように何もわからなくなっていることがある」町長はぐにゃりとした手で、エメリンの手袋をした手を握りしめた。黒い子ヤギ革を通して、熱く湿った感触が伝わった。「あなたの父上は、似た者同士理解しあえるんじゃないかといっていましたよ」

エメリンが結婚することになっているこの男は馬鹿だった。エメリンは背後の――ウィルキーが着古したベストのポケットに親指を引っかけて立っているあたりの――気配を探り、彼が見ぬふりをしていることに腹を立てた。

「打ち明けて申しあげますと、わたしがここに留まっているのは、ひどく怖れているから……父を失うことになるかもしれないと、ひどく怖れているからなのです」エメリンには自分の言葉が、誰かほかの人間の口から出たかのように聞こえた。

「わたしはね、失った者たちにまた会えると信じているのですよ。死そのものは、神に一歩近づくための手段なのだ、と」

「それは……わたしもそう信じています。でも、父の眼を奪った弾丸が脳を貫くことがなかったのは、運がよかったと思わずにはいられません」

「このあたりの土地では、若い連中の多くが危険な気質を持っていますからね」

「でも、モーガン兄弟が一番の無法者だと聞きました。ギャングや何かの人たちと馬を乗りまわして、メキシコの大牧場を襲ったって……」

「わたし自身はワイルド・ビルみたいなガンマンではないから、獣たちは獣同士で好きに争わせておくのが一番だと思っていますがね。ところで、町にメソジスト派の教会がなくてお困りではありませんか？　わたしがときどき参加している小さな集まりから、あなたも慰《なぐさ》めを得ることができるのではないかな。ミス・エイダを紹介しますよ、われわれのあいだでは有名なのです」

エメリンはもう手を引っこめてもいいだろうと思った。「その集まりでは何をするのでしょう？」

「参加者がミス・エイダに、高度に抽象的な質問をします。ミス・エイダは神がかった雄弁さでそれに答えるんですよ。ミス・エイダが故人について語るのを聞いたら、きっと眼をひらかれる思いがするはずです」

「ときどき、わたしの悲しみのなかには気高さなどすこしもないと思うことがあるのです」

エメリンがここでしゃべったなかで、本心から出たのはこのひとことだけかもしれなかった。

「この集まりは、死を悼む者たちを――まだ死出の旅へ出る計画のない者、死に漠然とした恐怖を持っているような者を――おちつかせます。ああ、あなたも解放されるのだということを、はっきり見せてあげられればよいのですが。しかしわたしは何も改宗を求めているわけではありません、わたしが見いだした慰めをあなたにも差しだそうとしているだけです。ミセス・ストーヴォール、もし手配できたら、わたしたちの集まりに参加したいと思いませんか？」

「それは……」

「父上はあなたが参加したがると思っているようでしたよ」

「……ええ。父のいうことはたいてい正しいのです」エメリンが微笑むとギブスン町長も笑みを返し、腿《もも》のところで手をぬぐった。「あなたがおっしゃる慰めを、わたしも得られるかもしれません。ただ、父がモーガン家から危害を加えられることがないと確信できれば、それもある程度の慰めにはなるのですけれども。モーガン家が報復するだろうという噂が町じゅうで聞かれます。シェップ・モーガンのほうが父を撃って、父は自分を守ろうとしただけですから、報復は不当です。でも、シェップは一族の人間ですから、モーガン家の人々は決して理屈では納得しないでしょう」

「連中への逮捕状を手配したら、すこしは気が楽になりますか？」

「それは……」エメリンは動揺しているふりをした。「いえ、ええ、もちろん、そうですね、ほんとうに」

「どうぞ、自由に思うところを話してください。わたしたちは友人同士ではないですか」

ここでエメリンは視線を落とすことにした。「図々しい女と思われたくないのです」

「そんなふうには決して思いませんよ」町長はまたエメリンの手を握りしめた。エメリンは、今度は町長の眼をまっすぐ見つめた。「モーガン兄弟が生きているかぎり、父は危険にさらされたままです」

「では連中が吊るされるように、わたしが町長として手配したら？」

「そうなればわたしの心は楽になると、父も信じているはずです」

「それで、父上のおっしゃることはたいてい正しいのですね？」

もう何もいう必要はなかった。エメリンはこのゲームで町長に勝ち、いまはすぐにもゲームを切りあげたかった。

「親愛なるミセス・ストーヴォール、必ず手配しますよ」

「ありがとうございます」

「もう友人同士なのですから、わたしのことはジャスパーと呼んでください」

「ありがとう、ジャスパー」エメリンはいった。


エメリンは手紙を引出しのなかへ、記念に撮ったオーガストの鉄板写真《ティンタイプ》の隣へ押しこんだ。オーガストは最初の子供で、エメリンの腕のなかで上を向き、口をあけて写っていた。ヘンリーは、ケイレブの写真は撮らせたがらなかった。八年も一緒に暮らしたんだから忘れるはずがないだろう、といって。代わりに印章指輪をつくらせた。指輪にはケイレブの髪を詰めてある。

オーガストを埋葬した日は雨だったが、降っているのが感じられないくらい弱い雨で、土がゆるむことはなく、シャベルが地面をとらえるたびに金属質の耳障りな音がした。一方、ケイレブが死んだ翌朝には、エメリンとヘンリーは晴れた野原を歩いた。暑さの先駆けとなる金色の日射しのなかで汗と涙が流れた。いまやケイレブの顔ははっきり思いだせなかった。ケイレブを生んだのはエメリンなのに——エメリンと、ヘンリーと、神なのに。

「いい子だ、よくやったよ」

エメリンは化粧台からバルコニーへと顔を向けた。言葉を口にするには眼をとじなければならなかった。「息子が病気なの」しかしジューダは子守りのユーラと一緒で、ユーラはエメリンより看病が上手だった。エメリンは子供の泣き声を、何をいってもなだめることのできない苦痛に満ちた弱々しい泣き声を聞くことに耐えられなかった。「戻らなきゃならない」

エメリンはトランクをベッドの上に引きだしてひらいた。

ウィルキーは、巨体を圧縮しようとするかのように腕を組んだ。「すぐによくなるさ。そんなに騒ぐことはない。さっき町長がいってたミス・エイダってのは霊媒なんだ」

エメリンは新鮮な空気が吸いたかった。外の新鮮な空気が。「父さんに話すわ。ジューダがよくなったら戻ってこられるから」バルコニーから、ギブスン町長が下を通りすぎるのが見えた。「ギブスン町長と付き合いのある女のなかで、娼婦じゃないのはわたしだけなの?」

酔っぱらいが二人の男に酒場から放りだされるのを眺めながら、エメリンはいった。男二人は酔っぱらいのそばにそびえるように立ち、罵声《ばせい》を浴びせていたかと思うと、順番に殴ったり蹴ったりしはじめ、やがて酔っぱらいは泥のなかで静かになった。

「それにおまえさんは黒を着てるしな。あの男はそういうのが好きなんだ」

「ギブスン町長は力のある男だ。いつか州知事になるだろう」エメリンの父親が部屋に入ってきた。だがバルコニーまでは行かなかった。

「全部いんちきだ……霊媒なんて」ウィルキーは唾を吐いた。

「ミス・エイダが裏であの有名な興行師のP・T・バーナムにでも管理されているのでないかぎり、おれの台本のなかじゃ問題にならない」父親はいった。

「だがまちがってる」ウィルキーはいった。

エメリンはウィルキーにも、父親にも、息を詰まらせる重たい空気にも我慢ができなくなってきた。「父さん、ジューダが病気なの」

「いつだって蜘蛛《くも》に嚙まれたり、切り傷をつくったり、風邪をひいたりなんてことはあるもんだ。子供を世界じゅうの危険から遠ざけておくことなんかできないんだよ――それが世界ってもんだろう、エメリン」

「ええ、だけどわたしは戻らなければならない。わかるでしょう?」だんだん自制がきかなくなってきて出た言葉だった。

「おまえは町長と結婚するんだ」

「父さん、怒らせようとしていうわけじゃないんだけど、どうしても結婚じゃなきゃ駄目なの？」

「エメリン、あいつはお上品な男なんだ、汚れた鳩のように見られるのをいやがるんだよ。品位と秩序。この町が向かうべきところはそこだ」

エメリンはなんとか声から苛立ちを絞って除こうとしながらいった。「だけどもしほんとうに町長がモーガン一家を吊るしたとしても、おなじような人たちがまた現れるだけでしょう」

「だからこそあの男をおれのポケットに入れておく必要があるんだ。おまえとの結婚でそれができる。おれは実業家なんだ、飢えた田舎者に出くわすたびに眼を撃たれてるわけにはいかないんだよ、そうだろう？」父親はギブスン町長が酔っぱらいのそばを通りすぎて酒場に入るのを見た。

「戻ってきたらあの人と結婚するから。約束する」

「こいつは美人だよ、なあ？」父親はエメリンのうしろにまわり、手で肩を押さえつけた。

エメリンはひるんだ。「結婚はするから。でもいまはジューダのところへ行かないと」

「こいつがまだガキのころ、外の大通りで遊んでると、大の大人の男たちがこいつを見てよだれを垂らしたもんだ。覚えてるか、ウィルキー？」

「だってジューダがケイレブやオーガストみたいになったらどうするの？　わたしが行かなきゃ……」エメリンは体をひねって逃れようとしたが、父親はエメリンを部屋の奥へ押していった。そして化粧台のまえの椅子に座らせ、手を肩に置いたままにした。

「こいつの母親も美人だった。女のことで身を滅ぼす男ってのがたまにいる。おれはちがう、だがそういうやつもいる。エメリンは知らんだろうが、こいつの母親をおれから買い取ろうとした男は大勢いたよ。リリーにはすこしずついろんな血が混じってた……ドイツ人、メキシコ人、エチオピア人……当時はな、ウィルキー、黒人の血が一滴でも混じってたら奴隷だったんだ」

「愛情はないの、父さん？　わたしたちのあいだに愛情はないの？」

父親はエメリンの顎をつかんだ。「で、うちのエメリンはとてもきれいだった、とてもな……」

エメリンは父親の手をこじあけて立ちあがろうとした。しかし父親の両手に喉を包まれたので、座るしかなかった。

「男たちがやってきて、こいつとはいつになったらヤれるんだって尋ねはじめたとき、守ってやったのはおれだった――リリーじゃなくてな。商売をする頭もない酔いどれのリリー、どんな男もヤる気にならないほど酒浸りだったリリーは何もしなかった。男たちを寄せつけず、エメリンを貴婦人に仕立てあげて金のあるところへ嫁がせたのはおれだった。確かにな、ウィルキー、ヘンリー・ストーヴォールほど裕福な男を期待しちゃいなかった、それは認めるよ。だが最初に目をつけたときから、あいつが向こう見ずなタイプなのはわかった。それまでの人生でずっと死と背中合わせだったもんだから、家族の反対なんか気にも留めないギヤンブラーになったんだな」

「ゼベダイア」ウィルキーはためらいがちに手を伸ばしながらいった。

父親は親指でエメリンの喉を探っていた。「だが、まだハッピーエンドとはいかなかった。わかるだろ、障害がひとつあったからだ。その障害ってのはなんだった、ウィルキー？ なんだった？ 覚えてるか？」

「ゼベダイア、あんたと長々議論するつもりはないが、エメリンは従順ないい子だよ。もちろんうまくやってくれるさ、モーガン家の男どもが吊るされるようにね。だから何も昔のことを持ちださなくたっていいだろう」

「そうだ、母親だよ。リリーは娼婦ってだけじゃなく黒人でもあった。そういう組み合わせはミシシッピでは違法なんだよ、当時も、いまも。法律によれば、排他的でなんの役にも立たないからってことでな。だが、ヘンリーは女で身を滅ぼすタイプの男だとわかっていたから、こういったんだ。金を払ってもらえれば、そっちの一族の耳には囁きすら入らないようにするよ。ミシシッピの上流階級、ストーヴォール家の連中にはね。おれは女で身を滅ぼすタイプじゃなかったし、こいつがどんな人間だろうと父親はおれだ。だからリリーのウイスキーに、象も殺せるほどのアヘンチンキを入れてやったんだよ」

父親はエメリンを放した。

エメリンは鏡のなかの父親を睨《にら》みつけ、次いで自分自身の眼を見つめ、自分がとっくにそれを知っていたことに気がついた。

「いまやエメリンは貴婦人で、感傷的になれるだけの余裕もある。だがおれはちがう、いっておくがな、ウィルキー」父親は人の心を踏みにじるような、尊大な声でいった。「恩知らずの子を持つことは、親にとっちゃ毒蛇の牙よりも致命的なんだよ」

「さあ、あなたも手を差しだして」ミス・エイダがテーブルの上座からいった。ミス・エイダはそこに、クレープ織りの衣装と樟脳《しょうのう》のにおいにくるまれて座っていた。ギブスン町長がエメリンの左手を取り、老婦人が右手をすくいあげた。エメリンは歯ぎしりをしながら手を引っこめるのをこらえ、霊媒が難儀そうに顔に皺《しわ》を寄せ、次いで〝魂〟なるものを迎えようとして、穏やかな受け身の状態に陥《おちい》るのを見守ろうとした。ミス・エイダは歌うような調子でいった。「わたしたちが今夜ここに集まったのは、魂の導き役の神聖な啓示を見いだすためです」

エメリンは右へ左へと頭を動かして、痛む首を伸ばした。では、わたしの魂の導き役は誰にするべきなのだろう、とエメリンは思った。

オーガスト・セイヤー・ストーヴォール
一八七六―一八七六

五カ月十一日
あまりにも小さく、あまりにも愛らしく、あまりにも早く

ケイレブ・エドモンド・ストーヴォール
一八七七―一八八五
八歳四カ月十五日
育ち盛りに摘みとられる

ヘンリー・ジェイムズ・ストーヴォール
一八五五―一八八九
三十四歳
天に癒《いや》せぬ悲しみなど、地上にはない

ジューダはちがう。エメリンはあしたの朝発とうとしていた。父親を喜ばせるために町長と結婚することにはなるだろうが、まずは息子のいる家へ帰るつもりだった。ジューダの重みを腕に感じたかった。腕を曲げた場所に湿った頭をのせて。

「愛すべき導師に尋ねたい最も差し迫った質問に、全員が気持ちを集中するのです」ミス・エイダがいった。

天国を信じることもできない自分に質問などあるだろうか、とエメリンは思い、脚を組んだりほどいたりしながら蹴りたい衝動に抗った。永遠に消えない霊的な存在、憎しみとおなじように飢えていて、盲目で、単調な存在など、実在するのだろうか？　完全に生きているわけではなく、さりとて完全に死んでいるわけでもなく、どちらでもないことによってどちらも永遠に理解できないままさまよう呪われた運命の存在。死が訪れるときに、その存在も分解されて土へ返るのだろうか。それとも、エメリンが再び彼らと一緒になれるように何かのかたちを取る——または、かたちのない——エネルギーの結合のようなものがあるのだろうか。あるいは、この人生における緊張や切望や反動は、無音を超えた沈黙しか生まないのだろうか。なぜこの四十五キロもなさそうな、樟脳のにおいを強烈にさせる薄汚い女は、自分の才能を喧伝するのか。この女が出してみせるのは悪魔なのか、天使なのか、いんちきなのか？

エメリンの首に、発疹《ほっしん》が出るときのような熱気が染みこんだ。汗で頭皮がチクチクした。ここは暑すぎる、というべきだったが、みんなの邪魔をしてはいけないとエメリンは思った。まあ、もしもっと具合が悪くなるようなら——

エメリンは墓地でひざまずいていた。棺を覆っていた石の厚板が割れ、花崗岩《かこうがん》の破片が崩れ落ちていた。まわりのオークの木立から音楽が聞こえてきた。弦楽器や金管楽器、地面を踏み鳴らすブーツの足音。どこかでダンスでもしているようだった。

「エメリン？」

咳が聞こえた。

「ヘンリー？」

ヘンリーは咳ばらいをしていった。「何も見えない」

エメリンが穴の向こうへ、耳障りな音のする甘美な闇の向こうへ手を伸ばすと、ヘンリーの変色した顔が見えた。眼の下のあざがうごめいていた。「戻ってきたのね……」エメリンはヘンリーに向かって体を投げだした。「あなたと一緒にいたい」エメリンはヘンリーの顎ひげのなかへ囁きかけた。「どうしても一緒にいたい。あなたなしでは生きられない。生きていたくないの、ヘンリー！」

「愛しい人」ヘンリーはそういったが、エメリンにはヘンリーの舌が動くところが見えなかった。

「わたしが死ねば、あなたと一緒にいられるようになるの？」エメリンはヘンリーにキスをした。すっぱい土の味がした。「わたしを迎えにきたんでしょう？」エメリンは両手でヘンリーの顔を支え、もう青くない眼の残骸《ざんがい》を覚えておこうとした。

ヘンリーはエメリンに向かって泳ぐかのように身を震わせた。「心配しないで、エメリン。あの子はいまぼくと一緒にいるから」

「誰のこと？　ケイレブ？　ジューダ？」

雑音が聞こえ、エメリンは顔をあげた。まるで井戸の底にいるようだった。二つの顔がトンネルの向こうからこちらを見おろしていた。男と女で、エメリンの知らない人たちだった。

二人はひどく切羽詰まった様子だった――大声でエメリンを呼んでいた。けれどもエメリンには二人が何を望んでいるのか、二人が誰なのかわからなかったし、いまや自分が誰なのかもわからなかった。それでも、自分が誰であろうと、あの二人がいる場所はなんとなく自分に関係があるような気がした。こんなふうに麻痺《まひ》したように考えこんでいるうちに、なんの決断もしていないというのに、気づくとエメリンは二人がいる部屋へ戻って実体化していた。うなりをあげる溶鉱炉のような自分の体へ引き戻されていた。

「エメリン、エメリン」エメリンが自分の名前を思いだすまで、二人は呼びつづけた。

エメリンは暗がりのなか、ソファの上に横たわっていた。蠟燭はすべて消えていた。ギブスン町長とミス・エイダがエメリンのほうへ身を屈《かが》め、あおいで風を送ったり、気つけ薬をあてがったりしていた。エメリンは泣きだした。沈黙が、あの無音の黒い光の輪が、エメリンのもとを去ってしまった。

エメリンは翌日の午後まで眠った。ぼんやりと目覚めたときには日暮れ間近で、すべてが傾き、陽光が弱い雨のように木々の葉の隙間からぱらぱらと降りそそいでいた。エメリンは自分がミシシッピの寝室にいるものと思い、隣の部屋から子供の泣き声が聞こえてきた気がした。立ちあがると、血流が耳のなかでねっとりとしたうなりをあげた。化粧台の上に、封のされた手紙が見えた。エメリンはナイトテーブルのほうへ行き、口から硫黄《いおう》のにおいを洗い流して、聖書を手に取った。聖書は結婚のときのヘンリーからの贈り物だった。母親も父親もエメリンに聖書を与えようとは思わなかったので、それまで持っていなかった。しかしエメリンは聖書を香水の壜と針山のあいだに戻し、ヘンリーのものだったパイプをそのカバーの上に置いた。そしてまた口をゆすいだ。いくらゆすいでも、きれいになったような味がしなかった。

エメリンが手紙を持ってバルコニーに出ると、町は静かになり、忘れられた。ベールをはずして、エメリンはつまずきながら大通りへ向かった。ダンスホールの窓の外で、男が黄褐色の肌をした娼婦とツーステップを踊っているのを見ると、体じゅうが信じられないほどの切望でいっぱいになり、自分が小さな女の子に戻ったのがわかった。その少女は父親の売春宿の外に立ち、窓からなかを覗きこんで、つややかな肌をした際立った容姿の母親を見つめている。母親はやわらかく無感覚な胸をそっと持ちあげ、欲望を抱えて苛立った意地の悪い男たちの情熱をかきたてようとしている。そして窓ガラスのそばへやってきた父親がいうのだ。駄目だ、おまえはここに来るな。

男と娼婦はふり向いてエメリンを凝視《ぎょうし》した。エメリンは拳で窓をたたいていた。やがて左手が折れるような音がすると、エメリンは何本も道を走り抜けて一番通りに出た。そこから北へ向かい、木のない墓地に到着した。エメリンは古い区画のなかに母親の墓を見つけた。母親は無法者たちとおなじように、石を積み重ねた下に埋葬されていた。

リリー・フェリス
一八四〇—一八七四
いまは安らかに眠り、休息せんことを

痛む手を抱えるようにして、エメリンは母親の木の墓標のまえのひび割れた土にひざまずいた。「あなたはぜんぜん母親らしくなかった……でも、ごめんなさい」エメリンは泣いた。「ほんとうに。だけどいま、ジューダもいなくなってしまって、わたしはどこへ行ったらいいの？　帰ることもできない、かといってここにいることもできない」

「マーム」

動きを阻《はば》むように落ちかかる影の向こうで、若い男の声がした。

「これが見えるか？　こいつはおれの弟だ。おれを見たら、弟っていうくらいだからすごく若かったってわかるだろ。実際そうだった。それで母親から面倒を見ろっていわれていたんだが、おれはうまく面倒を見られなかったと思う」

エメリンは男のほうを向かずにいた——ずっと誰かわからないままでいたほうがいいと思った。

「おれはカインがアベルにやったみたいに、弟を殺したわけじゃない。弟を運んだだけだ、あいつがおれの腕のなかで死ぬまで」

エメリンは背後の空間を圧迫するような男の存在を感じ取った。得体の知れない暴力的な不満で身がちりちりした。

「おれか、ヴァージルか、ジムが死ぬべきだった。まったくね、つらいよ」

もしここで死ぬとしたら、いまこの男がわたしを殺すつもりなら、わたしの墓石にはなんと刻まれるのだろう、とエメリンは思った。

「こっちを見ろよ、おれの見てくれはそう悪くない。カロライナではハンサムだっていわれてた」

〝生前からいないも同然だった〟？

「なあ」男の手がエメリンの肩にかかった。「そういわれるようになってからは、金で女を買う気もなくなった」

〝イエスの腕のなかに眠る〟？

男はエメリンをぐいと引いた。「いくらかの慰めならいつだって手に入る」

〝死を悼む人々は幸いである、その人たちは慰められる〟。

「この墓、古くないか？　なんであんたはまだ喪服を着ている？」消えゆく夕日があたりを染めるなか、若い男はエメリンのそばにそびえるように立ち、ライウイスキーを壜《びん》から飲んだ。

エメリンはしばらく黙っていたが、やがていった。「寡婦だから。これは母のお墓なの」

男の手がエメリンの腕を撫《な》でおろした。「愛してた？」

頭のなかに、浮かびうるかぎりのジューダの映像がすべて浮かんで通りすぎたあと、薄い完璧な肌をして軽く口をあけ、エメリンの膝の上で眠るジューダの姿だけが残った。

「あんたの夫のことだけど」男はそういって、エメリンが左手の薬指にはめたダイヤモンドの結婚指輪をくるくる回した。「死別したっていうその夫を愛してた?」

「もちろん」

「だけどまた結婚するんだろう?」男はエメリンの手を放そうとしなかった。「おれはしないほうがいいと思う」

「だったら、どうしたらいいと思う?」

「死者の思い出に敬意を表するんだ。おれがするみたいに」

「どうやって?」

「おれの弟を殺《や》ったクソ野郎をぶっ殺す。おれにできるかって? おれは本物の人殺しなんだよ」

「喉が渇いた」エメリンはいった。「まだある? そのライウイスキー」

「これでいいのか?」

エメリンはつかのま苦い笑みを浮かべた。「あなたみたいな男の人は、父親の意のままに真綿にくるむようにして育てられた女性の立場なんか、考えたこともないんでしょうね」

男はエメリンに壜を持たせ、気をもみながら下手《したて》に出るように尋ねた。「あんたには、おれが醜く見えてるのか?」

「ほとんどそのひげの下に隠れているんだから、わかるわけないじゃない」

男はエメリンの母親の墓を見おろした。「どんなふうに亡くなったんだ?」

「母は娼婦だった。娼婦っていうのはみんなどうやって亡くなるの?」

「リリー・フェリス。ゼベダイア・フェリスの親戚か?」

「それはわたしの父」エメリンはいった。汗が二筋に分かれて背中を流れ落ちるのがわかった。

若い男がエメリンの手首をつかみ、壜がエメリンの足もとで粉々に割れた。男はエメリンを新しい墓に引っぱっていった。墓の上にはシェップ・モーガンと書かれた白い柱が立っていた。エメリンは怖いと思わなかった。ものごとがひどくゆっくり進んでいるように感じられた。

「なんで弟を撃たなきゃならなかったんだよ?」男はエメリンを揺さぶった。「事故だったのに。シェップは……シェップは威張って歩きまわるようなやつじゃなかった。おれたちとはちがったんだよ、わかるだろ?」

男はエメリンを揺さぶり、やがてエメリンは声をたてて笑った。「わかるか、ですって?」

男は投げだすようにしてエメリンを遠ざけた。「やっと十四になったばかりだった」

「ほんの少年ね」

「だったら、なんで撃ったんだよ?」

「男ってものがどう行動するか知らないの?」

「男ってものがどう死ぬかなら知ってる」

「わたしも知ってる」エメリンはそういって、歩き去ろうとした。

男はまたエメリンに近づき、道をふさいだ。エメリンは足を止めた。痛みで顔が虚《うつ》ろになった。

「おれはあんたの父親を殺すつもりだ。それはあんたを傷つけることになるか？」男は一語一語はっきりと発音した。まるでエメリンを通してあの男の耳に言葉を届けるかのように。

「どうしてそう思うの？　わたしを傷つけるものなんてほとんどない。お酒で駄目になった人間を数えきれないほど目にしながら、長い時間を過ごしてきたから」

「おれもそういう人間の一人だと思うのか？」

「ほかのすべての男たちとおなじく、あなたも生まれながらにして道を外れているんだと思う。そのうえ、人の恐怖を利用する生き方がはびこった時代に育った。だけどヘンリーはいつもいってた、きみには完全にはわからないだろう、女に生まれたんだからって。たぶんそうなんでしょう。でも、だったら外側にいるんだから、かえって全体が見えるかもしれないじゃない」

彼もまた儚い肉体に囚われた人間だったから、もつれあった炎のなかで時間を止めるような一瞬の混沌を引き起こせればいいと思ったから、自分にはそれができるから、エメリンは尋ねた。「わたしと寝たい？」

男は笑い飛ばそうとしながら、自分に話しかけてきた声を、いままでに話しかけてきたほかのすべての声から分けようとふるいにかけていた。「おれとヤるっていったのか？　ほんとに？」男は身を震わせながら、平らな地面に、建物の裏側に眼を凝《こ》らした。「ここで？」

エメリンは男に近寄った。鼻梁に散ったそばかすも、赤い髪がごわついてよじれているのもよく見えた。男は飢えていながら端整で、若く見えた――エメリンよりずっと若かった。

「あんたは結婚の約束をしてるんじゃないのか？」

「あなたの助言を受けいれることにした」エメリンはワンピースの首のところからボタンをはずしはじめた。

男の指は頼りなくエメリンの指のあとを追った。「おれの助言って？」

「死に敬意を表するの」

エメリンは墓と墓のあいだの平らな場所に男を導いた。男はコートを脱いで地面にベッドをつくり、それをそっとたたいた。

「これですこしは居心地がいいかな？」

エメリンは仰向けに横たわり、地面の熱が引いていくのを感じながら、コートの折りたたまれた部分に頭を押しつけた。エメリンがスカートをまとめてよけると、男は眼を逸らした。

「こっちに来て」エメリンはいった。

男は帽子を取り、決然と、ひそやかに、エメリンの脚のあいだにひざまずいた。「おれたち……あんたの名前は？」

「エメリン」男のベルトをはずしながらエメリンはそう答え、男がなかへ入りやすいように助けた。
二人の頭上で、熱い風が闇に溶けた。

認　識

Recognition

その女性の姿が目に入ったとたんに、以前会ったことがあると感じた。わたしたちは小さなパーティー会場のあちらとこちらから笑みを交わした。眉の上げ方や目の表情に見覚えがあった――それに、知り合いでなければこちらに笑みを向ける理由もない。向こうもわたしを知っているのだ。しかしわたしのほうは相手を特定できずにいた。赤い髪の女を思いだせなかった。そのうえ彼女が立っていた生野菜《クリュディテ》のテーブルのそばに人混みを縫《ぬ》ってたどりついたときには、その女は姿を消していた。

通りかかった給仕からワインの新しいグラスを受けとった。女がその場で待っていなかったことに漠然とした驚きを覚えた。その後、午後のパネルディスカッションにいた専門家の一人から手招きされ、最近発見された遺体についての彼の馬鹿げた持論をわたしがどう思うか訊かれた。わたしはありふれた言い訳をしてその場を離れた。もちろん、その専門家としてはわたしの論文と自分の論文を比べ、自説が脅《おびや》かされているとわたしに感じさせたかっただけだった。そうすれば彼の脆弱《ぜいじゃく》な理屈が正当化されると思っているのだ。遺跡を見学するチャンスが与えられるのでなかったら、こんな辺鄙《へんぴ》な場所にやってきて三流のつまらない男たちでいっぱいの部屋に隔離されようなどとは思わなかっただろう。

二階へ行き、ぱっとしないつくりのホテルの窓辺に立って外を眺めた。太古の遺物である赤い卓状台地《メサ》——白と赤の砂岩の層が積みあがってできたもの——のふもとに、人工の砂漠が果てしなく広がっている。わたしは机に向かい、パネルで自分のメモにざっと目を通したが、砂に沈んだ人々の行動について書いた本のことを考えても、概要にすら集中できなかった。パネルに映しだされた些細な点が、わたしの本に何か重大な追加事項を生むとも思えなかった。ほんの一瞬、孤立した環境にあってドライ・クランベリーだけで命をつなぎながら過ごしたあのすばらしく生産的な二年まえの一時期に戻りたいと切に願った。しかし朝になって遺跡を見れば、何かひらめきがあるかもしれない。非公式とはいえ、わたしは招待客なのだ。

すばやく靴を脱いでキルトの上に寝そべり、論文の代わりに赤い髪の女のことを考えた。茶色いそばかす、緑の目、丸顔、色気のある美人——どの特徴もピンとこなかった。見覚えがあったのはあの表情、顔に浮かんだ笑みだった。声を聞くことさえできていれば、きっと誰だかわかったはずだった。ぼんやりといくつかの名前を思い浮かべた。教えたことのある学生、デートしたことのある同僚。どれもちがった。あくびが出た。名前のない女に執着して夜更かしをしてもいいことはない。朝には最高に頭の冴えた状態でいなければならないのに。あの女のことは、翌日の旧式な無料の朝食のあいだに見つけようと決めた。

寝返りを打って横向きになると、発電機が止まった。部屋は死ぬほど暗くなり、熱気がじわじわと入りこんできた。わたしは身を起こして背筋を伸ばした。窓の向こうに、遺跡の投光照明や、夜気に白く光る小さなテントの列が見えた気がした。しかし実際にはありえないことだった——とても遠いはずなのだから。

暑くなってきたが、忌ま忌ましいことに窓がひらかなかった。ブレザーを脱ぎ、シャツのボタンをはずして、息が胸のなかにたまりはじめるのを感じた。ナイトテーブルの上のグラスから雨水を一口飲み、廊下からいくつか声がするのを聞き分けた。そのとき、発電機がカチリといってリズミカルに動きだし、冷気のうねりと明かりが戻った。

◆

朝になると、朝食の何時間もまえに目を覚まし、なぜここは五十年まえの様式でつくられているのだろうと思いながら、ホテルの蝦茶《えびちゃ》色のロビーをぶらぶらと歩いた。藤色と金色とベージュをふんだんに使い、こんにちではこんなふうにはつくれないというだけの理由で、空虚な尊大さを滲《にじ》ませていた。フロントのデスクは妙なことに無人だったが、なんとかコーヒーを一杯調達し、外に出て、サボテンの植えられた庭を通りすぎた。ジープに乗りこもうとしていた駐車係がちらりとわたしを見た。客が水を持たずガイドも伴わずに私道を越えて出かけるなど、ふつうならあるはずのないことだった。銃も持つべきかもしれなかった。ここでは悲観主義者たちがいまだにうろうろしていて、わたしたち学者の好奇心に対して暴力も辞さないほど憤《いきどお》りを感じていると、一部では噂されていたから。だが、敵意をあらわにしているのは砂漠そのものだった。とくに人工の砂漠だ。まあ、消費され尽くしたスペースについていて、わたしがそう思っているだけかもしれないが。ビブが恐怖の再来を主張している、とはわたしを中傷した人々の言葉だった。わたしの論文を腹立たしいほど浅薄に誤読した結果だが、そんなことには慣れていた。それに、健全な一抹の恐怖の何がおかしいというのだ？　人が正しく何かを怖れるなら、それはそれでいい。

コーヒーのおかわりを求めて戻ると、赤い髪の女が会議の冊子を手に、私道の端に一人で立っているところに出くわした。近づいていくと相手がこちらを向いたので、わたしはいった。「あなたには見覚えがある」

女は目を見ひらいてまっすぐにわたしを見つめた。奇妙なことに、その様子が交尾のあとに雄を食べる雌の蜘蛛《くも》を連想させた。

「おきまりの口説き文句ではありませんよ」わたしはいった。

すると女は声をたてて笑い、かすかに母親のような気配を漂《ただよ》わせて雰囲気がやわらいだように見えた。「ほんとうに覚えていないの？」

「ええ、残念ながら」わたしは笑みを浮かべた。「リー・ビブといいます」そう名乗って手を差しだした。

握手するというよりただつかむようにして、女はわたしの手を取った。「シドニー・マーティン。でもこれは結婚後の姓だから。わたしたちはそれよりまえから知り合いだった」

結婚。何やらよくわからない理由でたちまち気が滅入った。しかしわたしたちはデートしたことはなかったはずで、それについては妙な確信があった。

「いまは離婚してるけど」わたしの心を読んだかのように、シドニーはいった。「ずっと別れて暮らしていて、もうほとんど終わってる。ただ結婚後の姓をそのまま使っているだけ。ずいぶん長く使った名前だから。とても若いときに結婚したの」最後のひとことがシドニーを遠くへ運び去り、わたしもまたとても若かったころの彼女を思い描いた。現実のシドニーはこめかみのところに白いものが交じりはじめていたのだが。

「高校までの知り合いかな？　大学だったら覚えていると思うんだけど」

「いいえ、それよりもっとまえ」シドニーは笑みを浮かべた。かなりいたずらっぽい笑みになっていた。

　わたしはすっかりけむに巻かれていた。児童養護施設にいたころの知り合いだろうか？　あそこにいた時期の記憶はかなり曖昧《あいまい》で、何カ月かは完全に空白だった。虐待されていたわけではない。放っておかれたというほうが正しいだろう。だが、わたしはインタビューを受けて過去の経験をこまかく語ったことがあるので、それを読むことなら誰にだってできた。もしかしたら、わたしたちは会ったことなどないのかもしれない。もしかしたら、彼女の名前はシドニーではないのかもしれない。

「ここに来た理由はそれかな？」わたしは彼女が手にした冊子を指差し、表紙に載った遺跡の写真に目を向けた。

「ここに来る理由なんてみんなそうじゃない？」シドニーは不真面目に聞こえないようにそういって、わたしたちは二人とも畏敬《いけい》の念に近い気持ちを抱いて遺跡のほうを見た。

「珍しい発見だからね」わたしはいった。「どうやら、完璧に保存された遺体が出たらしい」

「あの人たちは、自分たちの身に何が起こるか知っていたから」シドニーはすっかり空想にふけっているような口調でいった。

シドニーの半分とじた目をちらりと見て、かすかな反感を覚えた。「前兆は確実にあったはずだ。実際、まえの週にも嵐があった。そこまでの規模ではないが、それでも充分に厄介な嵐だった」

まず、コミュニティは三家族で構成されていた。戦争のあと、碁盤《ごばん》の目状の町から離れて暮らしたいと思った人々――コービン家、ウィルクス家、アッシュ家の人々だ。その三家族が半乾燥地帯の土地を格安で購入し、テントを張り、家を建てて庭をつくった。よい買物をしたと信じており、そこがこれまで長いあいだ転売されてきた、農薬のたっぷりまかれた土地で、砂漠化しつつあることを知らなかった。

最初は充分な地下水があり、芝生や木を植えることもできた。最後にはソーラーパネルを設置して太陽光を利用した。それまで漠然と抱いてきた住まいに関する従来の理想を手放して、最初にコミュニティをつくろうとしたのはデイル・コービンだったようだ。コミュニティに迎えたかったのは、現状から逃れたいと思いつつも、公園やプールや舗装道路に懐かしさを覚えるたぐいの裕福な家族だった。コービンにとって、コミュニティは宗教色も政治色も薄い、大きく破綻《はたん》することのない郊外のユートピアとして実現していった。十五年後、人口は四十七になった。三十五年後には、それが二百近くになっていた。しかしそのころには、ただでさえ足りなかった水が販売されなくなった。土地が完全に干上がるのは時間の問題だった。大半が立ち去ったが、残った人々はますますその土地に固執したようだった。公平な目で見れば、彼らを進んで受けいれてくれる場所が多くないせいでもあった。最終的には、およそ三十六人が——子供一人多いか少ないか程度の誤差はあるが——残ったと報告されている。

「しかし、もちろん」わたしはシドニーにいった。「自分たちの身に災難が降りかかろうとは、誰も思ってもみなかった」

「コービン家に関するあなたの論文は読んだ」シドニーはいった。「それで、ちょっと理解を助けてほしいんだけど。なぜコービン家だけについて書いたの？　アッシュ家やウィルクス家のことは書かずに？」

「コービン家は最初にやってきて、最後まで残った。それに結局のところ、かなり不毛な土地にいたアッシュ家やウィルクス家とちがって、より広い弧状地帯を所有していたわけだし」

「賛成できない。コミュニティは全員の力によってつくられたものであって、全員の貢献が評価されてしかるべきだと思う」シドニーはいった。

「ああ、ということは、あなたも同業者なんだね」

「そうみたい。だけどあなたはコービン一家に取り憑かれてるように思える」

新手の批判というわけではなかった。学会の参加者たちがわたしを〝コービン人《コービナイト》〟と呼ぶのを聞いたことがあった。そういう幼稚なあだ名もとっくに頂戴していたわけだ。「わたしが二つの勢力のあいだの緊張関係に興味を持っているのは認める。かなりの起業家精神を持っていたというか、まあそれなりに裕福だった人々と、コンポストトイレを使ってさまざまなものを土に返すようなユートピアの生き残りの人々との対立だね——その中間の人たちもいなかったわけではないが」

シドニーは魅惑的な緑の目でわたしをじっと見た。「まえにもここへ来たことがある？」

シドニーがなぜそんなことを訊くのかわからなかった。遺跡は公開されたばかりなのに。

「ない」わたしは答えた。

「わたしは長年のあいだに何度もここへ戻ってきた。このホテルが建つずっとまえからね。ここは美しいと思わない？」シドニーはそういって砂漠のほうを向いた。

わたしは美しいとは思わなかったし、そんなふうに表現したこともなかった。美しいというには迫力のありすぎる景色だった。

武装した護衛が近づいてきた。彼らは老眼鏡のようなサイズのサングラスをしていたが、見苦しいほど筋肉のついた護衛たちが苛立っているのは見て取れた。わたしたちが付き添いなしで立っていたからだ。突然、時間に気がついて、わたしはその場を離れ、部屋に戻って着替えをした。シャツのボタンを留めながら、わたしたちがどこで出会ったのかをシドニーがいわなかったことに思いあたった。シドニーはその質問を完全にはぐらかしていた。

チャドはわたしの想像とはまったくちがっていた。まず、声だけ聞いて想像していたよりずっと年配だった。身長はどちらかというと低いほうで、うるんだ大きな青い目をしていた。ソンブレロのような麦藁《むぎわら》帽子をかぶり、いつもつまようじをくわえていた。これが遺跡を発見した男で、噂を信じるなら、ひとたび遺跡が公開されれば観光ブームが起こるだろうと見込んでホテルを建てたのもチャドだった。すこしばかり露骨で品のないビジネスかもしれない。だが、大多数の人々はかつてコミュニティの全員がさっさと逃げたと信じていたのに、チャドだけはちがった。頑固に自分を曲げない少数の人々がコミュニティ内にいて、地形を変えるほどの砂嵐をここでやり過ごそうとしたことに気づいていた。それで保存状態のよい遺体を発見したのだ。

「あなたの大ファンなんです」チャドはべたべたとした熱意をこめてわたしと握手をした。この遺跡中最大の広場の外、かつて家畜を飼うのに使っていた小屋の跡のすぐそばで、わたしたちは初めて顔を合わせた。「ずっとあなたの仕事を追ってきたんですよ、あなたがあの地下の共同体の記録を見つけてから。あれはすばらしい、ほんとうに優れた仕事でした」チャドはわたしを、学者の一団が一輪車のまわりに集まっているところへ案内した。

学者たちのなかに交じると、どうしても遺体を見たいという気持ちが強くなり、突然この現場がひどくおぞましいものに感じられた。シドニーがいなくてよかった。もっとも、ここには選ばれた少数の者が招待されているだけで、会議の一般参加者は実質的には梯子《はしご》の一番下にいるようなものなのだが。

チャドはつかのまソンブレロを取って禿《は》げ頭をあらわにし、土を削ってつくった階段のほうへ熱心にわたしたちを促した。わたしたちは遺跡への階段を降りた。降りた先はだいたい小さな町の広場くらいの大きさだった。歩いているあいだも、チャドは親しげにわたしを自分の隣に誘い、さまざまな区画を指差して説明した。動物の骨があり、ぼろぼろになったプラスチックの水用ボトルがあり、金属製のパイプが散らばっていた――これはコミュニティの慎ましい水道設備の残骸《ざんがい》だった。

最後の広場にあったものはただもう並はずれているとしかいいようがなかった――発掘された住居だ。建材の板から白いペンキが剝《は》がれかけている。家の左には空っぽの埋め込み式プールがあり、青いタイルが砂でかすんでいた。最後に、おそらくメインストリートだったらしい通りをはさんだ向かいに、がらんとした食堂があった。床の一部には砂の吹きだまりができ、そこここに赤いスツールが突きでていて、ギザギザになった窓ガラスの残骸が容赦のない日射しのなかできらめいていた。みなが口々に賞賛するなか、冷たく刺すような頭痛を目の奥に感じ、わたしはこめかみを揉《も》んだ。

ヤマヨモギの茂みと頁岩《けつがん》が、腐った天井のかけらや落ちた梁《はり》の散らばった床を壊しながら侵入している場所へと、チャドはわたしたちを促した。「この家は初期に建てられたもののひとつで、コミュニティセンターとして使われていたのだと思います」チャドはわたしたちにそう説明した。「三家族の住まいのような後期の建物は、建築学的に見てはるかに進んでいます。キッチンだった場所にある食糧貯蔵室のドアのうしろを見ると、すばらしい慣習の跡が残っていますよ。長年のあいだの子供の身長の記録が鉛筆でつけてあるんです。名前もいくつか残っています」

ほかの学者連中は気づいていないようだが、チャドとその仲間のガイドたちは、これが軍事作戦であるかのように動いていた。見てわかるように武装していたし、チャドのソンブレロを除けば身なりも軍人のようだった。

「ここであなたがたが発掘したものはもっとあるんですか？　それとも、これでほぼ全部なんでしょうか？」わたしはそう尋ねながら、みぞおちのあたりがぎゅっと締まるような吐き気を感じていた。何か悪いものを食べたかなと思いかけ、けさは何も食べていないことを思いだした。

「遺体はすべて見つけたんですか？」太鼓腹のお調子者がチャドの機嫌を取るように尋ねた。きのう、わたしを追いつめようとした男だった。

「まちがいなく。ただ、もっとほかのものが何か見つかるかもしれないとは思っています」チャドは答えた。自己満足の大きな笑みを隠しきれないようだった。「われわれはほとんどの時間を遺体の発掘と保護に費やしてきましたから」

燃えあがるような熱のうねりがうなじを駆けのぼった。冷たい空気を深く吸いこもうとしたが無駄だった。自分が漂いはじめるのを感じ、意識の端の黒い境界にこまかい亀裂が走り、気がつくとすべり落ちるように子供のころに戻って自転車を引きながら歩いていた。チェーンがまたはずれたのだ。夏の豪雨のあとに道路から水が流れこむように、子供のころの不満がいまの自分のなかに入ってきた。わたしは自転車を引きながらメインストリートに沿って家まで歩いていた。道路の黒っぽいグレイが、輝く草の葉の金色を損なっていた。町の中心にはまったく人けがなかった。雑貨店はしまり、歩道は無人。ただ、遠くから、ほかの子供たちが町のプールで遊んでいるのが聞こえた気がした。町の広場の干上がった噴水を通りすぎたとき、そのまんなかにとぐろを巻いた石の蛇が口をあけているのを見て立ちすくんだ。蛇の不吉な赤い舌が日焼けして退色し、ピンクになっていた。どこか日陰に入りたかった。水が飲みたくてたまらなかったし、このヒリヒリする膝《ひざ》を母さんが手当てしてくれたらいいのに——それが一番早く効く薬だ——と思った。

家のすぐ外では、雑草は枯れ、かわいそうな多肉植物も内側に丸まっていた。遠くで響く鐘の音を聞きながら玄関のドアをあけ、母さんを呼んだ。ひんやりした空気が子供のわたしの声を呑みこんだ。日射しの降りそそぐ居間を抜けてキッチンに入ると、不吉にもマグカップが床の上で粉々になっているのが目についた。

「母さん？　父さん？」ぶらぶら階段を昇ってみても、ひっきりなしにつづく苛立たしいエアコンの音が聞こえただけだった。自分の寝室に入り、洗面器の水で手を洗って、ひび割れた唇に指で水をつけた。すると階下《した》でドアをバタンとしめる音がして、誰かが息を切らしながら階段を昇ってきた。すぐに母さんが、すこしひらいたままだったドアの向こうに姿を見せた。目がピンクになって腫れていた。

「いた」母さんはそういって部屋に入ってくると、仰々しい手つきでわたしの顔を包んだ。

「一時間まえには家に戻っているようにいったはずだけど？」そしてすぐに手を離した。何かべつのことで頭がいっぱいな様子だったが、自動的にしゃべりつづけた。「こんなに心配させて……探しにいったんだから」

「どうかしたの？」わたしは尋ねた。

「べつに」母さんは陽気すぎる声でいいながら、鼻を拭《ふ》いた。「例の旅行に出かけるから。バッグを持って」

「中身を出しちゃったよ」

「何よ？　なんで？」一瞬、愕然とした顔をして、母さんはいった。

「バッグを学校に持っていかなきゃならなかったから」

「もう一度詰めて。いますぐ」

「父さんは？」

母さんは突然わたしの肩をつかんで乱暴に揺さぶった。「いいから、いったとおりにして」

そして部屋を出ていった。

「マークのお誕生日会には行っていいの？」わたしは尋ねた。

「五分で荷物を詰めて」母さんはそう答えた。

しかし二分後にはスニーカーを履いてバックパックを背負った姿でわたしの部屋に戻ってきた。わたしはまだバッグを見つけたばかりで、ゆっくりファスナーをあけたところだった。母さんはひったくるようにしてバッグを取りあげ、手当たり次第に衣類を詰めた。「階下《した》に行って」

外に出ようとすると、玄関ホールでしゃがむようにいわれた。母さんは正面の窓から外を覗いた。それからわたしを急きたてて私道を進んだ。

「行きたくない」わたしは逃れようとした。

「お願いだからいうとおりにして」母さんは険しい顔でまえを見つめながらいった。

「リー?」チャドがわたしの前腕に手を置いていた。「大丈夫かね?」

わたしはふり向いてチャドを見た。「わたしは……夢を見ていたようです」

「目はひらいていたよ」チャドはいった。

一団の全員がぽかんとわたしを見ていることに気がついた。「ちょっと吐き気がして」まごついてはいたが、以前にもこれと似ていなくもないことがあったのを思いだした。文字どおり地下の宗教儀式のさいちゅうに崩壊した現場を調べていたときだった。トンネルの一つで気が遠くなり、圧倒的な暗闇がこの世のものとも思えない幻を引き起こした。わたしの仕事につきものの危険だった。

「オーケイ」ガイドの一人に目配せをしながらチャドがいった。「どこか座って回復できそうな場所へお連れしましょう」チャドは一団に笑みを向け、わたしに水筒を手渡した。「二日酔いと砂漠はまったく相性が悪い」ふだんどおり、みんなが付き合いですこしばかり笑い声をあげた。

ガイドの一人が進みでて、呼び物の一つである白い家の敷地へと一団を導いた。チャドはわたしとともに残り、声が届かないくらいほかの人々が離れてからいった。「いいですか、あなたがいないときに遺体の覆いを取るようなことはしたくないんです。最初に話したときにもいったとおり、コービン家についてのあなたの論文を、私はほんとうに高く評価しています……あなたはあの一家の心理をうまく捉えている。どこを見るべきか語る、案内の声のようでしたよ」

言葉が見つからずに困ることなどほとんどなかったが、このときのわたしは途方に暮れていた。とにかく遺跡を出て横になりたかった。「わたしのために予定を変えてもらいたくありません。わたしがいなくてもどうぞつづけてください。地上へ出てすこし休めば大丈夫です。長くても数分あれば」

「聞いてください、リー」チャドはいったん口をつぐんでからつづけた。「リーとお呼びしても？」

わたしはチャドの大きな目を見た。「ビブのほうがいいですね」

「ビブ、待つのはまったく問題ない。われわれはあなたに居合わせてもらいたいんです、論文のためにね。私は遺跡の初公開を、何か強い印象を残すものにしたい」

「じつはどちらかというと随筆に近いものになりそうなんですが。しかしそれは重要なことではありませんね。いずれにせよ、すぐに戻ります」なんとか理性的に聞こえるよう努めたが、ここから逃げだしたい気持ちが耐えがたいほど強くなっていた。

「もちろん、もちろん」チャドは強すぎる力でわたしの背中をたたき、ガイドの一人に複雑なハンドサインのようなものを送った。

遺跡の上に出ると、ようやく息ができるように感じた。しかしどちらを向いても低木の茂みと砂地がつづくばかりで、その光景がわたしを圧倒しはじめた。ほかの人々は全員明らかにまだ遺跡のなかにいるわけで、合理的に考えて見られていることなどありえなかったので、砂ぼこりでスラックスがどれほど駄目になるかなど気にせずに腰をおろした。顎を胸につけ、燃えるような目を両手で覆った。あいつはしょぼくれている、という望ましくない評判がたつまえに、こうした発作を止めなければならないのはわかっていた。しかし奇妙なことではあった。ここで母を夢に見て（思いだして？）、しかもそれが逃走の話だなんて。逃げなければならなかったことが、実際にあったのだろうか。それに、マークとは誰だろう。

「圧倒されたでしょ？」

顔をあげると、頭上にシドニーがいた。日射しに包まれた髪が燃えたって見えた。「ここで何をしている？」

「いったでしょう、わたしは何度もここに来ているって。チャドの最初のガイドと呼んでくれてもいい。あのガイドが案内をするだけの人々で、盗賊団じゃないならね」

「昔からの友人同士ってわけか？」わたしはそういってからかった。

シドニーはこれには答えずに、ひどく冷たい表情になった。「どうしてあなたは下にいないの？　ずっと待っていた瞬間じゃないの？　これから大々的に覆いをはずすんでしょう？」

強烈に魅力的な人のまえで、哀れに見えるとわかっている行動を自分から進んで取ることはめったになかった。しかしいまはこれ以上の骨折りは避け、頭を膝のあいだにはさんだ。デオドラント剤の効果がずっとまえに切れていたのがわかった。「じつは体調が悪くてね。それに正直なところ、今回の馬鹿馬鹿しい随筆なんかに関わっていられないんだ、執筆中の著書の最終章に集中すべきいまは。本はこのコミュニティに基づいて書いているわけじゃなくて、砂に沈んだ人々全般について書いている。締切が迫っていてね」そういいながら、ずっと息を深く吸いこもうとしていたのだが、胸のなかのスペースがどんどん減っていくような気がした。

「息を吐いて」シドニーはいった。「そうすれば空気が入るようになるから」

息を吐きだすと、波紋のように広がって顔を覆っていた緊張がほぐれたような気がした。

「ありがとう」わたしはため息をついた。

「あなたはなぜここにいるのかしら」

「シドニー」──突然、さっきの幻を思いだした──「夢を見たようなんだ。まちがいなくここの調査に影響を受けた夢……脱水症状を起こしてもいると思う」

シドニーはかすれた、耳に心地よい笑い声をあげた。「夢のなかのあなたは何をしていたの？」

逃げていた。母と一緒に」何かが喉をくすぐり、わたしは咳をした。

「子供時代は一つの夢だっていう人もいるけど」

「施設で暮らしていた者にとってはちがう」わたしは立ちあがり、スラックスから砂埃を払った。「奇妙なことに、この夢には父が出てこないんだ」

「わたしとどこで知りあったかは思いだした?」

わたしは首を横に振った。

「もうすぐ思いだすはず」シドニーからなだめるようにそういわれると、なぜかそれが正確な事実のように感じられた。

みなが待っている遺跡の底まで二人で歩いた。また気が遠くなるかもしれないという不安がつきまとい、シドニーの手につかまるか、卒倒しないようにわたしの腕を支えていてくれと頼もうかとさえ思った。

「ビブ!」チャドが駆け寄ってきて、シドニーに気がつくと速度をゆるめた。「二人は知り合いなのかな?」

穏やかな、気高ささえ感じさせる顔つきのシドニーをちらりと見て、わたしは答えた。

「けさ知りあいました」

こんなふうに入ってこられて、チャドはあまりうれしそうには見えなかった。横にそびえるようなガイドを従えたまま腕を組んでそこに立っているので、まさかシドニーの行く手をふさぐような真似はしないだろうと思ったが、確信は持てなかった。「来たいなら来ればいい」チャドはようやくそういった。わたしは随筆のなかでチャドをこきおろすことに決めた。

「わかってる」シドニーはそう答えた。

チャドはこれを無視して、食堂の外にいた一団の正面へわたしを案内した。入った瞬間に空気が変わった。まるでぎりぎりのタイミングで崩壊の知らせがまにあったかのようだった。ガーゼの下にあった三十ほどの遺体があまりにも自然に乾燥していたから。

ひとつ、またひとつと、チャドのチームが覆いを剝がしていった。遺体の皮膚は茶色い羊皮紙さながらに薄くなって骨に張りついている。だいたいのところ顔の区別もつき、すべてとはいわないまでも、いくつかは表情までよく見えた。遺体の列を順に見ているうちに、なかの一つにどことなく見覚えがあるような気がした。その女性の遺体のほうへ身を屈《かが》めて触れられるほど近づき、頭蓋骨のなかまで覗けそうな場所をいくつか見た。心臓の鼓動がわたしを裏切って速く打ちはじめた。

ふと気がつくと、チャドが興味を持ってわたしを見ていたので、ぽかんと口をあけたり縮みあがったりしている人々から静かに離れ、シドニーのいる入口のそばへ向かった。シドニーは、魅了され衝撃を受けているわたしたちを観察するでもなく、自身もショックを受けたような顔で立っていた。わたしはメモ帳を取りだし、何かを書きつけるふりをした。シドニーはいまにも倒れそうな様子で遺体を見つめていた。わたしは床を見た。いや、もっと正確にいえば、シドニーも遺体も見なくて済むように、床の上の蟻の行列を見た。それからすぐにドアへ向かった。視界が揺れるなか、チャドに笑みを向けて手を振った。

「ここはすばらしい。ところで、どう行ったらホテルに戻れるのかな？　随筆に書けそうなすばらしいアイデアが浮かんだので、全部書きとめておきたいのだけど」爪を手のひらに食いこませ、かなりの努力をしてまっすぐな姿勢を保ったままいった。

チャドの顔がぱっと明るくなるなり、わたしは逃げるように立ち去った。


部屋に戻ると、ベッドにごろりと寝転がり、あの私道の場面を正確に思い起こそうとした。日が沈みつつあり、砂漠が黒くなる一方で、壁には溶岩に似た色の光が散っていた。妙なことに、砕けたガラスのような星が暗くなっていく空を埋めるまで、あまりものが考えられなかった。冷えこんできたので上掛けで体を包み、すっぽりくるまれたまま窓辺に座った。目をとじると、幻の断片が浮かんできた。母さんと自分が家のまえの通りの端で、小さな少女を連れたべつの女と合流するところが見えた。口に出さなくとも、わたしたち子供には何か悪いことが起こっているのだとわかった――お互い、相手の存在は状況の悪さを確認する手だてになっただけだった。

「誰かに見られた？」母さんが少女の母親に尋ねた。

少女の母親は首を横に振った。「でもいまごろはもう、わたしたちがいないことに気がついてると思う」

「誰もすぐ見にきたりはしないはず」母さんはいった。「足を止めないで。そんなに遠くないから」

少女の母親は空を見あげた。「急いだほうがよさそう」

家のほうをふり返ると、空はひどく暗かった。空が太陽を消してしまったのかと思った。

わたしは跳びあがった。ドアにノックがあった。覗き穴からシドニーが見えた。上掛けを振り落とし、急いで服を着直した。

「髪は昔から赤かった？」シドニーを部屋に通しながらわたしは尋ねた。

「染めてる」シドニーはそういってドアをしめた。「どうしてほかのみんなと一緒にあそこでお祝いをしないの？」

「あの遺体をじっくり見たあとでは、お祭り騒ぎにひどい違和感があってね」わたしは部屋にある唯一の椅子から書類をどかした。

「あの人たちを気の毒に思ってるってこと？」シドニーが尋ねた。

「彼らの最後の感情は恐怖だったと思う」わたしはふり向いてシドニーを見た。「わたしは明らかに子供たちに取り憑かれている。たぶんその母親たちにも。恐ろしい最期の瞬間に子供を抱いていた母親に」

「だけどその母親たちはとどまることを選んで、子供たちのことも無理やりそばに置いたのよ。命取りになるかもしれない砂嵐が向かってきてると知っていたのに」

「厳密にいえばそのとおりだ。ほとんどの人が嵐の規模を知っていた。だがそれでどういうことになるかはわからなかった。どうぞ、座って」

シドニーは腰をおろして、脚を体の下にたくしこみ、赤く長い三つ編みの髪を手でひねった。「わたしたちにはものすごい共通点がある」膝のあいだで手を組みながら、シドニーはいった。

まさにこの言葉を耳にするのをずっと待っていたというのに、わたしは窓辺へ歩いて外を見るふりをするしかなかった。表情を隠すために。

「わたしたちは二人とも、それまで知っていた世界が終わり、それでも生き延びるのがどういうことか知っている。捨てられるのがどういうことか知っている」

いくらかおちつくと、わたしはふり返ってシドニーを見た。「わたしたちはどこで知りあった？」

「もうわかっているんでしょう」シドニーはいった。

「児童養護施設」わたしは簡潔に答えた。

「ええ」シドニーがぐっと頭をさげている姿を見て、わたしはチューリップを、いや、チューリップの茎《くき》を連想した。優美なものとはとてもいえなかった。「訊きたいことがあるんだけど、リー」シドニーはいった。「なぜ恐怖を思いだせと主張しているの？」

「それはよくある誤解だよ。わたしが論じているのは感情の価値だ。痛みと似て、感情はわたしたちに何かを告げてくる」

さっきのわたしの動作をくり返すかのように、シドニーは窓の外の夜空を見やった。「わたしは何度もここへ戻ってきた。かつてここを去ったとき、町を出て峡谷《きょうこく》が見えるまで歩いたのを覚えていられるくらいには大きかった。母が必死に地面を掘りはじめたのも覚えてる。いったい何をしているのか、鋼鉄のハッチが見えるまでぜんぜんわからなかった。それからわたしたちは梯子を降りて、そこに出た。コンクリートの巨大な貯蔵庫だった。世界の終わりに備えて生活必需品が詰めこんであった」シドニーは笑みを浮かべた。「どうしてここに隠れるの、と尋ねると、史上最大の砂嵐がやってくるから、と母はいった。わたしはとくになんとも思わなかった。だって子供だったし、砂嵐なんて物心ついたころから何度も経験してきたから。汚いし、怖いけど、そういうものだと思ってた。わかるでしょ?」

わたしはベッドの端に腰をおろした。「だけど、お父さんは? 死を招く可能性のあったこの砂嵐をまえにして見捨てたの?」

「こまかいことまではよく知らない。覚えているのは、父がコービン家の一員で、コービンの一族は嵐をやり過ごそうとしてたってことだけ。コービン家の人間は、ここにとどまって嵐をやり過ごすことをコミュニティ全体に強要したの。だから母はわたしと、もう一人の母親とその子供を連れて立ち去った」

四肢にこのうえなく奇妙な、骨のなかでエンジンがかかったような感覚があった。「そのもう一人の子供だけど、男の子だった?」

「ええ」シドニーは答えた。聞くまでもなくわかっていた。

「それで、その男の子もきみとおなじく児童養護施設に入ることになった?」

「そう」シドニーとわたしの目が合った。「ねえ、わたしを手伝って」
目をとじると、砂塵の黒い波が押し寄せてくるのが見えた。「わかった」わたしはいった。
その男の子はわたしだった。

ホテルでは浮かれ騒ぎのさいちゅうだったので、警備にあたっていたのはガイド一人だけだった。わたしが自分の名前をくり返すと、ガイドはよろこんでわたしたちを通してくれた。結局のところ、わたしは無害な学者以外の何者でもないわけで、尊大な態度だけがわたしの鎧《よろい》だった。

予想どおりではあったが、わたしは食堂の外で、ふたたび遺体をまえにしてぞっとするような恐怖にさらされることにためらいを覚えた。しかしシドニーが入っていったので、石化した顔からできるかぎり目を逸らしながらついていくしかなかった。どうしても、視線はときどき遺体のほうへさまよった。半分溶けた子供たちにはとりわけ心を乱された。シドニーの異議ももっともだった――コミュニティの遺体は、この手の考古学的な保存にふさわしいものではなかった。どうやって死んだかチャドが突きとめたあとには、ここの人々は埋葬されるべきだった。しかしここの人々のような外界から隔絶された一団が異様な関心を引き起こすことは、わたしにもよくわかっていた。

「このなかに知ってる人はいる？」わたしは尋ねた。

「ええ」

次の質問はできるかぎりソフトに切りだした。「ご両親は？」

シドニーは首を横に振って、一番近くの遺体を指差した。「でもこれはわたしのおじ。水泳のインストラクターだった。もっといい教え子になれなかったこと、後悔してる。かわいそうなおじさんをいつも手こずらせてた」

「きみのお母さんはどうなった？　いや、母親二人は？」

「ひとたび砂嵐が来てしまえば、貯蔵庫のドアをあける人はいないはずだった。貯蔵庫のあった場所は砂で埋め尽くされて、わたしたちは生きたままそこにしばらく埋まっているはずだったから。母が九回か十回くらいそういってたのを覚えてる。母親二人はわたしたちを寝袋に入れて、トランプを一セットくれた。楽しかった、キャンプをしてるみたいで……ドンドン、と音が聞こえてくるまでは。ドアをたたく音はしだいに大きくなった。あれは何って子供二人でしつこく訊いたけど、母親たちは答えようとせず、お互いに目配せしあっただけだった。そのときハッチが勢いよくあいて、父の頭が見えた。最初は父さんも一緒に隠れるために来たんだと思ってうれしかったけど、すぐにわたしたちを連れ戻しにきたのだとわかった。正気の沙汰じゃなかった……砂が部屋じゅうで荒れ狂い、外では空がヒューヒュー鳴っていた。母親二人が階段を駆けあがって父さんを押しだして、二人が外に出たままハッチがしまると、貯蔵庫は真っ暗になった」シドニーはいったん口をつぐみ、唾を呑みこみながら声が戻ってくるのを待った。

「わたしたちは長いあいだ母親を待った。息ができなくなるまで待った。とうとう思いきってハッチをあけると、誰もいなくて、町も消えていて、生き物の気配がまるでなかった」シドニーは遺体から目を逸らし、わたしを見た。

なぜわたしの子供のころの記憶がこんなに断片的なのか、そのときわかった――母を失った、しかもこんなかたちで失ったことが心の傷になっていたからだ。母の手がわたしを寝袋にたくしこみ、次の瞬間には母は消えている。おもしろいのはシドニーとわたし――トラウマとなるおなじ出来事を体験した子供二人――が、まったくちがう行動を取ったことだった。シドニーは何度も現場に戻ってきた。一方で、わたしはそのときのことを忘れ、自分以外の人々の学説の欠点を探しまわった。

「ものすごく真実味があるように感じる」わたしはいった。

「真実だもの」

頭がひどくくらくらして、何かを考えるどころか息もできないほどだった。「さて、どうする?」

「ここは埋葬されるべき空間なの。土地そのものも、人間の手を離れて癒《いや》される必要がある」

わたしはうなずいた。いままでだって、不可侵のものに近づくような行動に駆りたてられたことは一度もなかった。衝動的な行動には憧れもあったし、すくなくとも惹かれてはいたけれど、自分はそういう行動を取る人間ではなかった。

シドニーはバッグをあけ、大量のライターオイルとマッチを見せた。「絶対に監視カメラで撮られているはずだから急がなければならないし、もちろんわたしたちがやったことは知られる。つまり、しばらくのあいだ砂漠のどこかに隠れなければならない。隠れ家はあるけれど、わたしと一緒にこれを実行すれば、あなたのキャリアは終わる。そのことも考えて」

かき鳴らされたような響きが胸の深いところで起こった。「たぶん、逃亡中のラディカルな学者として売りだせるよ」力なく冗談をいうしかなかった。

ライターオイルのボトルに手を伸ばし、厳粛《げんしゅく》な気持ちで遺体にオイルを浴びせた。そのあいだに、シドニーは白い家へ向かった。マッチを遺体に放ると、火は思ったより速く広がり、遺体の骨を包んでいた繊細な殻《から》のような皮膚を粉々にした。夢のように濃密でありながら実体のない火明かりで一瞬目が見えなくなり、わたしは自分が母の大胆さをどんなに愛し、どんなに怖れていたか思い起こした。

それから勢いよく火が燃えあがる音が聞こえ、シドニーが息を切らして駆け戻ってきた。「ここを出たほうがいい」シドニーはいった。「あのガイドがわたしたちを撃たないとはいいきれない」シドニーはわたしの手をつかんだ。二人で遺跡の階段を駆けあがり、自分たちのジープへ向かった。そして何年もまえにそうしたのとおなじように、言語に絶するほど広大な砂漠へ入っていこうとした。あのときはひどく怖かったけれど、いまは自分たちに近づいてくる車輛集団のうなりやブレーキの軋《きし》みが聞こえてきても、純粋な行動の力に守られているように感じられた。

チャドが取巻き二人とともにわたしたちの正面に車を停め、銃を振りながら飛び降りた。ソンブレロはなくなっており、目はありえないほど大きく見ひらかれていた。「何をした?」チャドが叫んだ。

「わたしもコービンだったのか?」シドニーにそう尋ねた。騒動のなかにいるにもかかわらず、いや、騒動のなかにいるからこそ、どうしても知りたかった。

「おちついて」シドニーは両手をあげながらチャドにいった。「済んだことは済んだことよ」

「それともアッシュだった?」わたしは尋ねた。

シドニーはわたしのほうを向いた。「え?」

「わたしはアッシュだったのか? 早く教えてくれ!」

シドニーは怯えたようにわたしを凝視《ぎようし》した。「どういう意味? リー……あなたはここにはいなかった」

けれどもこの闇の熱さには恐ろしいほど覚えがあった。とりわけシドニーが逃げようとしたときに、至近距離の多数の銃から弾丸が発射されたあとの――銃弾が彼女の美しい顔を引き裂いたあとの――息詰まる沈黙に覚えがあった。人為的に引き起こされた死だけが与えることのできる苦悶《くもん》と、その苦悶によって自分があげる悲鳴に覚えがあった。

われらはみなおなじ囲いのなかの羊、
あるいは、何世紀ものうち最も腐敗した世界《オ・セキュラム・コラプティシマム》

That We May Be All One Sheepefolde,
or, O Saeculum Corruptissimum

階下《した》で、床が軋《きし》む。使用人の少年が夢から覚めたのだ。きのうまでの世界は破滅を招く壮大な夢だ。ときどき、その世界にいて夢を見ているのは自分だけなのではないかと私は思う。愛する者はすべて去った。現在の世界は灰色で、黒で、ひび割れていて、茶色い。

いまでは目覚めるとつねに体がどこかしら痛む。不快な胃の炎症。両腕の下を圧迫する種の激痛。胸のあたりに圧迫感を引き起こす不調。それにひどい吐き気もたびたび訪れる。ほんとうに、なぜ目覚めるのかよくわからず、なぜ生きるかといえばいまだ聞き届けられぬ祈りがあるからだ。体が弱いのは昔からだが、いまも矍鑠《かくしゃく》とした老人とはほど遠く、荒れた皮膚は皺《しわ》だらけだ。

「ジェローム?」

藁《わら》布団から身を起こすと、袖なしの胴着《ジャーキン》に血がついていることに気づく。しかし流血したのは私ではない——私はまったく血を流さなかった。血は乾いていないが、幸いにも毛布を汚してはいない。

「ジェローム?」

急いでナイトキャップをはずして服を脱ぎ、火をおこし、スモックの上に丈の短い上着をはおった。暖炉にかけた湯が沸きはじめると、ジャーキンを入れ、かき混ぜたり突《つつ》いたりして血を洗った。

「ジェローム、起きてますか？」

湯の滴《したた》るジャーキンを火かき棒で大釜から持ちあげ、窓の外に干したところで、階段から少年の足音が聞こえた。

「静かに！」私は大声でいった。「階下《した》へ行きなさい。私もすぐに行く」

螺旋《らせん》階段の一番下に着くと、作業台のそばに本を積み重ねた少年がパンの耳を食べているのが見えた。少年は先ほどのことは何もいわずに、青い目を私に向けた。

「おはようございます。おなかは空《す》いてますか？」

セント・ポール大聖堂の火事のあと、私は書店をこちらへ移した。その後まもなく街が疫病に見舞われて、親を亡くしたこの少年が——あのころはご機嫌取りの物乞いだった——読めもしないのに、よく本のページをめくりにくるようになった。本のために地獄の火に焼かれた人々もいることを思うと、自分がいまそれを売っていることが皮肉に思える。

「残念ながら、けさは食欲がない」私はいった。

少年の肩をつかんで棚へと導く。偉大なるチョーサーを通りすぎ、次いでリドゲイトの『王侯の没落』、スティーヴン・ホーズ『快楽の戯《たわむ》れ』、マームズベリのウィリアム『英国《ゲスタ・レガ》諸王の事績《ム・アングローラム》』、『ブリトン人の歴史《ヒストリア・ブリトーナム》』もやり過ごしてイタリアの棚へ向かう。ペトラルカ、ボッカチオを通りすぎて、高潔なるわれらが学徒たちの棚へ進む。クインティリアヌス、アリストテレス、プリニウス、プラトン、チュールの書簡集……結局、棚からおろすのはリドゲイトの初期の詩『騎士道の華』だ。

「写字生へと身を落とす時間だ」本を手渡しながら、私はいった。

この言葉に、少年は笑みを浮かべる。準備万端整っているということだ。少年は印刷機がないことを決して非難したりしない。書写の仕事に悪態をついたりもしない。

「先に階上《うえ》を掃除しなくていいんですか？」少年は尋ねる。

「いいや、その必要はない。前回よくやってくれたから、まだきちんとしている」

階上《うえ》で藁布団にどさりと腰をおろし、指のあいだに入りこんだ血と、ナイフの柄にこびりついた血に気がつく。少年はジェロームと呼んだが、私の名は昔はウースレッドだった。少年とおなじく、この老いぼれも孤児だった。もしまたこの人生を神に——神によって——結びつけることができるなら、私はそうするだろう。もはや鳴らない鐘の音で目覚め、マーストン修道院で黒衣の修道士見習いとして過ごした西暦一五三六年の日々に意識が戻っている朝もいまだにあるのだから。

二

自分がどうやってマーストン修道院に来たのかは知らなかった。知っていたのは、幼い少年だったころに修道士たちの手に託されたことだけだった。修道士たちから文法や修辞学、論理学、礼拝、神を愛することを教わった。それは当時、息をするのとおなじくらい必要で自然なことだった。畑を耕すときも、蜂蜜を集めるときも、神聖な（あるいは世俗の）本を書き写すときも、神は私とともにあった。修道院の静けさのなかで、私はそれを誇りとしていた。

それでも出自が不明なことは長いあいだ悩みの種で、聖スウィジンの日の翌日に聖母礼拝堂で修道院長に出くわしたとき、たぶん夏の暑さですこしばかり大胆になっていたせいもあったのだろう、私はこの大問題について説明を求めた。

「修道院長」私はいった。「お尋ねしたいことがあるのですが」

修道院長は、罪人《つみびと》が地獄へ落ちていくところが描かれた内陣の下に座り、深く思索に耽《ふけ》っていた。剃髪《トンスラ》のまわりの髪は白髪が交じって灰色になり、それとおなじ毛が指にも濃く生えていた。院長は沈思黙考の状態から浮上し、私を見た。「どうしたのかな、ジェローム？」

「院長、修道院に奉仕できることを私は心より感謝していますが、こうしてジェロームになるまえのウースレッドのことを知るのも大事ではないでしょうか？」

「どういう意味かな？」

「私は家族のことを知りません。神に仕える身となることは家族の望みだったのか……子供のころに私を修道院へ連れてきたのは両親のうちどちらだったのかも知りません。母でしたか？　それとも父だったのでしょうか？」

院長は木の信徒席をぽんぽんとたたいた。「母親だった。覚えていないようだね」

「ええ、聞いた話に伴う像は頭に浮かぶのですが。母はどういう人物でしたか？」

「なぜそう険しい顔で詰問するのかな？」

いきなりからかうようにそういわれ、私は笑みを浮かべずにはいられなかった。「生まれに影響されたことなどほとんどないというのに、なぜ訊かずにいられないのか、ほんとうに自分でもよくわからないのですが」

「しかし誰かにいわれて、何か恥ずべきことがあるのではないかと思うようになった、そういうことかね？」

こんなにも見事に心の内を読まれ、私は同意のしるしに頭をさげた。

「おまえの母親は富裕農民《ヨーマン》の娘だった。そして悲しいかな、彼女の純潔と若さを一顧だにしない傲慢《ごうまん》な男に出会ってしまった」

「堕落した女だったのですね？」

「われわれはみな神の恩寵《おんちょう》を失っているのだよ、ジェローム。誰もがエデンの園を追放された身だ。汝《なんじ》の慈悲を必要とする人々を裁くなかれ。母親にはおまえを育てるすべがなかった。また、家族の不名誉となることも望まなかった」

私はこれを聞いてどっと椅子に座りこみ、それからまた尋ねた。「母はいずれの州の出身でしたか？」

「東のほうだ、ミドルセックスだったと思う」

「この村に親類があったのですか？　いまでもここへやってくることはありますか？　母は私がここで見習いをしていることを知っているのでしょうか？」

院長はステンドグラスの聖母を見つめた。「もう生きてはいないのだ。おまえが生まれたあと、みずから命を絶った。魂が衰《おとろ》え、罪を抱えたまま生きていることができなかった」

自分が持っていると思いもしなかったものを、私はこの場で失った。しかし、福音伝道者聖ルカの祝日のあと、木々の葉が落ち冷たい霧の立ちこめるころに失ったものに比べれば、それはものの数ではなかった。

ほかの日とおなじ朝だった。新しい一日の青い明かりのなかで冷たい石にひざまずき、祈りを捧げた。日課を知らせる鐘の音が聞こえると、履物に足をすべりこませ、頭巾をかぶり、衣擦《きぬず》れの音をさせながら独居房を出て寄宿舎を抜け、庭を横切って礼拝堂へ向かった。そこで、神の奇妙なお導きにより、毛皮のジャーキンを着た男を見かけた。男は副修道院長とともに、立派なお仕着せを着た十人の男を従えて、中庭を四角く囲む、アーチ形の屋根のついた柱廊を歩いていた。背が高く、茶がかった黒の髪をしていた。いまも顔に残る気配から、男の少年時代の様子が容易に想像できた。立ちこめる濃い霧のように、私は体を壁に押しつけた。柱廊を通りすぎていく一行のなかで私を見た者は誰もいなかった。ひどく動揺したまま礼拝堂へ急ぎ、指を聖水に浸してほかの見習いたちとともに最後列の席についた。そのまま座っていると鐘が鳴り、急いで駆けこんでくる足音が聞こえ、ドアがしまって静かになった。

その後、ほかの者たちに加わって、見習いを教える先生のところへ行った。先生は修道衣の整え方や、姿勢の保ち方、控えめでいて厳粛《げんしゅく》な雰囲気を漂《ただよ》わせながら歩く方法を、私たちに教えこもうとした。毛皮のジャーキンを着た男が誰なのかはみな知らなかったが、男が院長の応接室へ入るところを見た者が何人かいた。この日は〝絶対的真理《ゴッズ・トゥルース》〟の明言される節をすらすら読めるように練習するはずだったが、それは中断され、王立委員会の調査委員が——なんでも、命令事項と禁止事項の一覧を持ってきたらしい——これから私たち一人ひとりと面談をすることが告げられた。

「調査委員のまえに立つのは、きみが最後だ」副修道院長がいった。まぶたの垂れた目と、厚ぼったい舌をした男で、日焼けした腕をせりだした腹のまえで組んでいた。院長とはちがい、この男は見かけ倒しだった。

「何を訊かれるのでしょうか?」従順なふりをしてそういったが、私が貴族階級の一族の出身でも裕福な一族の出身でもないことをほのめかす相手の物言いに、内心苛立ちを覚えていた。

「調査委員がここへ来たのは、神の法を国王を通して適用せよと伝えるためだ。教会よりも国王に忠誠を誓うこと、そして今後、カトリック教会最高位の聖職者であるローマ教皇の権力を擁護《ようご》しないことを求められるだろう」

そういうことがあると噂に聞いたことはあったが、いまに至るまでありえないと思っていた。「どう答えるべきなのでしょう?」

「われわれの修道院がクロムウェル師を喜ばせるために必要なことをなんでもしたまえ」副院長はぶっきらぼうにいった。「頑固に国王に逆らうような真似はしないことだ」

王立委員会の調査委員は、私がおずおずと入室するとすぐに話をはじめた。調査委員の背後には、救い主が虹《にじ》に座っている図柄のタペストリーがさがっていた。救い主の目は自己犠牲の気高さで輝いていた。

「私はジョン・ハスクウェルだ」調査委員はざらついた声で歌うようにいった。「きみは修道士ジェロームだね?」

「はい」私は好奇心をそそられた。

「家族はどこの町に?」調査委員はこちらの居心地が悪くなるような尊大さで私の人物調査をはじめ、自分にワインを注いだ。

「わかりません。私は孤児なのです。何者もお見捨てにならない主《しゅ》が私を拾ってくださいました」

「救貧院よりはいいというわけだな、ええ? それで、何歳になる?」

「十九です」

ジョン・ハスクウェルは院長の金のゴブレットから無頓着にワインを一口飲んだ。「いまはなんの筆写をしている?」

「ジョン・ガワーの『恋する男の告解』です」

ハスクウェルはワインを見つめながら暗唱した。「〝中道を行って、教訓半分、娯楽半分の本〟（『恋する男の告解』ガワー作、伊藤正義訳）か」

私は顔を赤らめた。「ええ、そうです。よくご存じなのですね」

「私が？」ハスクウェルはまた杯を満たした。「〈コンスタンスの物語〉より先は読んだことがない。きみがその先までつづけているのなら賞賛に値する。座りたまえ」そういってスツールを指差した。

ハスクウェルは銀色の模様のあるタペストリーのほうへ歩いてゆき、その布地を撫《な》でた。「親愛なる修道士ジェローム、時間を無駄にするのはやめよう。この修道院の規律がかなりゆるんでいるという報告を耳にした」

「まさか」私は困惑していった。「それは虚偽の報告だと断言できます」

「きみは修道士仲間がほんとうのことをいっていないと信じている、そういうことかな？　きみは」――ハスクウェルは私に向きなおった――「この壁のなかで、きみはそこまで正直者として名高いのかね？　ほかの修道士を嘘つき呼ばわりできるほどに？　はっきりいって、くだんの人物の偽証罪が明らかになったらかなり不愉快に思う。正当な罰としてさらし台にかけるか、絞首刑にするか決めなければならないのはほんとうにいやなものだからね」

私は肝《きも》をつぶした。考えを口にするまでにずいぶん時間がかかってしまった。「誓って申しあげますが、わたしの修道士仲間が真実でないことを口にしたところは見たことがありません」

ハスクウェルはゴブレットを置いて腕を伸ばし、院長愛用の高い背もたれのついたオークの椅子に身を投げだすようにして座った。「きみが彼の無実を後押ししてくれてうれしいよ」ハスクウェルはあくびをした。「しかしながら、きみたちの院長が一部の修道士に、終課後、たいそう陽気な飲み騒ぎを許しているというのは、じつに遺憾《いかん》なことではないかね？　しかもその修道士たちは深夜祈禱のあいだずっといびきをかいているそうじゃないか」

「まさか、私はそのような振る舞いは見たことがありません」

「見たことがない？　しかしきみはさっき、自分の修道士仲間に嘘をつくような者はいないといったばかりだろう」こういったあと、ハスクウェルの顔つきからふざけ半分の色が引きはじめ、盗人のような目が厳しく私を見つめてきた。「きみはそれでもウェンドーヴァー院長が善良な人物だと信じるのかな？」

「このうえなく善良な人物です。院長より思いやりのある人物を私は知りません」

「だが、彼は邪《よこしま》な心を持つ者たちと友人同士なのだ。その多くが卑《いや》しむべき強奪者だよ。だからそのうちに、院長もおだてに乗って堕落してしまうかもしれない。しかしマーストン修道院で最も重要な若者であるきみなら、彼がそうした異端者になるのを防げる」

「私は一介の見習いに過ぎません」

ハスクウェルは身を起こし、まえに乗りだしていった。「きみはほかの者より院長に気に入られているだろう。そうだよ、ジェローム、きみが一番のお気に入りだという話はきょう何度か耳にした。なぜかな？　きみは口が巧いのかね？」

私は顔色が変わるのを抑えきれずに、下を向いて履物を見た。

「慎み深いのはよいことだ」ハスクウェルは立ちあがった。「きみが院長の行動を逐一私に知らせるなら、院長は無実であると私からクロムウェル師に手紙を書こう。そうすればわれわれは彼を守れるうえ、悪意ある者に気をつけるよう伝えることもできる」

「それは忠誠の誓いに反します」

「ここに何が書かれているかわかるかな？」ジョン・ハスクウェルはテーブルの上に広げた手紙の束を指差していった。「たとえ俗人の使用人といえども修道院に女を迎えいれてはいけない、と書いてある。院長を含め、誰もが例外なく守らねばならぬことだ。さらに、二十四歳に満たない修道士は全員出ていかねばならない、とも書いてある。そう、帰る土地も家族もないジェローム・は十九歳だったね。どこへ行くつもりかな？　誰か迎えいれてくれる者があるかね？　私とときどき面会して、院長のおこないについて話してくれたほうがいいと心から思うよ、そうじゃないかな？」

私はまごついて唾を呑みこんだ。「たぶん、私は……」

「よろしい。きみは学者だと聞いているよ。学校へ行けば、本物の知識を身につけることができるだろう。神のまえで、ここでは何を学んだ？」

「神を愛し、神に愛されること。神を通じてすべての人々を愛すること。神が愛するように愛することです」

ジョン・ハスクウェルはかすかに面白がっているような顔をした。「なんのためらいもないようだね。たとえその道がまちがっているとしても」ハスクウェルは私の頭に手を置いた。「ひざまずきなさい」

私はスツールから降り、ひざまずいた。

「ローマを捨て、英国国教会の長が国王陛下であることを合法であると認めるか？」

認めます、と私は答えた。

「きみは女とは会わない。修道院を去ることもない。まだ十九歳だが、私からクロムウェル師にきみのことは見逃すように嘆願するよ。こんなことは初めてだが」

突然のこの秘密の同盟に青くなりながら、私は立ちあがってお辞儀をした。「感謝の言葉もありません」

⁂

少年が熱を出した。私は自分の藁布団を火のそばへ運び、少年に蜂蜜酒を一杯注いで飲みなさいと命じる。

「ジェローム、兎《うさぎ》のローストをつくるためのスグリの実とメギの実を、まだ買っていないのです」少年は心配そうにいう。

「おや、それなら私が市場へ行って買っておくよ」私はいう。「書店にお客さんが来たらどうするんですか？」

「どうしてそんなにくよくよ心配ばかりするんだね?」

「あなただってくよくよしているでしょう、ジェローム」

私はひどく沈んだ心持ちで少年の視線を追う。少年は窓の外ではためく私のジャーキンを見ている。血は洗い流してあるものの、そう簡単に忘れられるものではない。「おまえが早くよくなるといいと思っているだけだよ」

「あれを汚したんですか?」少年は尋ねる。

「さあ、いいからもう休みなさい」この子を眠らせるべきだろうか? 目を覚まさなかったらどうする?

私は階下《した》へ行き、『恋する男の告解』の書写をはじめる。


ジョン・ハスクウェルは三度私を呼びだし、私たちはこっそり会った。あの最後の晩、怒ったようにはたはたと揺れる柳の木の下に立ち——日中に見る分には大好きな木だ——私は待った。悪徳のにおいなどまったくさせずに話をしようと知恵を絞ったが、ひとたびハスクウェルのまえに出れば何かを装うことなどできないのはわかっていた。

ハスクウェルは馬から降りるとすぐに呼びかけてきた。「ほかの修道士たちから猥褻《わいせつ》な話を聞いたことがないかな?」

暗がりのなかでは、ふだん見えている目の下の疲れが見えず、相手が近づいてきても影のおかげで肌の色が一様になり、ハスクウェルの顔は若々しく見えた。

「ないですね、ジョン」

ハスクウェルは馬を木につないだ。「若い連中はよく、年長者を非難するのを渋るものだ。憐《あわ》れみをかけてやる価値があると思っているんだね」

わたしはあくびを噛み殺した。「修道士とは神に仕える人々です。彼らが私に向かって品のない話をしたことはありません。よって私には、つまらない疑念の裏づけを差しだすことはできません」

ハスクウェルは歌うような笑い声をたてた。笑い声以外には音楽を感じさせる部分など一つも持たない男だった。

「ではきみはどうだ、ジェローム？」湿った風が木々の枝のあいだを吹き、枯葉を散らした。

「きみは若い」――私に向かって歩いてくるハスクウェルに、もう陽気さはなかった――

「肉体の悦《よろこ》びへの憧れもあるだろう」

いや、私にあったのはこうした危険な夜だけだった。

「不自然なことではない」ハスクウェルは好色な目つきでつづけた。「きみが欲望に従って行動したと思っているわけではない。責めているわけではないんだよ。だが、誰にも秘密の罪はあるものだ」

「確かに、私にも罪がないわけではありません」私はいった。「けれども秘密にしているものは一つもありません」

ハスクウェルが距離を詰めてきた。「きみは女と寝ることを渇望している。女の体の秘所に触れ、男が妻にするようにその女を利用することを望んでいる」

私はうしろへさがった。「そういったことに興味はありませんし、体についてはきちんと機能することのみに喜びを見いだし、欲望とは無縁です」

ハスクウェルはさがった私のほうへ一歩踏みだした。ワインのにおいがした。「では、獣姦のほうがお好みかな。まわりは学者ぶった人間ばかりだろうからね。男の道具を使って女と遊びたいとは思わないのかね？　使用人の若者たちから誘惑されたりは？」

私はうんざりして立ち去ろうとした。「こんな嫌がらせのような非難を受けるいわれはありません」

ハスクウェルは私の通り道をふさいだ。身長は私のほうが高かったが、胴回りは彼のほうがあった。ハスクウェルは肩幅を測るかのように私の肩に手を置いた。「きみをからかったのは悪かった。知恵というのは、年齢に伴うとはかぎらないものだ」

「私は疲れているんです。何が知りたいのですか？」

「アッシジの聖フランシスコの記念日に修道院長が読んでいたのはどういう手紙だ？」

私はつい困惑を顔に出していった。「ローマ教皇の手紙のことですか？」

「では、ほんとうなのだな。院長がいまも古い教会に忠誠を捧げているというのは」

「いいえ、院長がほんとうに奉仕しているのは国王です。いったいどんな罪で院長を告発しようというのですか？」

「きみはこういわなかったかね、院長がローマ教皇を讃《たた》える儀式をとりおこなったために困惑したと？　ならば大逆罪だ」

「あなたは私の言葉をわざと曲解している！」

「哀れな若者よ」ハスクウェルはにやりと笑った。「あの壁のなかに、院長に対して不満を持つ人々がいると考えたことはないのかな？」

そんなことは考えたこともなかった。「それならなぜ私が必要なのですか？　ほかの人々がいるのに？」

「修道院の長たちが死ぬところを見るのは、国王の望むところではない。それに、きみの院長は、ローマに忠誠を尽くすくらい愚《おろ》かではあっても、思いやりのある人物だと思う。きみの言葉で、彼を裏切者としての死から救うことができるのだよ。酒場に入り浸っていたとか、乙女の膝《ひざ》のあいだで戯れていたとか、そういう話をきみがしてくれれば、絞首刑の代わりに、修道院を預かるのにふさわしくないと見なされるだけで済む」

私は首を横に振った。

「それならば院長は死ぬことになる」ハスクウェルはすこしばかり不機嫌そうに肩をすくめた。「恐れるな、修道院が崩壊しても、きみには褒美《ほうび》が出るよう取りはからってやる」

「高潔と忠実と清貧の誓いが私の褒美です――それ以上のものは求めません」

ハスクウェルは声をたてて笑った。「この壁がなければ、きみなど一時間も生きていけまいに。見知らぬ人間がきみの信頼を得て、きみと親密になることが、どれだけ容易だったか考えてみるがいい」

「しかしあなたは見知らぬ人間ではありません。それに、あなたは不当な死を見過ごすようなかたではありません。院長が私にとって父にも等しい人物であることはご存じでしょう……ジョン！」私はハスクウェルの肩をつかみ、彼のにおいが、視線が、私にとって未知の彼の本質が、私のほうへ向かうように仕向けた。

ハスクウェルと目が合うと、彼の発する熟した倦怠感《けんたいかん》に気力が打ち負かされるのを感じた。

「ほんとうは」私は息を詰まらせ、肩を放した。「あなたは私の敵だと、わかっていました」

「それでも神が愛するように愛そうと願ったわけだ、敵さえも愛そうと」ハスクウェルは嘲《あざけ》り、次いで断固とした調子でいった。「ジェローム、父親の命を助けたくはないか？」

私は自分を苦しめる相手を、新たな混乱とともに見つめた。

「院長が自分の父親だということは知っているはずだ。しかしきみが院長の庶子であると認めないかぎり、それを証明できない。愚か者め、なぜ自分が院長のお気に入りだと思うのだ？」

私は身を引き、逃げだした。ハスクウェルは私を引き倒し、息が戻ったときには私のすぐ横に膝をついていた。

「教皇の手紙のことを私に知らせたのは誰かわかるかね？　副院長だよ」ハスクウェルはにやりと笑った。「まったく、きみを驚かすのは容易だな、小さき修道士よ。心配するな、副院長も大逆罪で訴えられることになる身だ。父は罪をおかしたと、きみがいわないかぎりは。仮にきみがそういっても、副院長は追放……」

茂みに手と足を取られて擦《す》り傷ができた。私は立ちあがった。悲嘆に暮れてはいたが、断固とした調子でいった。「クロムウェルの使いのあなたを、院長が私の父だというあなたを、私は信用すべきなのでしょうか？　私をよくご存じで、弱点を突いてきただけかもしれませんね。ええ、私の心など容易に欺《あざむ》けるほど透けて見えるのでしょう……もちろん、あなたにとっては子供の玩具《がんぐ》程度でしかないのでしょう。しかしあなたは、院長の純潔さはご存じないようだ」

「きみはほんとうに誇り高い息子なのだな。そしてその誇りゆえに父の命を救うことができない」

ローブから泥を払い落として、私はいった。「私は神の慈悲を信じます。院長の身には何も起こらないでしょう」

朝になると王立委員会は修道院長の部屋を荒らしまわり、国王に対する大逆罪の証拠となる書類を探した。朝の祈りのあとで私が自分の独居房へ戻ろうと歩いていると、聖母礼拝堂に呼びだされて院長と会うことになった。一人でいても安らぎが見いだせないことはよくわかっていたが、呼びだされるとなると自分の不忠な行為が見つかったのかとやきもきした。

「息子よ」院長はそういったあと、黙りこんだ。

私は院長のまえにひれ伏し、それから横に座った。すぐに、慣れた大柄な体がそばにあることに安堵を覚えた。

「院長、お願いですからジョン・ハスクウェルに従って、地位を退いてください」

「それで、もし私がそうしたら、修道士たちは――年配者も、若者も――どうなるんだね？　私はクロムウェルと議会の取り調べを受けにいかねばならない。しかし神を信頼しているよ、われわれの修道院は今度も弾圧を免れるだろう」

「院長、クロムウェル師に会うときに、どうか私を連れていってください」

「いいや、息子よ、すでに院長代理と副院長が同行することになっている」

「院長、お願いです、地位を明け渡してください。ジョン・ハスクウェルに何をされるかわかりません」

「この世の悪意に苦しむことはあるかもしれないが、あの世ではそう苦しむこともないだろう」

院長の潔い決意に困惑しながら、私は頭を垂れた。「そうですね、院長。あなたの例に倣《なら》うことで、わたしはつねに前進を助けられています」

「頼むから、そんなに心配しないでもらいたい。神のお恵みがあるのだから、そう悪いようにはならないよ。ところで、おまえはオックスフォードへ行きなさい。これをいうために呼んだのだ」

「オックスフォードですって？　いいえ、あなたがお戻りになるまで、誓ってここで待ちます」

「ジェローム、おまえは学問を修める価値のある人物だ。だからグロスター・カレッジへ行くのだよ。きょうのうちに発ちなさい」

「来年まで待ったほうがよいということになっていたではありませんか」

「それがすぐにも可能になったのだ。どうか分別をもって聞きわけてもらいたい」

私は頭巾をかぶった。

「なんだね、息子よ？」

「父は……」私は視線を落としたまま尋ねた。「父は傲慢な人物だとおっしゃいましたね？」

「ああ、おどけた、自慢の過ぎるやつだった」

「父はどう……父は私のことを知っていたのですか？」

「おまえが生まれてからずいぶん経つまで知らなかった。だが、おまえの母親の死を知ると、それまでの人生を悔い、聖職に就いた」

「父は修道士なんですか？」

「そうだね、どこかで修道院長をしているよ」

「ああ、どうかお供させてください！　私は天の耳が血を流すような嘘をいいましょう。しかしそれであなたの命は助かるはずです！」

院長は微笑《ほほえ》んだが、私を見てはいなかった。「おまえはオックスフォードへ行きなさい。これは私の望みだ」

すぐに涙が浮かんだ。「でも、あなたがいなくてどうしたらいいというのですか」

院長の手が私の手を取った。どこか欠けたところのある私自身の心から、初めて私を救った手だった。「私たちは苦しんでいるね、息子よ」

「はい」私はいった。「おおいに苦しんでいます」

「だが独りで苦しんでいるわけではない。そしてその苦しみのなかにこそ救済があり、その苦しみのなかにこそ神の御心があるのだよ」

男たちは院長を捕まえ、修道院の宝石や金の食器を詰めこんだ鞍袋《くらぶくろ》のところへ連れていった。最後にジョン・ハスクウェルが馬に乗りながら、大声でいった。「おまえたちはもはや修道士ではない。使用人は解雇する。今後マーストン修道院は国王の所有となる」ハスクウェルは一度も私のほうを見なかった。

夕暮れまえに町の住人たちが修道院に押しかけ、屋根を剝《は》ぎとり、聖遺物を略奪し、尻をぬぐうのに使うために本を盗んでいった。病気になればわれわれ修道士が看病し、腹を空かせていれば食事を与え、悩みがあれば相談に乗った男たちだった。私はできるかぎり本を集め、すぐに馬でオックスフォードへ向かった。よく知った大切な居場所をこんなふうに捨てることになって、涙が出た。

二二

　少年の熱は下がらず、蜂蜜入りの焦げた肥やしを飲ませるのはやめてほしい、という。次には蕪《かぶ》を鼻の下にぶらさげてほしいといいだすんじゃないかね、と私は話し、体調がいいようなら熱々の鱈《たら》を買ってきてあげよう、という。

　誓っていうが、私は世俗の物事に首を突っこむことにはうんざりしていた。世界の邪悪さにつける薬などないからだ。しかしいま、殺人をおかした身となってみれば、途方に暮れるどころではなく、地獄に落ちたも同然だった。そしてここで必要もない考えに耽りながら無駄に時間を過ごしている――急いで市場へ行ってラベンダーやセージ、オレガノ、薔薇《ばら》、ヘンルーダなどを買い、それを混ぜて少年の頭痛に効くお茶をつくるべきときに。そのうえ林檎を焼いて、ベリー類を……だが、なんのために？　少年が明朝まで生き延びるとは思えない。ことによると生き延びはするかもしれないが、私にはもう無垢な者を導くことはできない。少年をこのまま死なせ、苦しみから解放するほうが情け深いように思える。

　少年が眠っている藁布団へ近づく。頬は熱で薔薇色になっている。この少年に永遠の眠りを与えることはとても容易だ、と私は思う。

修道院長がマーストンに戻されたという噂を聞いて、私も急いで戻った。胸を圧迫する悲しみを抱えたままオックスフォードにいて、壁をめぐらしたブルーベルの庭で学問をしたり、青々とした生垣に沿ってぶらぶら歩いたりするのは不自然に感じられた。

院長が簡易裁判にかけられたことを、そのときは知らなかった。議会には院長と同等の地位の者たちもいたが、結局はクロムウェルの偽の友人たちからなる陪審によって大逆罪をいいわたされたのだ。しかしそれも聞いていなかった。

馬に乗ったまま近づくと、最初に見えたのはさびれた修道院が映った池の水面だった。屋根はなくなっていた。廃墟のまわりを歩いていると、塔の横の丘の上に急拵《きゅうごしら》えの絞首台があるのが見えた。ロープが三本さがっていた。私は恐慌をきたして立ちすくんだ。病的に震えながら、信徒席の残骸《ざんがい》のなかで祈った。馬を歩かせて修道院の門をくぐったときにはすでに暗くなりかけていたが、槍《やり》に突き刺された修道院長の頭部がそこにさらされているのははっきりと見えた。

かつて父の顔だったその血まみれの固まりに出くわしたときの恐怖はあまりに大きく、私の心はその場で荒れ果てた。神が去ったのはそのときだった。

きのう、少年が書店に客を迎えいれたとき、私は階上《うえ》にいた。螺旋階段を降りていくと、少年のほうへ身を屈《かが》めている男が見え、その顔つきがジョン・ハスクウェルを思いださせた。私は階段の陰のなかへ退いて聞き耳をたてた。男は少年をおだてるようなことをいい、次いで『恋する男の告解』について尋ねた。まちがいなくハスクウェルだった。ほかの人間であるはずがなかった。あの無慈悲な声はいつ聞いてもわかる。男が立ち去ると、私は飛ぶように階段を降り、店をしめるよう少年に命じた。

「今夜は出かけねばならない」私はいった。

「一緒に行ってもいいですか?」少年は尋ねた。

「いいや、おまえは夕食をとったら寝なさい」

少年は腹を立て、苛立ちもあらわに火をおこしなおそうとしたので、火よりも塵《ちり》が舞った。私はあとをつけていくと、ジョン・ハスクウェルはやがて酒場のすぐ外で足を止めた。私は明かりの届かない場所にしばらくとどまったあと、のろのろとハスクウェルのあとを追った。

弾圧を実行した王立委員会の調査委員たちは、その後さまざまな報酬を受けた。土地を与えられ、ナイトの称号を贈られた。だがクロムウェルだけはヘンリー八世に首を刎《は》ねられた。器量のよくないアン・オブ・クレーヴズとの結婚を勧めたせいだった。三十年近くのあいだ、ジョン・ハスクウェルの消息を耳にすることはなかったが、国王のお気に入りの誰かを批判して不興を買い、解雇されたことだけは聞いていた。

時の経過がハスクウェルをひどく損なっていた。ハスクウェルは太り、禿《は》げ頭になり、いまでは濃い顎ひげを生やしていた。女が一人、ハスクウェルに近づいて声をかけたが、その手の戯れに応じるにはハスクウェルは酔いすぎていた。その後もエールを飲みつづけ、耳を傾けてくれる愚か者がいれば誰であれ冗談を交わした。私は私で気分よく飲んでいた。店の隅の暗がりで、修道院にいたころの貴重な身の安全と、学問のためにたっぷり与えられたあの時間を思いだしながら。

ようやくハスクウェルが酒場を出ると、私は急いであとを追った。何も考えずに、かつてはマーストン修道院の修道士ジェロームだった私が、殺人をおかす決意をした。ハスクウェルが暗い路地に入ると、私はこの年老いた悪党を、相手がよろめいて倒れるまで打った。

「くそっ、なんだってんだ」ハスクウェルは悪態をついた。「何が望みだ?」

私は足があがらなくなるまでハスクウェルを蹴った。

「私を見ろ」泥に膝をつき、じりじりと軽蔑の気持ちを発しながら、相手の顔を自分の顔のそばへ引き寄せた。「私がわかるか、極悪なヒキガエルめ」そういってハスクウェルの顔を地面にたたきつけた。

「旦那」ハスクウェルはやみくもに這って逃れようとした。「おれがどんな悪事を働いたと思っているのか知らないが、おれは誓ってやってない!」

「良心まで血に汚れているようだな」また蹴ると、ハスクウェルは平らに伸びた。「だが今夜は、私のほうが父の復讐を果たす」

ハスクウェルは口汚く罵《ののし》り、それから気を失った。

私はハスクウェルを揺すって起こそうとした。「修道士ジェロームを覚えているか？」

「誰だ」ハスクウェルはかすかに意識を取り戻した。「おれが誰を殺したと思ってる？　名前をいってくれ……」

「ウェンドーヴァー修道院長はおまえのせいで死んだ」私はナイフをハスクウェルの喉に当てた。

ハスクウェルは泣きだし、咳きこんで血を吐いた。「ちがう。旦那、お慈悲を」あばたのあるハスクウェルの顔に涙の筋がついた。「おお、神よ、お恵みによって私に情けをかけ……」

ナイフが手から離れた。祈りを捧げているときに殺すことはできなかった。しかし慈悲を乞うには遅すぎた。

「立て、豚野郎め」私はハスクウェルの身を持ちあげようとしたが、ハスクウェルは立てなかった。

「修道士……」ハスクウェルは私の足もとにだらしなく座った。

「家に帰るぞ。立て！」

ハスクウェルは白目を剝《む》いていた。「あんたはおれを知っているのか？」

私はまた膝をついた。「私はジェロームだ。おまえはジョンだろう……ちがうのか？」

ハスクウェルは静かになりはじめた。「神への道は長く」そうつぶやいた彼の目は、自分の頭の奥の暗がりを探っていた。

私はハスクウェルの頭を膝に乗せ、額《ひたい》に親指で十字を描いて祈った。「この聖なる塗油により、主が愛と慈悲をもって聖霊を通じあなたを助けますように……主があなたを罪から解放し、あなたを助け、あなたをよみがえらせますように。この聖なる塗油により、主があなたのおかした罪を赦《ゆる》しますように……」

こうして私の膝の上でハスクウェルは死んだ。

夜になり、少年を喜ばせようとして焼いた林檎は冷めてしまった。少年の頭のまわりには湿った輪ができている。ひどい熱で、少年は死にかけている。

「ジェローム？　喉が渇いた」

「さあ」私は藁布団の横にひざまずき、お茶のカップを少年の口もとへ持ちあげる。

「行かないで」

「元気を出しなさい。私はおまえのそばにいるよ」

「ああ、すごく疲れた」

「そうだね」――私は冷やした布を少年の額に置く――「私たちはそれぞれの重荷で疲れている」

おそらく、少年は世のなかに出てやっていけないだろう。かといって私が案内人としてふさわしいわけでもないことはよくわかっている。しかし心優しき主よ、少年を連れていかないでください。若かりしころの純粋な信仰を取り戻せるとは思えませんが――せめてそれはお許しを――あなたのおそばへ行く道を見つけさせてください。

私の心を清めてください。私の魂を正してください。私をお見捨てになることなく、私のなかに聖霊をとどめてください。何世紀ものうち最も腐敗した世界のなかで、神よ、どうかわが祈りを聞き届けたまえ。

著者注　〝何世紀ものうち最も腐敗した世界《オ・セキュラム・コラプティシマム》〟というラテン語のフレーズは、十六世紀の修道士ロバート・ジョゼフの手紙から取ったもので、ハンス・ヨアヒム・ヒラーブランドの著書 *The Division of Christendom: Christianity in the Sixteenth Century* からの引用である。

謝辞

デニース・シャノンへ、そのまばゆいばかりの忍耐力と寛大さに感謝を捧げる。文芸に関する直感においては並ぶ者がない。

ミーガン・リンチへ。その才気と魔法のような熱意が出版を実現させた。

エレノア・クリスマンと、エコ社のみなさんへ。本書が本のかたちになったのは、みなさんの信じがたいほどすばらしいサポートのおかげである。

アーサー・フラワーズ、ジョージ・ソーンダース、ダナ・スピオッタへ。あなたたちは道を示してくれた、三つの輝かしい光の点である。

驚くべき五人組《ファビュラス・ファイヴ》――レイチェル・アベルソン、ミルドレッド・バリヤ、マーティン・ド・レオン、レベッカ・フィショウ、デイヴ・ナットへ。五人の鋭利なフィードバックとすばらしい仕事が私を刺激／鼓舞してくれた。

シラキュース大学のクリエイティブ・ライティング・プログラムへ。読むため、書くため、アーティストになるための場所と時間を与えてくれた。

カーメン・アメイヤへ。私の預言者で最初期の読者である。

ポール・コディへ。全力で戦った最初の人物である。

アナイス・コイヴィストへ。わたしの心の拠りどころであり、芸術の高波である。

リンダ・ロンゴへ。わたしを困難から救う妖精である。

ベン・マーカスへ。わたしを暗がりから引っぱりだしてくれた。

スティーヴン・スクウィブへ。ウイスキーを飲ませてくれて、夢は実現するといつも思わせてくれた。

ジェシー・トリシへ。わたしがドアの下からお話をすべりこませるのを許してくれた。

バロン・ヴォーンへ。わたしの兄弟にして親友。

ライアン・センサーとチーム383の面々へ。あなたたちはわたしの避難所だった。

レオ・アレンへ。SSSCの謎めいた仕事へ紹介してくれた。

メリッサ・クリアリー・ピアソンとヴィニータ・シンガルへ。二人の偉大な心が、小さいけれど決定的な貢献をしてくれた。

コルゲート作家会議へ。わたしを作家だといってくれた。

アンドルー・ミルウォードとスティーヴン・バースレムとサザン・ミシシッピ大学の作家センターへ。

チャーリー・バクスターとブレッドローフ作家会議へ。

《アメリカン・リーダー》と、《グランタ》のサイトと、*The O. Henry Prize Stories 2014* (Anchor) と、《カボード》と、《フェンス》と、ブライアン・ハートへ。

家族へ。わたしを愛し、つくりあげてくれた。

ジュリアン・アイザイアへ。あなたがもうすぐ到着するから、わたしは無理やり本を書きあげた。

最後に一番大事な、クリストファー・ブラントへ。〝……わたしがあなたに触れるときわたしたちが会うすべての場所で　わたしたちが生きるすべての人生のなかで、あなたに触れるのは死にかけて　よみがえった手だ〟――ボブ・ヒコック

訳者あとがき

日本初紹介の作家、シャネル・ベンツのデビュー短編集をお届けします。カリブ海東部のアンティグア・バーブーダにルーツを持ち、現在はニューヨークのシラキュース大学で教鞭をとるシャネル・ベンツは、《アメリカン・リーダー》、《フェンス》、《グランタ》などの文芸誌や、そのサイトに短編を発表してきました。二〇一九年の六月には長編 *The Gone Dead* も刊行されています。

本書はなかなか噛みごたえのある短編集です。十編それぞれに物語の雰囲気はかなり異なり——西部劇風のノワール、シェイクスピア劇のような一編、黒人奴隷の手記、現代アメリカの家庭問題、砂に埋もれた町など——どれもそんなに長くはないながら、読者をどっぷり浸からせるだけの深さがあります。「何を書くか」と同時に「いかに書くか」を非常に強く意識した書きぶりに、一読舌を巻きました。

以下は一編ごとの解説です。**結末に触れているものもありますので、本編読了後にお読みになることをお勧めします。**

「よくある西部の物語」 West of the Known

最初は西部劇風、かつノワール風の一編です。散文でありながら、詩を意識しているようにも見える言葉の切り詰め方や、夜や闇を表す「星」「ひんやりした空気」「犬の遠吠え」のくり返しが印象的です。

途中に、ジャクソンとサイが同い年で「五〇年生まれ」とありますが、これは作中の南北戦争への言及を考えると一八五〇年のことと思われます。

初読のときには最初の段落の意味がよくわからないかもしれませんが、一読してから最初に戻って読み返すと、この一編全体が「塵《ちり》に返」る直前の語り手の一瞬の回想のように見えてきます。

本編の原文は先に二〇一二年に《アメリカン・リーダー》誌に掲載され、二〇一三年四月現在も同社サイトのアーカイブにてフリーで読めます。また、本編は二〇一四年にO・ヘンリー賞を受賞していて、*The O. Henry Prize Stories 2014* (Anchor) にも収録されています。

「アデラ」 Adela, Primarily Known as The Black Voyage, Later Reprinted as Red Casket of the Heart

作中にいくつかシェイクスピアへの言及がありますが、本編そのものもシェイクスピアの問題劇のようでもあります。

一八二九年に匿名《とくめい》の著者によって書かれた小説「アデラ」に、現代の研究者が注をつけたという体裁の短編です。十九世紀前半という時代設定でアメリカの田舎町の社会通念を描き、それを現代の視点から原注で批評してみせるのですが、その批評にもどこか〝遊び〟が感じられる（おそらく意図した誇張や偏《かたよ》りがある）という独特に凝《こ》った一編です。

「思いがけない出来事」 Accidental

三編めにして初めてなじみのある現代の話が、なじみのある比較的平易な英語で書かれていますが、語りにはやはり一捻《ひね》りありました。冒頭で語り手のルシンダはヒッチハイクをしていますが、なぜヒッチハイクせざるをえないのか、どこへ向かっているのかが語られる過程で、ルシンダの過去――アクシデンタルなふたつの出来事――と現在がすこしずつ明かされるつくりになっています。

「外交官の娘」 The Diplomat's Daughter

初読を手探りで楽しんだあと、再読すると、わかることのぐっと増える短編です。時系列を乱す書き方はそう珍しいものでもないかもしれませんが、著者がここで、この物語で、なぜこの書き方を採用したのか考えると興味が尽きません。また、本編には著者が強い関心を持っていると思われる「家族」と「信仰」という二つの主題が含まれてもいます。

本編の原文は二〇一三年十一月に《グランタ》のサイトに掲載されました。

「オリンダ・トマスの人生における非凡な出来事の奇妙な記録」 The Peculiar Narrative of the Remarkable Particulars in the Life of Orrinda Thomas

これもまた凝ったつくりの一編で、一八四〇年に出版された黒人奴隷の手記（その書き手を子供のころから知っている編集人による序文つき）という体裁です。黒人作家が書く同種の小説とは異なる風合いを持ちながら、自由黒人（と思いきや、じつは奴隷のままだった黒人女性）を語り手とすることで、奴隷制——ひいては現代にも残る差別——によって生じうるさまざまな軋轢《あつれき》を、説得力をもって描くことに成功しています。

「ジェイムズ三世」 James III

ラストでジェイムズが見たものは、ほんとうにコーヒーだったのでしょうか。ここをどう解釈するかによってこの一編の後味は大きく変わってきます。とりあえず、ジェイムズがひどい近視なのはラストをこのかたちにしたいがための設定だったのかもしれない、と考えることはできそうです。

本編の原文は、二〇一七年一月（本書の原書が作品集として刊行される直前）にオンラインマガジン《ゲルニカ》のサイトに掲載されました。

「蜻蛉《スネーク・ドクターズ》」 Snake Doctors

これもまた「古い手記を、その書き手の孫が序文とあとがきを付してどこかに掲載した」という体裁の短編で、かたちは「オリンダ・トマス」と似ていますが、仕掛けはまったく異なります。この仕掛けについては、ある映画の名前を挙げるとても説明しやすいのですが、映画のほうの種明かしにもつながるので念のため控えます。

医学的根拠のないがんの治療法については日本でも問題になっていますが、アメリカにも同様の問題があることをうかがわせる一編です。タイトルにある snake doctor はアメリカ南部、中南部の方言でトンボのことですが、ダブルミーニングで、文字どおりの意味（蛇のように狡猾《こうかつ》な医師）もかけてあるものと思われます。

「死を悼《いた》む人々」 The Mourners

夫を亡くした一人の女性の変わりゆくさまを非常に巧みに描いた一編で、とりわけ（おそらくはジューダ死亡の一報である）「封のされた手紙」を持ってバルコニーへ出てからあとのエメリンの描かれ方は静かな迫力に満ちています。

本編の原文は、本書の原書刊行翌日に、非営利の電子出版社〈エレクトリック・リテラチャー〉のサイトに「今週のお薦め」として掲載されました。このサイトでは冒頭に作家パメラ・エレンスによる推薦文が付されていて、エレンスは「ベンツの言葉、関心事には、フォークナーやコーマック・マッカーシーからの影響がある」「本編は女性に特有の喪失を描いた物語であり（中略）父と娘の物語でもある」と書いています。

「認識」Recognition

現代なのか近未来なのかも判然としない、どこか幻想的なところのある一編で、〝信用できない語り手〟であるリー・ビブの〝認識〟のどこまでが現実でどこからが捏造記憶や思いこみなのかは、読者の判断に委ねられます。

ところで、ふたつまえの「蜻蛉《スネーク・ドクターズ》」でも砂嵐が描かれていました。「蜻蛉《スネーク・ドクターズ》」のその場面で言及のあったイタリアのポンペイ遺跡を画像検索してみると、この遺跡が本編「認識」の発想の源《みなもと》だったのかもしれない、という考えもちらりと浮かびます。

「われらはみなおなじ囲いのなかの羊、あるいは、何世紀ものうち最も腐敗した世界《オ・セキュラム・コラプティシマム》」

That We May Be All One Sheepefolde, or, O Saeculum Corruptissimum

舞台は十六世紀のイギリスです。年老いた書店主のジェロームが、修道院にいた十九歳のころ（一五三六年）のことを回想しつつ語りを進めます。一五三〇年代のイギリスといえば、ヘンリー八世が離婚問題によりカトリック教会から離脱し、みずから英国国教会の長となることを宣言したころで、タイトルの「何世紀ものうち最も腐敗した世界」はこの時期を指すものと思われます。

物語中の〝現在〟は、「セント・ポール大聖堂の火事」（セント・ポール大聖堂は何度か火災に見舞われていますが、これはおそらく一五六一年の落雷による火災のこと）、「その後まもなく街が疫病に見舞われ」（大聖堂の火災後まもないということなので、一五六三年のロンドンでのペスト流行のことと思われる）などの記述から、一五六〇年代後半と考えられます。となると、三六年に十九歳だったジェロームは五十歳前後。十六世紀の五十歳なので、現代の五十歳よりずっと老けている印象です（なお、この〝現在〟を割りだすにあたっては、『シェイクスピアの時代のイギリス生活百科』イアン・モーティマー著、市川恵里・樋口幸子訳、河出書房新社刊キンドル版を参考にしました）。それから、作中では日にちを表すのに聖人にちなんだ祝日が使われています。前後に季節の描写があり、だいたいいつごろかはわかるので本文中には訳注をつけませんでしたが、聖スウィジンの日は七月十五日、福音伝道者聖ルカの祝日は十月十八日、アッシジの聖フランシスコの記念日は十月四日です。

鈍痛のように胸に残る「父と息子」の物語です。が、ジェロームが殺したのはほんとうにハスクウェルだったのでしょうか。

本書が単行本として刊行されたときには、東京創元社編集部の佐々木日向子さんと校閲のみなさまにたいへんお世話になりました。本文編集時のご指摘により、大きなまちがいを避けることができました。今回、文庫化にあたっては、同社編集部の毛見駿介さんにもお世話になりました。ここに記してお礼申しあげます。

二〇二三年四月

解説

杉江松恋

突然、暴力で。

それまでの生活が、あるいは生命が、暴力によって断ち切られる瞬間をシャネル・ベンツ『おれの眼を撃った男は死んだ』は描く。暴力を行使する者の物語であったり、あるいはそれによって人生が破壊される側であったり、人物配置は作品ごとに異なる。

本作は二〇一七年一月にアメリカのエコー社からハードカバー版が刊行された。邦訳は東京創元社から単行本が出ており、その奥付には二〇二〇年五月二十二日初版とある。O・ヘンリー賞を二〇一四年に受賞した「よくある西部の物語」を含む十作から成る短篇集だ。ミステリというジャンルに固執しなくてもいい作品だがあえて分類するならば、すべての収録作で暴力行為が描かれるので、犯罪小説集という呼称が適当だろう。

出てすぐに読み、魅了された。二〇二〇年に読んだ犯罪小説のベストは本作である。初読の直後に発表した書評にも興奮の色がありありと浮かんでいる。その箇所を引用しておきたい。

同作（「よくある西部の物語」）ではっきりわかるのは暴力の痕跡、そしてよるべなき者を引き合わせる力の強さ、孤独によってできた真空の虚ろさだ。どの短篇にも印象的なモチーフがいくつか示される。それのざらざらとした手触りを確かめているうちにいつの間にか文章は進んでおり、突如待ったなしの場面に立たされている自分を読者は発見するのである。たとえば「思いがけない出来事」の74ページ［文庫版88ページ］、「オリンダ・トマスの人生における非凡な出来事の奇妙な記録」における147ページ［文庫版171ページ］。気が付いたら空中に突き出た板の上にいた。落ちたらきっと鮫の餌食だ。

（WEB本の雑誌二〇二〇年五月二十八日）

予期せぬタイミングで出現する暴力の要素によって気持ちが揺さぶられる。ここが『おれの眼を撃った男は死んだ』の第一層で、足を踏み入れたものはたまらなく不安な気持ちにさせられる。暴力を目の当たりにした衝撃から回復し、やや落ち着きをもって作品を眺められるようになると、今度はその構造や筆致など、小説に尽くされた作者の技巧に舌を巻かされる。これが第二層だ。ではなぜこの題材が選ばれたのか、と作品の背景にあるものに興味を惹かれて降り立つのが第三層で、ここまで物語に惹きつけられるとベンツの術中にはまって抜け出せなくなっているはずである。

本作には二十一世紀の現代を描いた短篇と過去の時代を舞台にしたものとが混在している。後者のうち、たとえば「オリンダ・トマスの人生における非凡な出来事の奇妙な記録」は暴力に向けて徐々に盛り上がっていくスリルが読みどころとなる短篇である。語られるのは一八三八年八月から九月にかけての約十日間、視点人物のオリンダ・トマスは解放された黒人奴隷で、彼女はフレデリック・クローフォードという人物によって買い取られて自由の身になったらしいと、読むうちにわかってくる。クローフォードはオリンダの詩才を愛したのである。二人が招かれて南部州のルイジアナにやって来ることから悲劇の幕が上がる。

同じように歴史的過去を描いた作品に「死を悼《いた》む人々」がある。作中に出てくる墓碑《ぼひ》から一八九〇年前後のことと判る話で、夫を亡くした女性エメリンが、嫁《とつ》ぎ先であるミシシッピ州の良家を後にし、生家のある「カウボーイの町」に戻ってくる。そこで売春宿を営む父親・ゼベダイアから強い要請があったのだ。町は保安官不在の無法状態になっている。保安官は元盗賊で、あろうことか現職の身の上で銀行強盗を働き、露見して吊るし首になったのだ。ゼベダイアがエメリンを呼び戻したのは、売春宿で発砲事件があったからである。銃が乱射され、ゼベダイアは左眼を撃たれた。そのことから事態収拾の必要が出てきたのである。

「口をとじておけ、うるさい女め。エメリン、おまえに会ってもらいたい男がいる。その男と結婚してもらいたい」

「父さんの眼を撃った男?」エメリンは尋ねた。

「おれの眼を撃った男は死んだ」

本書の題名はこのやりとりから採《と》られている。ここで描かれるのは報復のような何かの意味を持った暴力行為ではない。殴られたから殴り返すまでという条件反射のような始まり方をした流血沙汰である。暴力は突然の災いとしてこの世に現出することもあるのだ。ベンツが過去の時代を描くのは、歴史が計画的な営為によってのみ作られたのではなく、そうした愚かな暴力を含む偶発事の連なりによって出来上がっているからであろう。語られないこと、記録に留めるには値しないとして切り捨てられるような出来事にこの作者は強い関心を示す。どのように歴史は精錬され、どの部分が切り落とされたのか。精錬の過程に残された滓がつまり暴力を含む事件であり、それを描くことが小説の主題にもなっている。

歴史的過去を舞台とした作品で気づくのは、私刑の横行など無法状態が多く描かれることだ。そうした社会には当然、人種や性別などに関わらず互いを尊重し合うべきだという考えはなく、人がモノとして扱われる悲惨な状況が出現する。黒人奴隷売買を描いた「オリンダ・トマスの人生における非凡な出来事の奇妙な記録」は直截的な例だが、一見しただけでは作者の企図《きと》がわからないように書かれている短篇もある。「アデラ」に注目すべきだろう。この作品には「最初は〝黒い航海〟として知られ、後に〝心臓という赤い小箱〟として再版された物語　一八二九年、作者不詳」という長い副題が付されている。この作品には二十の原注が付され、十九世紀の倫理観や常識が内容にどのように反映されているかについて読者の注意が喚起される。だが、本作が一八二九年に発表されたという事実はなく、したがって注記も贋作《がんさく》小説の読みを誘導するための技巧の一つなのである。作品の層構造について先に書いたことを思い出していただきたい。なぜそのような書き方がされているのか、という第二層の疑問が「アデラ」においては作者が何を語ろうとしているのかという第三層への関心を招き寄せるのである。この短篇においては、終盤で明かされる事実を知ると語り手が用いる「わたしたち」という人称は実にうそ寒く恐ろしいものに感じられるようになる。技巧と主題が密接に結びついているのだ。

現代を描いた作品では「外交官の娘」が最もこの層構造を効果的に利用している。一九九七年から二〇一一年までの過去と現在とを往復する形で語りが行われる本作では、主人公ナターリアにエリック、ヴィゴ、クリスチャン、ルーカス、ニルスという複数の名前を持つ夫がいたということが最初に示される。この事実が何を意味するかは続く記述で薄々判明してくる。ここで描かれる暴力と犯罪は二十一世紀の初頭を飾るのにもっともふさわしいものなのだ。「アデラ」とは逆に第二層、つまり何が描かれているかは明かされても、なぜ小説を細片化する断章の技法が用いられているのかという、第二層の疑問は解消されない。そこに着目させることが作者の狙いなのだろう。ナターリアの語りはなぜ引き裂かれているのか。

暴力はさまざまなものを破壊するが、その最も痛ましい例が本作には描かれる。

暴力ともう一つ頻出する主題が、変容した家族である。親の世代と子との断絶は一方がもう一方を殺めるオイディプス神話的な展開を招き寄せる。また、同胞であるはずのきょうだい関係もしばしば不可逆な形で変質する。たとえば「思いがけない出来事」の語り手〈あたし〉ことルシンダとハンクは連れ子同士のきょうだいだったが、肉体関係を結び、祝福されない恋人という間柄になった。収録作の中で最もミステリらしい構造を持つ「蛸蛉《スネーク・ドクターズ》」では、このきょうだいの関係が本当はどういうものだったのか、という謎が物語を牽引する。身親やきょうだいは最も身近な存在であるがゆえに、時として自らの分身にも成りうる。身を裂かれるより辛い、という言い回しがあるが、自らの身体が切り刻まれる痛み、哀しみを投影する鏡として各篇の家族は設定されているようにも見える。悲劇が描かれるためのキャンバスと言ってもいい。シェイクスピア『ハムレット』は、母親を巡って叔父クローディアスと主人公の間に互いを誅《ちゅう》しなければ止《や》まぬ対立が生じたことから始まる物語だ。それと同じように、暴力という主題を導入するために最も効果的であったのが家族という装置だったのではないか。この短篇における家族関係は何を浮かび上がらせるために書かれた要素なのか、と考えながらページをめくっても、各篇はさらに味わい深いものになるはずだ。

公式サイト（http://www.chanellebenz.com/）を閲覧しても作者のプロフィールについては詳しい記述がない。AUTHORというページはあるが詳しい来歴は省かれ、作歴とシラキュース大学芸術修士課程（ＭＦＡ）のクリエイティヴ・ライティング講座で教鞭を執っていることが記されているのみだ。ただしベンツは、インタビューでは自身の過去について答えている。以下、〈ロサンゼルス・タイムズ〉電子版二〇一七年四月二十一日付（https://www.latimes.com/books/jacketcopy/la-ca-jc-chanelle-benz-20170421-story.html）とシラキュース大学公式サイト記事（https://www.syracuse.edu/stories/chanelle-benz-creative-writing/）をもとに略歴を紹介する。

ベンツはイギリス人とアンティグア・バーブーダ人の両親の間に生まれ、七歳までをロンドンで過ごした。母親には六人のきょうだいがおり、おばやおじ、校長のような大おばがよってたかって幼子の面倒を見た。アメリカに移住した理由はよくわからないが、継父についての言及があるので母親が再婚したのかもしれない。最初の住所はニュージャージー州、継父の駐在地であったユタ州オグデン近くのサンセットという小さな町にも住んだ。いかにも英国らしい環境からアメリカらしい広大な土地に移住したことでカルチャーショックを味わったようで、ベンツは「ここは火星だ」といつも思っていたという。本書の巻頭に置かれているのが「よくある西部の物語」であるのは、幼少期から身近にあったが違和感を覚えずにはいられないジャンルが西部劇だったからだろう。

子供時代はロアルド・ダール、C・S・ルイスなどの児童文学に親しみ、ことにエニード（イーニッド）・ブライトン『五人と一ぴき』シリーズ（実業之日本社から邦訳あり。ただし二〇〇〇年代に復刻された際は『五人と一匹』表記）がお気に入りだったという。好きな作家としてはデイヴィッド・ミッチェル、ペネロピ・フィッツジェラルドの名前を挙げており、後者では *The Blue Flower*（一九九五年。未訳）が特に好きだという。演劇を学んでいた頃にはジャネット・ウィンターソンを愛読し、彼女の *Gut Symmetries*（一九九七年。未訳）の舞台化にも挑戦している。

演劇はベンツにとって最初に情熱を傾けた対象であった。演技の勉強をしていたときによく注意されたのは、自分自身を見ているような第三の視点を捨てて、その役柄に没入するようにということであった。自ら演じることよりも、舞台という場を通じて表現されていることに向ける関心のほうがその頃から強かったのだろう。ベンツは、書くことは自然な行為だが、演技をするのは筋肉を動かすのと同じで鍛錬の必要があったと語っている。演劇に打ち込む過程のどこかでベンツは自分の中にある物語を解放することの必要性に気づいたのだと思われる。

二〇一〇年代にはシラキュース大学の大学院に進みジョージ・ソーンダーズに師事してMFAを取得した。ソーンダーズ同様、学生からシラキュース大学の教員になった一人なのである。大学院では西インド諸島の文化形成に関する講座を履修し、ポストコロニアル理論を学んでいる。少女期を送ったロンドンの家が英国的な雰囲気に満ちたものであったこともあり、それまで自身の中にあるアンティグアの要素に向き合う機会に乏しかったのだ。本書の人種問題を扱った作品はこの大学院での経験から生まれたものである。

本作刊行後の二〇一九年にベンツは初長篇の *The Gone Dead* を上梓している。これは知的職業で成功を収めた後に生地であるミシシッピ・デルタに戻ってきた女性が、アフリカ系詩人であった父の死にまつわる不可解な謎を知り、解き明かしていくという物語である。南部州の最深部であるミシシッピ・デルタは奴隷制度の興亡を象徴する土地であり、黒人音楽の中核であるブルース発祥の地であり、アメリカ合衆国がその歴史の中に抱えているすべての歪みが刻印として彫りこまれた場所である。この長篇が発表された後に、アフリカ系アメリカ人ジョージ・フロイド殺害事件が起こり、そこからBlack Lives Matter（BLM）運動が全米に広がった。性暴力に対する抗議活動である#MeTooと共に二〇二〇年代を主導する動きであり、それを端的な物語として示した作家としてシャネル・ベンツの名は一躍高まることとなった。その原点が本短篇集にあることは、お読みになった方には説明するまでもないと思われる。

暴力は日常を断ち切る。その断面にはそれまで不可視であった要素が鮮やかに映し出されることだろう。非日常を描くシャネル・ベンツの物語は日常を照射する光を放つ。それが歪んで見えるとしたら、日常が歪んでいるからなのだ。己の立つ場所を見つめよ。

本書は二〇二〇年に小社から刊行された作品の文庫化です。

検印
廃止

訳者紹介 青山学院大学文学部卒業、日本大学大学院文学研究科修士課程修了、英米文学翻訳家。マーソンズ「サイレント・スクリーム」、ロック「ブルーバード、ブルーバード」、ロプレスティ「日曜の午後はミステリ作家とお茶を」など訳書多数。

おれの眼を
撃った男は死んだ

2023年5月19日　初版

著　者　シャネル・ベンツ

訳　者　高《たか》山《やま》真《ま》由《ゆ》美《み》

発行所　（株）東京創元社
代表者　渋谷健太郎

162-0814/東京都新宿区新小川町1-5
電　話　03・3268・8231-営業部
　　　　03・3268・8204-編集部
URL　http://www.tsogen.co.jp
DTP　キャップス
暁印刷・本間製本

ISBN978-4-488-15403-5　C0197

『犯罪』に連なる傑作短編集

SCHULD◆Ferdinand von Schirach

罪悪

フェルディナント・フォン・シーラッハ
酒寄進一 訳　創元推理文庫

◆

ふるさと祭りで突発した、ブラスバンドの男たちによる集団暴行事件。秘密結社にかぶれる男子寄宿学校生らによる、“生け贄”の生徒へのいじめが引き起こした悲劇。猟奇殺人をもくろむ男を襲う突然の不運。麻薬密売容疑で逮捕された老人が隠した真犯人。弁護士の「私」は、さまざまな罪のかたちを静かに語り出す。
本屋大賞「翻訳小説部門」第1位の『犯罪』を凌駕する第二短篇集。

収録作品＝ふるさと祭り，遺伝子，イルミナティ，
子どもたち，解剖学，間男，アタッシェケース，欲求，雪，
鍵，寂しさ，司法当局，清算，家族，秘密